Jan Eik

Der siebente Winter

BILD UND HEIMAT

1

Die Straße schwang sich in einer sanften Kurve zur Brücke empor. Stadtauswärts floss um diese frühe Vormittagsstunde nur spärlicher Verkehr. Auf den menschenleeren Gehwegen schmolzen schwärzlich verkrustete Schneereste, und die Räder des Wartburg-Tourist verursachten auf der laugennassen Fahrbahn ein gleichmäßiges Spritzgeräusch. Zum Greifen nah hing der rötliche Ball der Wintersonne über der Silhouette der Neubauten.

Das Mädchen auf dem rechten Vordersitz des Wartburg kurbelte die Scheibe eine Handbreit herunter und ließ sich einen Schwall kalter Luft ins Gesicht wehen.

»Endlich wird es Frühling!«, sagte sie sehnsüchtig.

Jens Pohl sah zur Seite und griente seine Nachbarin freundlich an. Vom Frühling war wahrhaftig noch nichts zu spüren, aber man dachte schon gerne daran, wenn man eine Niedliche wie die Opitz aus der Kasse neben sich hatte. Wovon war die nur so rot? Zu warm war es wirklich nicht im Wagen. Unwillkürlich senkte er die Fußspitze noch um einen Millimeter und genoss die Brückenabfahrt. Diese eingebildete Schnecke hätte ruhig zurücklächeln können.

»Es zieht!«, mahnte der Mann hinter ihm, den er schon fast vergessen hatte; dieser fahlgesichtige Revisor, der auch noch Rothärmel hieß. Ein fischiger Geselle, der ewig etwas herumzunörgeln hatte. Kein Wunder, dass den kein Mensch im Kombinat mochte. Ein bisschen frische Luft konnte dem wahrhaftig nicht schaden, so bleich, wie der aussah. Selbst sein spärliches Haar war farblos.

»Der Frühling kommt erst nach dem siebenten Winter, wie der Kollege Hadank immer sagt.«

Hadank war der Direktor des Betriebsteils IV. Petra Opitz kannte die Redensart von den sieben aufeinanderfolgenden Wintern, die wie die sprichwörtliche Keule von Jüterbog aus Hadanks rhetorischer Rüstkammer stammte.
Gehorsam drehte sie die Scheibe wieder nach oben.
»Danke. Fahren Sie nicht ein wenig zu schnell, Kollege Pohl?«
Was der hatte! Eben zog rechts ein dunkelblauer Lada an ihnen vorbei, dass es Pohl so vorkam, als sei der Wartburg stehen geblieben. Bewusst langsam wandte er sich um. »Auf einem Schiff hat der Kapitän die Befehlsgewalt. Wenn es Ihnen zu schnell geht ... «
... können Sie ja mit der Straßenbahn fahren, hatte er hinzufügen wollen, doch vorn leuchteten plötzlich die Bremslichter des blauen Lada auf, dann bog der Wagen rechts ab. Mitten auf der Fahrbahn stand eine Gestalt in einer weißen Jacke mit roter Armbinde und mit einem Sprechfunkgerät vor der Brust, die ihn mit einem Zebrastab unmissverständlich aufforderte, dem Lada zu folgen.
»Scheiße!«, entfuhr es Pohl. Er trat härter auf die Bremse als beabsichtigt. Rothärmels wimpernlose Fischaugen kamen ihm im Spiegel ein ganzes Stück näher. Pohl wich dem vorwurfsvollen Blick aus und schaltete nervös herunter.
»Ganz ruhig«, sagte Petra Opitz besänftigend. »Der Lada war viel schneller als wir.«
Vor ihnen fuhr der Lada mit Schwung die Anhöhe hinauf zu dem Parkplatz hinter den kahlen Büschen, auf dem nur Baumaterial lagerte. Neben einem verlassen wirkenden Bauwagen stand ein zweiter Verkehrsposten, der in seinem weißen Kunststoffmantel anscheinend fror. Ein Polizeifahrzeug war nirgends zu sehen.

Jens Pohl hielt eine Wagenlänge hinter dem Lada an. Ihm fiel jetzt auf, dass der Mann in dem weißen Mantel keine Uniformmütze trug, sondern eine Tschapka von undefinierbarer Farbe. Also nur ein Polizeihelfer, schlussfolgerte er, und der darf keine Stempel verteilen. Aber vielleicht eine Ordnungsgebühr kassieren? Na wenn schon, dachte Pohl mit einem Anflug von Galgenhumor, Geld haben wir ja genug dabei.

Der Lada-Fahrer brauchte offenbar nicht einmal seine Papiere vorzuweisen. Er war ausgestiegen und kam auf den Wartburg zu: ein schnauzbärtiger Mann mit Brille und in einer blauen Steppjacke, der dem Verkehrshelfer auf überraschende Weise ähnelte. Auch der trug einen Schnauzbart und eine Brille.

»Fahren Sie zurück!«, stieß Rothärmel atemlos und so heftig hervor, dass Jens Pohl sich erstaunt umwandte. Obwohl das kaum möglich schien, war Rothärmels Gesicht noch blasser geworden.

»Die wollen uns überfallen!«, schrie er mit sich überschlagender Stimme und packte Pohl beschwörend an der Schulter. »Der Polizeihelfer?«, fragte der ungläubig, griff aber dennoch nach dem Schalthebel. Einiges war schon merkwürdig an der Situation. Der Rückwärtsgang ging wieder mal nicht rein, doch konnte er den Wagen ohnehin nicht mehr zurücksetzen, weil von hinten der Straßenposten heranhetzte und den Weg versperrte. Außerdem wurde in diesem Augenblick die Tür aufgerissen. Eine behandschuhte Hand, die seltsamerweise dem Lada-Fahrer gehörte, drehte den Zündschlüssel in die Parkstellung und zog ihn aus dem Schloss.

Jens Pohl blickte einigermaßen hilflos drein. Wieso unternahm die weiße Maus nichts. Draußen, auf Petras Seite, war die weiße Jacke zu erkennen, aber der Polizeihelfer sah anscheinend tatenlos zu. Er musste selbst etwas tun, dem Kerl wenigstens die Wagenschlüssel wieder entreißen, losfahren! Als Pohl endlich laut aufbegehrte: »Was soll denn das?«, traf ihn aus einer Spraydose ein beißender Nebel direkt ins Gesicht und benahm ihm den Atem. Die Hand griff noch einmal an ihm vorbei zum Zündschloss, zerrte Kabel heraus. Dann wurde die Tür zugeschlagen.

»Hilfe!«, kreischte Petra Opitz, und noch einmal: »Hilfe!« – bis ein neuer, langanhaltender Sprayschwall durch die Tür neben Rothärmel hereinquoll und ihr den Mund verschloss. Selbst nach Luft ringend, hörte Pohl hinter sich Rothärmel keuchen und jemand mit verstellter, quäkender Stimme kommandieren: »Die Tasche!« – Rothärmel hatte also recht gehabt.

»Nein!«, röchelte der und erstickte beinahe in einem Hustenanfall.

Jens Pohl blickte mit tränenden Augen über die Schulter, sah den Griff der Geldtasche in Rothärmels verkrampfter Hand. »Umdrehen!«, herrschte der Lada-Fahrer Pohl an und versetzte ihm einen schmerzhaften Schlag. Eine weitere Wolke dieses tückischen Gases wurde in den Wagen geblasen. Petra Opitz zog mit einem Ruck den Riegel zurück und warf sich mit ihrem ganzen Körpergewicht gegen die Tür. Immerhin besaß sie einen braunen Gürtel im Judo. Die Tür gab keinen Zentimeter nach. Nur der Posten in der weißen Jacke tauchte so plötzlich wieder auf, als habe er neben dem Wagen auf dem Boden gehockt. »Keine Ausbruchsversuche!«, schnauzte er und schlug drohend mit der behandschuhten Faust gegen das Blech. Unwillkürlich holte Petra tief Luft, und mit einem Mal begannen die Kontu-

ren des Mannes draußen vor der angelaufenen Scheibe zu verschwimmen. Der schwarze Schnauzbart über gebleckten Zähnen war das Letzte, was sie wahrnahm.
Jens Pohl spreizte die Knie und beugte sich tief hinunter, so tief, wie es seine Figur zuließ. Oder sammelte sich dieses verfluchte Zeug in Bodennähe? War das Tränengas? Er erinnerte sich an seine Tauchererfahrungen, richtete sich, ohne zu atmen, auf und stieß die vergiftete Luft aus der Lunge. Hinter ihm knallte die Tür zu. Die haben die Kindersicherung arretiert, dachte er. Die Vordertüren ließen sich auf diese Weise nicht blockieren.
Im Fond röchelte Rothärmel. Jens Pohl fühlte panische Angst in sich aufsteigen. Er brauchte Luft. Luft! Die Fensterkurbel. Wenigstens einen Zentimeter oder zwei. Der Mann draußen schien nicht darauf zu achten, fummelte am Türgriff herum. Dann rannte er plötzlich los, auf den Lada zu, wo der andere Weißverkleidete wartete. Die beiden sprangen in den anfahrenden Wagen. Das Funksprechgerät des einen hatte sich an der Tür verhakt; der Lada aber raste bereits in einer irrwitzigen Kurve über den Parkplatz.
Pohl fuhr zusammen. Die Nummer! Du musst dir die Wagennummer merken. ILN 4 … war alles, was er noch ausmachen konnte, ehe der Lada über eine Bohle holperte und hinter dem abgestellten Bauwagen in einen ungepflasterten Weg verschwand.
Mit fliegenden Händen zerrte Jens Pohl am Türriegel, bewegte die Fensterkurbel. Die Tür ließ sich nur um eine Winzigkeit nach außen drücken. Durch das Fenster aber strömte klare, kalte Winterluft herein. Oder lag doch schon ein Hauch Frühling darin? Erschöpft lehnte sich Pohl hinaus und rang nach Atem.

Ungläubig starrte er auf den Türgriff. Ein Schloss. Ein ganz normales Vorhängeschloss hing da. An einer Kette, die über den hinteren Türgriff schräg zum Heck verlief.
»Nun unternehmen Sie endlich was!«, flüsterte Rothärmel mit erstickter Stimme. »Schreien Sie!«
Erst jetzt wurde Jens Pohl wieder bewusst, dass er nicht allein in dem Wagen war. Petra Opitz saß, vielmehr lag unnatürlich zusammengesunken auf ihrem Platz. Nur der Rollgurt schien sie zu halten. Pohl beugte sich hinüber und kurbelte auch dieses Fenster herunter.
»Die Türen! Öffnen Sie die Türen!«, keuchte Rothärmel. »Schreien Sie endlich!«
»Hilfe …« Das war nur ein halbherziger Notruf. Pohl drückte mit der ganzen Handfläche auf die Hupe; die gab keinen Ton von sich. Also beugte er sich aus dem Fenster und rief, diesmal laut: »Hilfe! Überfall!«
Weit und breit war kein Mensch zu sehen. Hinter dem Bauwagen umgaben Kleingärten den Parkplatz. Links lag in einiger Entfernung das ehemalige Dorf mit seinen verlassenen Scheunen. Dort bellte nicht mal ein Hund.
Unten auf der Hauptstraße, kaum fünfzig Meter entfernt, zischte ein Wagen vorbei, dann ein LKW. Wer achtete schon auf einen so unernst anmutenden Hilferuf? Aber das hier war kein Fernsehkrimi, sondern die nüchterne Realität eines sonnigen Februarmorgens, auf einem Parkplatz irgendwo am nordöstlichen Rand der Hauptstadt. Jens Pohl konnte es selbst noch nicht glauben, dass das alles wirklich passiert war. Im Verlauf einer Viertelstunde – oder binnen zwei Minuten?
Hinter ihm rüttelte Rothärmel ganz nutzlos an der Tür. »Tun Sie endlich etwas!«

Dieser Aufforderung bedurfte es gar nicht. Pohl war bereits mit beiden Schultern aus dem Wagenfenster, merkte, dass er mit einem sehr ungeschickten Handstand auf dem matschigen Boden landen würde, und wand sich auf seinen Platz zurück. Mit den Beinen voran müsste es besser gehen. Plump wie ein Maikäfer schob er ein Bein hinaus, dann das andere; die Arme auf den Sitz gestützt, die Stirn auf Petras Jeans-Hosenbeinen.
»Ej, Keule, steigste immer so aus?«
Pohl war nicht in der Lage, sich nach dem Frager umzudrehen. Verfluchter Bierbauch. Er hing hoffnungslos irgendwo an der Fensterkante fest. Petra Opitz schlug die Augen auf und starrte ihn erstaunt an. Dann beugte sie sich zur Seite und erbrach sich.
Jens Pohl spürte, dass auch sein Magen zu rebellieren begann. Noch deutlicher aber fühlte er, wie ihn kräftige Hände am Gürtel packten und endlich aus dem Wagen zogen.
»Wir sind beraubt worden!«, gellte Rothärmel.
Die Hand an Pohls Gürtel packte sofort wieder fest zu. »Wen hast du beraubt?«, fragte drohend der Mann, dem die Hand gehörte, ein unrasierter Bursche mit gelbem Schutzhelm. Drei andere mit ebensolchen Helmen standen um den Wartburg herum.
»Ich doch nicht.« Pohl atmete tief durch. Er spürte Schmerzen in der Rippengegend. Hoffentlich war keine gebrochen.
»Die Polizei! Die Polizei muss verständigt werden!« Rothärmel gab keine Ruhe. »Die Banditen sind kaum fünf Minuten weg.«
»Okay, okay.« Der Unrasierte fühlte sich der verworrenen Lage durchaus gewachsen. »Nun lass doch erst mal die Leute aus dem Auto.«

»Kann ich nicht. Ist mit einer Kette zugesperrt. Und hinten sind die Kindersicherungen eingerastet. Die Schlüssel haben die mitgenommen«, erklärte Pohl.
Einer der Bauarbeiter rüttelte am Türgriff. Die Kette schurrte auf dem Blech. »Urste Idee!«
Allmählich schienen die Männer zu begreifen, dass sich da wirklich etwas Ungewöhnliches ereignet hatte.
»Und worauf waren die aus?«, fragte der Unrasierte mit der starken Hand.
»Geld«, sagte Jens Pohl lakonisch. »Wir kommen von der Bank.«
»Viel?«
Rothärmel, der aussah wie Totärmel – so wurde er im Betrieb ohnehin genannt – und dem das schüttere Haar wirr in das fahle Gesicht hing, sagte kraftlos: »Dreihundertneunzehntausend Mark. Rufen Sie doch endlich die Polizei!«

2

Wie still es um diese Vormittagsstunde im Haus war. Siegfried Korn sah aus dem Küchenfenster durch das kahle Geäst der Bäume hinüber zum nächsten Block. Im zweiten Stock, auf gleicher Höhe mit ihm, putzte eine Frau die Fenster. Korn meinte das Fensterleder quietschen zu hören. Dieser Dienstag begann, wie er sich einen Urlaubstag erträumt hatte. Ausgeschlafen, kalt geduscht und so frisch, wie er sich seit Monaten nicht gefühlt hatte, stand er vor dem Gasherd und setzte das Kaffeewasser auf. Nur so viel, wie er wirklich brauchte. Also wenig. Niemand sagte: Trink den Kaffee nicht so stark. Niemand sagte überhaupt etwas, und das versprach das Schönste an diesem Urlaub zu werden. Ein ganzes Jahr lang hatte er ihn vor sich her geschoben. Die Reise hatte er zurückgeben müssen, weil Androsch, diese Pflaume von Vertreter, seinen Urlaub für die gleiche Zeit angemeldet hatte und natürlich mit seinen schulpflichtigen Kindern und der Frau, die Lehrerin war, über die besseren Argumente verfügte.

Im September traten die von Korn vorausgesehenen Schwierigkeiten mit der neuen Anlage auf. Hadanks Wangen zuckten verdächtig, als Korn das Wort Urlaub fallen ließ. Also blieb Korn. Und Regina arbeitete dann wenig später ihren Urlaub ab, als das erste Enkelkind geboren wurde. Nie in ihrem jungen Leben hatte Martina, die Tochter, mit einer Sache allein fertig werden müssen – wie also erst mit einem Säugling? Sie war ja selbst noch ein Kind. Doch wer hörte schon auf einen hoffnungslos altmodischen Vater, dem ohnedies der Kopf nicht nach Familienstreit stand. Dafür sorgte der Betrieb.

Im Oktober nahm Androsch seinen Resturlaub, und als Korn endlich an der Reihe gewesen wäre, erkrankte Regina ganz unerwartet an einer Herzgeschichte, an der die Ärzte lange herumrätselten. Im Krankenhaus war jeden Abend Besuchszeit. Da hatte er wenigstens einen Grund, pünktlich Feierabend zu machen. Den Urlaub verschob er auf Weihnachten. Regina besaß Verwandte im Thüringer Wald. Von Urlaub war dann nicht mehr die Rede. Von einer Reise schon gar nicht. Korn konnte seine Gedanken wahlweise auf den drohenden Jahresabschluss und die mit letzter Kraft erreichte Planerfüllung oder auf die Sache mit dem nicht in Betrieb genommenen Industrieroboter konzentrieren, während Regina, kaum genesen, wie ein Schatten durch die verödete Wohnung strich. Ihr Liebling Ralf war im November zur Fahne eingerückt und Martina samt Enkel und Kindesvater, verheiratet war sie selbstverständlich nicht, zu den sogenannten Schwiegereltern ins Mecklenburgische gereist.

Mittlerweile war die letzte Februarwoche angebrochen. Freitag früh hatte er Regina zum Bahnhof Schöneweide gefahren: Kur in Bad Liebenstein. Und am Nachmittag, als Hadank – wie gewöhnlich am Ende eines Wochenrapports – gefragt hatte: Noch irgendjemand was Wichtiges?, da hatte Korn ganz beiläufig gesagt: Ich trete am Montag meinen vorjährigen Jahresurlaub an. Hadank, der immer so tat, als müsse er Prämien aus der eigenen Tasche zahlen und als sei jeder Urlaubstag ein unnötiges Geschenk, blieb wider Erwarten friedlich, griente ein bisschen undurchsichtig, wie es seine Art war, und blickte aus dem Fenster: Na ja, der siebente Winter steht noch aus. Genieße ihn denn, Siegfried.

Der mit seinen Sprüchen und seinem siebenten Winter – nicht siebte Winter, wie er zu betonen pflegte. Das sei Dialekt und allenfalls Anna Seghers als dichterische Freiheit erlaubt. Ob siebenter oder siebter Winter – Siegfried Korn hatte vor, seinen Urlaub zu genießen. Er gab einen halben Teelöffel Kaffee mehr als sonst in seine große Tasse und goss das sprudelnde Wasser darüber. Ein Häufchen blieb auf der Oberfläche liegen. Gemächlich rührte er es unter. Dass es die letzte wirklich gute Tasse Kaffee in diesem Urlaub sein sollte, schmerzte ein wenig. Doch ihm war klar – an den kommenden Tagen durfte er seinen Magen und seinen Kreislauf nicht auf diese Weise reizen. Siegfried Korn hatte nämlich einen Entschluss gefasst, und heute wollte er beginnen, ihn in die Tat umzusetzen. Er war sechsund-

vierzig Jahre alt, starker Raucher, einszweiundachtzig groß und dreiundneunzig Kilogramm schwer. Am Ende dieses Urlaubs würde er nur noch achtzig Kilo wiegen und Nichtraucher, nein, schlimmer: ein geheilter Raucher sein. Einer, der auf Zigarettenrauch, ja auf den bloßen Anblick der Packung ebenso allergisch reagierte wie Hadank, der sich von der Sucht befreit hatte.
Unzufrieden blickte er an sich hinunter. Die schmuddlige Latzhose, die er der Bequemlichkeit wegen trug, wölbte sich über dem Leib. In drei Wochen würde das anders aussehen. Er breitete die Zeitung auf dem schmalen Bord aus, an dem er jeden Morgen frühstückte, manchmal zusammen mit Regina; aufgebackene Schrippen gewöhnlich, die einem noch nach Stunden wie Backsteine im Magen lagen. Nicht heute. Nur eine Tasse Kaffee und eine Scheibe Knäckebrot. Dazu die trockene Zeitung mit dem täglichen Schienenersatzfahrplan. Er lehnte sich zurück, mit der einen Hälfte des Rückens an die kalte Wand und mit der anderen an das heiße Heizungsrohr. Das wahre Glück war dieser Sitzplatz nicht. Weshalb ging er nicht ins Wohnzimmer, legte eine Platte auf, ließ sich in seinen Lieblingssessel vor dem französischen Fenster nieder und schlürfte den brühheißen Kaffee? Mit den Knäckebrotkrümeln konnte er sich ja vorsehen.
Den hohen Herrscher würdig zu empfa-hangen ..., sang der Bürgermeister van Bett mit kraftvollem Bass. Ein wenig unbehaglich fühlte Siegfried Korn sich doch in seiner abgewetzten Arbeitshose auf der teuren Polstergarnitur. Nach Martinas übereilter Familienflucht hatte Regina das Wohnzimmer so eingerichtet, wie sie es sich schon lange wünschte. Alles ein bisschen zu mächtig gewaltig für seinen Geschmack. Und viel zu teuer. Aber darauf kam es nun

auch nicht mehr an, jetzt, wo die Kinder aus dem Haus waren.
Korn trank, bis er den Kaffeesatz zwischen den Zähnen spürte. Gedankenverloren kaute er auf den Körnern herum. Ihm fehlte die Zigarette. War er hungrig? Nein. Morgens aß er nie viel. Bis zur gewohnten Mittagszeit waren es nur noch knapp drei Stunden. So lange musste es auszuhalten sein. In das Dideldum – dideldum – dideldum! des ärgerlichen Bürgermeisters hinein schrillte das Telefon. Im ersten Impuls straffte sich Siegfried Korn und wollte aufspringen, doch er besann sich und lehnte sich bewusst entspannt zurück. Es gab niemanden, dessen Anruf er erwartete. Nicht einmal Regina ahnte etwas von seinem Urlaub. Und die im Betriebsteil IV des Kombinats Universal konnten ihm gestohlen bleiben. Einundzwanzig Tage lang. Mochten die klingeln, so viel sie wollten. Von denen ließ er sich seinen morgendlichen Operngenuss nicht stören.
Vorsichtig, als könne ihn der Anrufer am anderen Ende der Leitung beobachten, schlich Korn hinüber zur Schrankwand, hob behutsam den Apparat an und drosselte mit dem kleinen Hebel auf der Bodenplatte das lästige Klingeln zu einem sanften Schnurren. Er stellte sich dabei Hadanks erbitterte Ungeduldsmiene vor. Allerdings war es ziemlich unwahrscheinlich, dass der seinen ungeliebten Fachgebietsleiter persönlich anrief. Vermutlich verlangte nur Cordula Landgraf, seine Sekretärin, nach ihm, weil sie wieder mal mit Androsch nicht klarkam und nun den Rat ihres Chefs brauchte.
Er hatte Cordulas dunkle Stimme im Ohr und drehte den Lautstärkeregler der Stereoanlage um einige Grade nach rechts. Im Jubel des Chors ging das Dingdong-Geläut im

Korridor unter. »Vivat, vivat, Halleluja!«, grummelte Siegfried Korn misstönend und fröhlich.

3

Seit einer halben Stunde leitete Major Peter Fiebig eine Sonder-Einsatzgruppe. Auf ihn hatte sich der Blick des Dezernatleiters sofort konzentriert, als die Meldung von dem Geldraub in Marzahn in die morgendliche Beratung hineinplatzte; und Fiebig nutzte die Gelegenheit, sogleich Zabel und Wischnewski, die er für die fähigsten Kriminalisten in seiner Abteilung hielt, als Mitarbeiter zu benennen. Zu einer Diskussion über die personelle Besetzung blieb ohnehin keine Zeit. Das wusste Fiebig so gut wie sein Vorgesetzter.

Am Tatort waren die Techniker der operativen Einsatztruppe noch beim Fotografieren. Spuren gab es auf dem Parkplatz mehr als genug. Im Verlauf der nächsten halben Stunde würde sich der Schneematsch endgültig in Wasser auflösen; das war bereits jetzt abzusehen. Die Sonne hatte einen goldgelben Schimmer, und die Temperatur lag einige Grad über null.

Hauptmann Dauer, der Leiter der operativen Einsatztruppe, die etwa fünfundzwanzig Minuten nach der Tat hier eingetroffen war, machte seine Meldung. Die Fahndung nach dem Kraftfahrzeug der Täter war aufgenommen. Ein dunkelblauer Lada 2105. Kennzeichen ILN 4-75.

Fiebig winkte ab. Die Fahndungsmeldung hatte er während der rasenden Fahrt vom Präsidium hier hinaus an den Stadtrand im Funksprechverkehr mitgehört. Drei Täter –

zwei als VP-Helfer getarnt, einer in blauer Wattejacke mit schwarzem Schnurrbart und Brille. Das war vorerst alles.

»Von wem stammen die Angaben über die Täter?«

Der Leiter der Einsatzgruppe wies hinüber zu dem Bauwagen, neben dem auch der B 1000 der Schnellen Medizinischen Hilfe stand. »Von dem vollschlanken jungen Burschen dort. Er ist der Fahrer des Wartburg. Die Nummer des Täterfahrzeugs haben wir von dem Kassierer. Es geht ihm ziemlich schlecht; der Arzt will ihn mitnehmen. Und die junge Frau hat anscheinend einen Schock erlitten. Die Bauarbeiter sind leider ein paar Minuten zu spät gekommen.«

»Danke.« Fiebig nickte dem Hauptmann zu und ging langsam über den aufgeweichten Platz; es sah aus, als mache er einen gemütlichen Morgenspaziergang durch die tauenden Schneereste. Er versuchte, sich einen optischen Eindruck vom Tatort einzuprägen. Die Täter mussten diesen Platz mit Bedacht gewählt haben.

Er lief in einem weiten Bogen um den gelben Wartburg-Tourist herum. Einer der Techniker war dabei, die Kette, mit der die Täter den Wagen umschlossen hatten, sorgfältig zusammenzulegen und in einer Plastetüte zu verstauen.

»Wollen Sie noch was sehen?«, fragte er. »Handelsübliches Schloss für drei vierzig. Die Kette hat genau die richtige Länge. Die müssen gewusst haben, was für ein Fahrzeug sie überfallen. Wahrscheinlich haben sie die Kette am gleichen Fahrzeugtyp abgemessen.«

Der Major nickte und schnitt eine Grimasse. Dreihundertneunzehntausend Mark. Für eine solche Summe musste einer mehr als zwanzig Jahre lang arbeiten und zudem gut verdienen; und die hatten sich das Geld in drei Minuten angeeignet.

Fiebig verspürte keine Empörung, eher eine leichte Erregung, die nicht einmal unangenehm war. Mit Verbrechen solchen Formats hatte er in seinen zwölf Jahren Praxis kaum zu tun gehabt. Er konnte nicht leugnen, dass er so etwas wie Jagdeifer in sich fühlte. Der Raub musste von langer Hand vorbereitet gewesen sein; allein dies versprach beste Ansätze zur Aufklärung.

»Können wir jetzt endlich frühstücken?«, rief der unrasierte Baubrigadier ihm zu. »Wir haben nämlich noch vor, ein bisschen zu arbeiten!«

Fiebig winkte ihn heran. »Frühstücken Sie immer um die gleiche Zeit?«

Der Mann sah ihn durchdringend an. »Kommt ganz auf die Baustelle an. Ob wir überhaupt was zum Frühstück rankriegen beispielsweise … «

»Ich meine die konkrete Situation hier. Wo ist eigentlich Ihre Baustelle?«

»Da drüben.« Mit dem gelben Helm in der Rechten wies der Mann unbestimmt in die aufgewühlte Ferne. »Eine Kabeltrasse, verstehen Sie? Der Boden ist noch gefroren. Und wir müssen die alte Dorfstraße entlang.«

»Seit wann arbeiten Sie hier?«

Der spöttische Zug im Gesicht des Tiefbaubrigadiers war nicht zu übersehen. »Seit dem Herbst«, sagte er. Und noch bevor Fiebig nachhaken konnte, fuhr er fort: »Ich weiß schon – die konkrete Situation. Seit gestern Mittag.«

»Gut. Ich brauche eine Liste aller Leute, die hier in der Umgebung eingesetzt sind. Ist irgendwer von denen heute nicht zur Arbeit erschienen?«

Der Brigadier schien sich plötzlich unbehaglich zu fühlen. Unwillkürlich trat er einen Schritt näher auf Fiebig zu. »Hören

Sie«, sagte er leise, »zwei oder drei von den Jungs sind vorbestraft. Das ist beim Tiefbau nun mal so. Aber von denen kann keiner hier mitgemischt haben. Ich hatte sie alle im Blick.«
»Jemand muss diesen Parkplatz ausfindig gemacht haben. Fehlt von Ihren Leuten tatsächlich niemand?«
»Einer. Für den lege ich meine Hand ins Feuer.«
»Verbrennen Sie sich die Finger lieber nicht«, sagte Fiebig sarkastisch. »Schreiben Sie also bitte die Liste, und halten Sie sich zu weiteren Aussagen bereit.«
Der Brigadier maß ihn mit einem vieldeutigen Blick und stapfte missmutig zu seinen Kollegen zurück. »Natürlich können Sie inzwischen frühstücken«, rief der Major ihm nach, und dabei fiel ihm ein, dass er außer einer Tasse Tee und drei Zwiebäcken noch nichts im Magen hatte.
Oberleutnant Wischnewski kam ihm diensteifrig und korrekt, wie er ihn kannte, schon einige Schritte entgegen. »Den Schlüssel für den Raub werden wir im Kombinat finden«, sagte er hastig, als sei er bereits auf dem Weg dorthin. Die ungewöhnlich hohe Summe trieb anscheinend sogar einen besonnenen Kriminalisten wie Wischnewski zu einer schnelleren Gangart an.
»Das Geld war für den Betriebsteil vier bestimmt. Kaum zwei Kilometer von hier entfernt. Ich habe veranlasst, dass dort jeglicher Personenverkehr unterbleibt, bis wir kommen.«
»Sehr gut.« Auf Wischnewski war Verlass. Der dachte an alles. Hoffentlich. Ihnen durften keine Fehler unterlaufen. Von Anfang an nicht. Sonst konnten sie die dreihundertneunzehntausend Mark in den Rauch schreiben.
»Keine Zeugen außer den Wartburg-Insassen und ihren Befreiern?«, erkundigte sich Fiebig und schaute sorgenvoll

in die Runde. Das war hier eine merkwürdig tote Gegend, zumal um diese Jahreszeit. Wie gut war die Planung der Täter wirklich gewesen? Hatten sie von den Bauarbeitern vielleicht gar nichts geahnt?
»Vernehmungsfähig ist nur der Kraftfahrer. Und der …« Wischnewski winkte ab, eine Geste, die er Fiebig abgeguckt hatte und mit der der Major eine bestimmte Art von Zeugen zu charakterisieren pflegte. »Der Kassierer besitzt möglicherweise eine bessere Beobachtungsgabe, kann aber im Augenblick kaum sprechen.«
Jens Pohl stand hilflos und ungelenk neben dem Krankenwagen und paffte eine Zigarette. Als Fiebig ihn ansprach, warf er sie verlegen weg.
Seine Schilderung des Raubes fiel noch dürftiger aus, als der Major nach Wischnewskis gestischer Einschätzung erwartet hatte.
»Der Mann in der Wattejacke stieg also aus dem blauen Lada. Wie groß war er ungefähr?«
»So wie ich?« Pohl zögerte. »Oder wie Sie?« Bekümmert blickte er auf den Kriminalisten hinunter. Er war mindestens zehn Zentimeter größer als der Major.
»Er trug eine Brille?«
»Ja. Ich glaube.« Ihm schien etwas einzufallen. »Der Verkehrsposten auch. Der mich stoppte.«
»Der hatte keinen Schnauzbart?«
Jens Pohl starrte in den Himmel, als stünde dort das Bild des falschen Verkehrshelfers. »Doch, der auch …«, sagte er schließlich zögernd.
»Und der dritte?«, fragte Fiebig mit einer Spur von Ungeduld.
»Den habe ich gar nicht richtig gesehen …« Pohl stockte verlegen. »Ich habe so was noch nie erlebt …«, sagte er

entschuldigend. Rote Flecke breiteten sich, vom Hals aufsteigend, über seine fleischige Kinnpartie aus.

Das wäre ja auch noch schöner, dachte Fiebig grimmig. »Sie wussten, wie viel Geld Sie transportierten?«

Pohl begann zu husten. »Eigentlich nicht.«

Der Major sah ihn unverwandt an. Pohls Gesicht wurde noch einen Schein dunkler. Unter anhaltendem Husten bequemte er sich endlich zu dem vagen Eingeständnis: »Die Kleine aus der Kasse – ich meine, die Kollegin Opitz, die hat was von dreihunderttausend gesagt … «

»Wann hat sie das gesagt?«

»Irgendwann. Unterwegs. Einfach so … «

»Auf der Fahrt zur Bank oder auf der Rückfahrt?«

Pohl guckte den Hauptmann aus tränenden Augen an, als verstünde er den Sinn dieser Frage nicht.

»Auf der Hinfahrt, glaube ich … «

»Sie wussten also, dass es sich um eine große Summe handelt. Waren Sie bei der Auszahlung dabei?«

»Nein!« Beinahe entsetzt wies Pohl diese Vermutung von sich. »Ich habe draußen gewartet. Hat ganz schön lange gedauert, und das bei der Kälte.«

»Und Sie haben die ganze Zeit im Wagen gesessen?«

»Na ja … « Seinem kindlichen Mondgesicht war das schlechte Gewissen deutlich abzulesen. »Ich war beim Fleischer. Das ist doch nicht verboten, oder?«

»Man wird sich dort hoffentlich an Sie erinnern. Waren Sie sonst noch irgendwo? Haben Sie vielleicht telefoniert?«

»Nee. Wieso denn? Bloß noch beim Bäcker. Aber die Schrippen waren alle. Ich habe ein kleines Weißbrot gekauft. Der Rest liegt im Auto.« Er machte zwei Schritte auf den Wartburg zu, als wolle er das Brot zum Beweis holen.

Fiebig hielt ihn zurück: »Um das Auto kümmern sich unsere Techniker. Fahren Sie jeden Morgen damit zur Bank?«, wieder schien es, als habe der dickliche junge Mann ihn nicht recht verstanden. »Ich?«, fragte er. »Ich fahre meistens den Hadank. Den Direktor.« Trotz der niedrigen Temperatur standen Pohl feine Schweißperlen auf der Stirn.

»Kam es dennoch öfter vor, dass Sie so große Summen von der Bank abzuholen hatten?«

»Weiß ich doch nicht!«

Pohl schien allmählich zu begreifen, worauf Fiebigs Fragen hinausliefen, und begann sich innerlich einzuigeln.

»Wenn der Albrecht die Banktour macht, der spricht nicht über Geld.«

»Albrecht war der andere Mann im Wagen?«

»Albrecht? Nein, der ist heute nicht da. Deswegen musste ja der Rothärmel mitfahren.« Ihm kam eine Erleuchtung. »Der hat die ganze Zeit gemeckert, weil es so viel Geld war. Die Jahresendprämie für die ganze RIF, hat er gesagt, das ist viel zu viel für uns drei.«

»Für uns drei? Wie hat er das gemeint?«

Pohl hob die Schultern und ließ sie schlaff wieder sinken. »Bei so viel Geld müssen wahrscheinlich mehr Leute dabeisein …«

»Und was heißt RIF?«

Darauf vermochte Pohl wiederum nur mit einem hilflosen Achselzucken zu antworten. »Mit denen da hinten habe ich nichts zu tun …«

Fiebig beließ es dabei. »Sie fahren mit meinen Kollegen«, sagte er knapp. Wischnewski hatte sich nicht getäuscht. Nur mit großem Aufwand an Zeit und Geduld war aus Pohl vielleicht etwas Brauchbares herauszufragen. Darum sollten sich die Kollegen im Präsidium kümmern. Jens Pohl begann zu husten. »Mir ist ganz schlecht. Von dem Gas, das die versprüht haben.« Er stützte sich mit seiner Patschhand gegen den Holm des Krankenwagens und röchelte herzzerreißend.

Mit der berufsmäßigen Aufmerksamkeit des Kriminalisten betrachtete ihn Fiebig. War es möglich, dass dieser so ungeschickt wirkende Bursche ihm etwas vorspielte?

»Der Arzt wird Sie untersuchen«, versprach er. »Atmen Sie erst mal tief durch.« Er schob die Tür des Ambulanzwagens auf und zuckte zusammen.

Der Mann, der in dem Metallrohrsessel lehnte, sah aus wie eine Leiche; das eingefallene faltige Gesicht hatte die bleiche Farbe von Papier. Der junge Arzt, der neben dem Mann hockte und ihm den Tubus eines Sauerstoffgerätes vor den Mund hielt, hatte Fiebigs Reaktion bemerkt.

»Nur der Schock«, erklärte er ruhig. »Eventuell eine leichte Vergiftung durch das Zeug, das die Kerle in den Wagen gesprüht haben.« Die junge Frau auf der eingeschobenen Trage hinter dem Arzt schluchzte auf.

Der weißgesichtige Mann im Krankenstuhl öffnete mühsam die Augen. »Fesiasept«, keuchte er, »die Dose erkannt …«

Der Arzt wandte sich dem Major zu. »Das wäre wirklich eine gemeine Idee. Das Zeug wirkt im wahrsten Sinne des Wortes atemberaubend.«

Von Medikamenten hielt Fiebig nicht viel. Außer Analgin und Menthol-Dragees, die er der Atemreinheit wegen lutschte, kannte er die Namen der meisten nur aus den medizinischen Gutachten in den Ermittlungsberichten. Fesiasept war ihm noch nicht untergekommen.

»Ein Spray gegen Pilzerkrankungen der Füße. Sehr

zu empfehlen, wenn man in die Sauna oder in eine Schwimmhalle geht.«
Das nun anhaltende klägliche Schluchzen der Frau auf der Trage lenkte den Arzt von einem ausführlichen Exkurs über den Fußpilz ab.
»Na, na«, sagte er väterlich, obwohl er kaum älter aussah als seine Patientin. »Alles halb so schlimm. In ein, zwei Stunden sind wir wieder auf Deck!«
»Vielleicht darf ich mal ein paar Worte mit der jungen Dame wechseln«, schlug Fiebig vor.
Bereitwillig räumte ihm der Mediziner seinen Platz ein. Als Fiebig sich zu ihr beugte, blickte sie ihn angstvoll an und flüsterte: »Wenn es nur dem Kind nicht schadet ... «
Auch das noch, dachte Fiebig. Für den Augenblick fiel ihm nichts Besseres ein, als ihr beruhigend die kalte Hand zu tätscheln. Einen Ring trug sie nicht.
»Das ist – verboten«, krächzte Rothärmel hinter ihm. Fiebig verstand nicht gleich. Der Arzt griente.
»Keine Schwangeren und Schwerbeschädigte für Geldtransporte ... Sie hat es – verschwiegen ... «
»Na gut«, sagte Fiebig. »Über die Frage des Begleitschutzes wird noch ausführlich zu sprechen sein. Zunächst ist die genaue Beschreibung der Täter für uns von großer Bedeutung. Was haben Sie beobachtet?«
»Es war –«, entgegnete Rothärmel stoßweise im Rhythmus seines Atems, »es war alles – alles wie in der – in der U-Bahn ...«
Er bemerkte wohl Fiebigs ratlose Miene. »Im Fernsehen – in der U-Bahn – die hatten auch alle schwarze Bärte und Brillen. Es ist mir gleich aufgefallen. Der Kollege Pohl – er ist zu schwer von Begriff ... «
Demnach stimmte also, was dem Kraftfahrer aufgefallen

war: Die Täter hatten sich durch eine einheitliche Maskerade getarnt. Der Innenrevisor Josef Rothärmel hatte dennoch wichtige Details wahrgenommen.

»Das war kein echter Polizeimantel. Und die Jacke von dem anderen sah aus wie die eines Kellners. Viel zu dünn für die Jahreszeit.« Rothärmel schien sich von den Nachwirkungen des Fußsprays zu erholen. »Der Lada-Fahrer muss der Chef der Bande gewesen sein. Ich habe ihn ganz genau betrachtet, als er mir die Tasche mit dem Geld entriss. Ich hatte nicht genug Kraft, sie festzuhalten; das müssen Sie mir glauben …«

Fiebig nickte ihm beruhigend zu. »Wie sah der Mann aus?«

»Groß und kräftig. Ihre Figur, würde ich schätzen. Aber älter. Und er war nicht schwarzhaarig wie sein falscher Bart. Unter der Mütze guckten helle Haare vor. Die Koteletten, verstehen Sie? An irgendwen hat er mich erinnert. Aber ich hatte immer dieses Bild aus dem Fernsehkrimi vor mir. Da hatte einer der Verbrecher einen Schnupfen …«

»Herr Rothärmel, können Sie die Kleidung des Mannes ebenso genau beschreiben?«

Der Revisor schloss die Augen. Sein Mund stand ein wenig offen. Er sah noch immer gespenstisch aus und erinnerte jetzt an ein Medium in Trance.

»Eine graue Tschapka«, sagte er. »Die gleiche wie die der beiden anderen. Und eine blaue Wattejacke. Es könnte Arbeitsschutzkleidung gewesen sein. Wirkte ganz neu. Dabei war der bestimmt kein Arbeiter. Unter der Jacke hatte er ein richtiges Oberhemd an. Hellblau gestreift. Ich glaube, er hatte sogar einen Schlips um. Und er trug so eine Latzhose. Dunkelblau.«

»Die Wattejacke war also offen?«

»Nein.« Rothärmel schüttelte nachdenklich den Kopf. »Nur der Knopf am Kragen. Diese Hosen haben eine Seitentasche für den Zollstock. Und darin steckte ein Messer.« Mit seinen blutleeren Händen deutete Rothärmel die Länge des Messers an.
»Sind Sie sicher?«, fragte Fiebig.
»Ganz sicher!« Der bleiche Mann richtete sich kerzengerade in dem Tuchsessel auf. »Mit einem hellen Holzgriff und Messingnieten.«
»Ich danke Ihnen. Sie werden das alles ausführlich zu Protokoll geben, wenn Sie wieder in Ordnung sind.«
Fiebig schlängelte sich um den Sitz des Kranken herum und öffnete die Tür.
»Ich bin in Ordnung.« Rothärmel erhob sich. »Ich muss den Vorfall umgehend im Kombinat melden.«
Erst jetzt schien ihm die Tragweite des Ereignisses klarzuwerden, und er sank in den Sitz zurück. »Hadank!«, sagte er mehr für sich, als an den Major gewandt. »Er wird disziplinarische Maßnahmen gegen uns einleiten … «
Fiebig verzichtete auf einen Kommentar und stieg aus dem Wagen.

Der Betriebsteil IV, errichtet auf einem weiträumigen Areal ehemaliger Rieselfelder vor den Toren der Stadt, erstreckte sich bis hin zur S-Bahn-Trasse, hinter der die Wohnquader des neuen Stadtbezirks aufragten. Hadank, ein knochiger Mann in den Fünfzigern mit hoher Stirn und nikotingelben Zähnen, residierte im fünften Stock des mit weinrotem Glasfiber verkleideten Hauptgebäudes. Gewöhnlich genoss er wenigstens einmal am Tag den Blick über die Hallen und Baulichkeiten seines Reiches. Heute stand ihm nicht der Sinn danach.

Die tatsächliche Qualität eines Leiters erweist sich in einer kritischen Situation, lautete eine seiner gern zum Besten gegebenen Maximen, die seine Mitarbeiter so schätzten. Eine solche kritische Situation bestand unzweifelhaft, seit sich mit dem Eintreffen der Kripo die geradezu unglaubliche Meldung vom Raubüberfall bewahrheitet hatte.

Innerhalb von zehn Minuten waren auf Hadanks Anweisung alle auffindbaren Leiter bis hinunter zu den Gruppeningenieuren und Ökonomen um den langen Sitzungstisch in seinem Büro versammelt, erfuhren jedoch aus dem Mund des Majors Fiebig nur karge Einzelheiten über den Hergang der Tat. Es schien Hadank, als sei der Major nicht besonders begeistert von dieser spontan einberufenen Zusammenkunft, zumal sie ständig durch Nachzügler gestört wurde.

Androsch, der wie immer als Letzter informiert worden war und entsprechend spät eintraf, sah sich erstaunt in einem Massenmeeting, dessen Teilnehmer längst nicht alle einen Stuhl gefunden hatten. Ein blonder Mann, den Androsch nicht älter schätzte, als er selber war, stützte sich mit beiden Händen auf Hadanks Schreibtisch und sagte gerade: »Kehren Sie bitte in Ihre Arbeitsbereiche zurück und betrachten Sie unsere Mitteilung vorläufig als vertraulich. Stellen Sie umgehend die Namen aller Ihrer Mitarbeiter fest, die sich etwa zwischen neun und zehn Uhr nicht an ihrem Arbeitsplatz aufgehalten und möglicherweise sogar das Betriebsgelände verlassen haben.«

»Auch die Kranken und die Urlauber?«, fragte Androsch in das einsetzende Gemurmel hinein. Siegfried Korn war ihm sofort eingefallen. Weshalb war der an einem solchen Tag nicht hier?

Auf Korn kam auch Hadank anschließend zu sprechen, als

der Major, statt ihm weitere Aufklärung über das Verbrechen zu geben, ihn mit Fragen zu attackieren begann. Nein, er, Hadank, wusste nicht, in welchen Struktureinheiten an diesem Tag die Jahresendprämie ausgezahlt werden sollte, besaß überhaupt keine konkrete Vorstellung von der Summe, die von der Bank abgeholt worden war. »Das ist Sache der Kasse. Der Kollege Albrecht ...«

»... ist seit heute Morgen krank. Wir überprüfen das bereits.«

Es gehörte wahrhaftig nicht zu Hadanks Aufgaben, sich täglich über den Gesundheitszustand jedes Mitarbeiters zu informieren. Unter dem Blick dieser hellen Kriminalistenaugen fühlte er sich dennoch schuldig. Auch dafür, dass Korn Hals über Kopf seinen Urlaub angetreten hatte, ohne ein Wort über die Auszahlung der Jahresendprämie zu hinterlassen. Oder hatte Androsch da etwas festgelegt? Unwahrscheinlich. Androsch traf niemals selbständig irgendeine Entscheidung.

Für den Major erwies sich Androsch als ein Mann, der mit drei Sätzen den klarsten Sachverhalt geistig zu vernebeln verstand. Ratlos starrte er Fiebig an und rückte beständig an seiner randlosen Brille herum, hinter der er seine überwältigende Begriffsstutzigkeit zu verbergen suchte. Eine schärfere Bewertung verbot sich Fiebig. Der Mann war schließlich Diplomingenieur und besaß sicherlich seine Qualitäten.

Statistische Werte beispielsweise gab er mit zwei Stellen hinter dem Komma an. Nur war es dem Major im Augenblick ziemlich egal, ob bei RIF exakt 31,17 % Frauen tätig waren. Ihn interessierte vielmehr, weshalb Androsch als amtierender Leiter einer großen Abteilung erst heute Morgen den Zahlungstermin erfahren haben wollte und von wem. »In unserem Verantwortungsbereich nimmt jeder in erster Linie die ihm übertragene Verantwortung wahr. Darauf achtet der Kollege Korn streng. Ich bin zunächst einmal Technologe. Eine Art Haupttechnologe, wenn Ihnen das etwas sagt. Unsere vielfältigen Aufgaben erlauben es leider nicht … «

Fiebig unterbrach ihn: »Wer ist für die Auszahlung der Jahressendprämie zuständig?« Er schickte einen verzweifelten Blick zu Wischnewski, der gerade das Zimmer betrat.

»Sie müssen sich das so vorstellen: Die ökonomischen Fragen, also auch die Finanzen, liegen ausschließlich in der Kompetenz des jeweils ökonomisch Verantwortlichen, des Bereichsökonomen gewissermaßen … «

»Und wer ist dieser Bereichsökonom?«

»Dazu komme ich ja gleich.« Androsch rückte seine Brille gerade und sah Fiebig missbilligend an. »Das ist die Kollegin Wagenknecht. Zweifellos eine bewährte Mitarbeiterin. Der Kollege Korn könnte Ihnen da eindeutigere Auskünfte geben.«

»Kümmere dich mal um diese Kollegin Wagenknecht«, sagte Fiebig zu Wischnewski. Der nickte und schob ihm einen Zettel zu, auf dem untereinander elf Namen standen. »So weit wären wir erst mal«, sagte er leise.

4

Für die Zusammenstellung seiner Diät hatte Siegfried Korn keine besondere Mühe aufgewendet. Nachdem er am Montag die letzte der eingefrosteten Rouladen mit großem Appetit vertilgt hatte, war er zur Kaufhalle gefahren. Einen solchen Einkauf erledigte man besser mit vollem Magen. Er hatte alle vorhandenen Beutel mit Suppengemüse aus der Tiefkühltruhe gesammelt, dem Regal acht Pakete Knäckebrot entnommen – auch Ballaststoffe mussten sein –, zehn Zitronen als Vitaminspender und dreißig Flaschen Selters für die Entschlackung gekauft. Kein Bier. Und vor allem keine Zigaretten! Nur zwei Tüten Mocca-Fix. Damit musste er auskommen in den nächsten drei Wochen. Zwei Tassen Kaffee täglich. Schwarz und ohne Zucker. Dazu ein Teller von der schmackhaften Gemüsebrühe.

Jetzt saß er in der Küche und löffelte mit Todesverachtung in sich hinein, was er sich da gekocht hatte. Schmeckte wie eingeschlafene Füße. Möglicherweise war das durch eine entsprechende Gewürzzugabe zu verändern. Nicht einfach nur Salz. Kräuter. Aber welche? Oder durfte man ein winziges Stück Rindfleisch mitkochen? Natürlich ganz mager.

Er spülte Teller und Löffel unter dem heißen Wasserstrahl ab und ließ beides für die nächste Mahlzeit auf dem Abtropfgitter liegen. Bei dieser fettarmen Kost brauchte er wenigstens keine Zeit mit dem Abwasch zu vergeuden. Fit benötigte er nur für die Kaffeetasse.

Das war überhaupt eine gute Idee: gleich noch eine Tasse Kaffee, um sich über dieses kärgliche Mahl hinwegzutrösten. Die Flurglocke mit ihrem aufdringlichen Dingdong riss ihn aus seinen Gedanken. Wer mochte das sein? Vorsichtig, um kein Geräusch zu verursachen, setzte er den Wasserkessel auf den Herd zurück. Kamen die im Kombinat nicht einmal zwei Tage ohne ihn aus?

Wieder wurde geläutet, heftiger diesmal und mehrmals hintereinander. Korn zog die Träger seiner Arbeitshose glatt und fühlte nach dem durchgescheuerten Hemdkragen. Vielleicht doch gut, dass er den Plan aufgegeben hatte, sich einen Bart stehen zu lassen.

Der jüngere der beiden Männer, die mit Leichenbittermienen vor seiner Wohnungstür Aufstellung genommen hatten, maß ihn mit einem überraschten Blick.

»Sie sind Siegfried Korn?«

Was waren denn das für Vögel? Korn trat einen Schritt aus der Tür, beugte sich zur Klingel und las laut: »S Punkt Korn.« Er richtete sich auf und griente. »Tatsächlich. Ich scheine hier zu wohnen.«

Der blonde junge Mann in dem beigefarbenen Steppanorak wollte wohl keinen Spaß verstehen. Er streckte Korn einen aufgeklappten Ausweis entgegen. »Kriminalpolizei. Major Fiebig. Wir würden Ihnen gerne einige Fragen stellen.«

Korn, kein bisschen verlegen ob seines Scherzes, sagte aufgeräumt: »Bitte. Möchten Sie reinkommen?«

Nur der Major folgte seiner einladenden Geste. Sein Begleiter, ein drahtiger Brünetter, mit dem er sich wortlos verständigt hatte, stieg die Treppe weiter hinauf. Also anscheinend eine Umfrage unter den Hausbewohnern.

»Ist irgendwas in der Gegend passiert?«, erkundigte sich Korn. Der Mann im Anorak ging nicht darauf ein, dankte nur höflich für den angebotenen Platz und ließ sich in dem Sessel in der Fensterecke nieder. Er legte seine Handgelenktasche auf dem Tisch ab und betrachtete Siegfried Korn mit unverhohlener Aufmerksamkeit.

Korn fühlte sich nicht sonderlich wohl in seiner Latzhose und dem ausgeblichenen, ehemals blaukarierten Hemd. Auf Besuch war er nicht eingerichtet. Immerhin ein Major. Und noch ziemlich jung. Er setzte sich ihm gegenüber in die Sofaecke und tastete nach der Zigarettenschachtel in der Hosentasche. Da war keine. Und da würde nie wieder eine sein. Zufrieden lehnte er sich zurück und erwartete die erste Frage. Der Major schob seine Tasche ein wenig zur Seite. Auf dem Tisch lag ein aufgeschlagenes Buch, broschiert, mit dem Einband nach oben: Batu Khan. Korn hatte darin gelesen. Deswegen lag seine Brille daneben. Ein ganz gewöhnliches Gestell mit Metallbügeln, die Gläser nicht allzu stark, so wie Korn sie eben seit zwei Jahren brauchte.

Den Major schienen Buch und Brille zu interessieren. »Sie waren bis jetzt nicht zu Hause?«, fragte er endlich.

»Doch«, erwiderte Korn erstaunt. »Den ganzen Vormittag.«

»Vom Betrieb aus hat man versucht, Sie anzurufen. Es hat sich niemand gemeldet.«

»Ich war in der Küche. Wahrscheinlich habe ich das Telefon nicht gehört.« Diese Teilwahrheit ging ihm leicht über die Lippen; ein ungutes Gefühl beschlich ihn dennoch. Wenn das Ding nun plötzlich zu schnurren begann?

»Ich habe Urlaub!«, setzte er entschlossen hinzu, »deshalb ist die Glocke leise gestellt.«

Sein Gegenüber verzog keine Miene.

»Es handelt sich um meinen Jahresurlaub vom vergangenen Jahr«, erläuterte Korn, nun schon ärgerlich auf sich selbst. Wofür entschuldigte er sich?

Fiebig überging das Problem ohnehin. »Von Ihnen, Herr

Korn, stammt die Anweisung, die Jahresendprämie in der Abteilung RIF heute auszuzahlen.«
Das war keine Frage, sondern eine Feststellung. Korn starrte den Major verblüfft an. »Ist irgendetwas mit dem Geld passiert?«
»Wollen Sie bitte meine Frage beantworten.« Korn richtete sich auf seinem Sofa gerade auf. Was sollte dieses Katz-und-Maus-Spiel? Er war schließlich nicht irgendwer, sondern der Leiter von RIF, und alles, was diese Struktureinheit betraf, ging zuallererst einmal ihn etwas an.
»RIF ist keine Abteilung, sondern ein selbständiger Fachbereich«, berichtigte er den Kriminalisten. Wenn der offiziell werden wollte – da konnte er alle Mal mithalten. Der Major zeigte indes keinerlei Neigung, sich auf Spitzfindigkeiten einzulassen. »Die Anweisung stammte von Ihnen?«, fragte er friedlich.
»Selbstverständlich. Ich habe die Listen abgezeichnet und den Auszahlungsantrag unterschrieben. Ist etwas daran unkorrekt?«
»Als Auszahlungstermin war ursprünglich Donnerstag, der sechsundzwanzigste Februar, vorgesehen.«
Korn nickte stumm. Die hellen, ihn taxierenden Augen des Majors hatten etwas Unnatürliches, stellte er fest.
»Heute ist Dienstag, der vierundzwanzigste. Warum wurde der Termin verändert?«
»Warum nicht?«, fragte Korn gelassen und lehnte sich wieder bequem in seine Sofaecke zurück. Solange der nicht gucken ließ, weshalb er seine Fragen stellte, würde der auf Granit beißen. Kripo hin oder her – er war es gewohnt, dass man ihm Vertrauen entgegenbrachte und nicht jedes seiner Worte misstrauisch belauerte.

»Wie viel Geld fehlt denn?«, fragte er geradezu.
Zum ersten Mal zeigte sich auf Fiebigs Gesicht ein Anflug von Lächeln.
»Dreihundertneunzehntausendzweihundertundeinundachtzig Mark«, sagte er leichthin, als ginge es lediglich um einen Pfennigbetrag. »Da werden Sie uns doch einige Fragen gestatten, Herr Korn?«
Korn neigte den Kopf zur Seite, als traue er seinem Gehör nicht. »Dreihundertneunzehn … ?«
»… tausend Mark«, ergänzte der Major nüchtern. »Hauptsächlich die Jahresendprämiengelder für RIF und für die Messelektronik. Wussten Sie, dass die ebenfalls heute auszahlen wollten?«
Korn nickte bedächtig. »Dreihundertneunzehntausend Mark!«, wiederholte er noch einmal. Die Summe erschien ihm im Augenblick unvorstellbar. Und dieser Jüngling mit dem lockigen Blondhaar und den leuchtenden Augen saß gleichmütig in seinem Sessel, als käme jeden Tag ein solcher Betrag abhanden.
Auf dem Papier war Korn an ganz andere Summen gewöhnt. Der Investitionsplan umfasste stets eine siebenstellige Zahl. Aber Bargeld in dieser Höhe? Und das war verschwunden. Kein Wunder, dass die K einen Major auf die Beine gebracht hatte. Wer in dem jugendlichen Alter bereits diesen Dienstrang hatte, musste etwas auf dem Kasten haben.
»Ist dem Albrecht etwas passiert?«, fragte Korn rau.
Sein Gegenüber kniff die Augen ein wenig zusammen. »Der Kollege Albrecht ist heute Morgen nicht im Betrieb erschienen.«
»Aha!«, sagte Korn befriedigt und beugte sich weit über den Tisch auf seinen Gesprächspartner zu. »Das ist die erste

heiße Spur!« Ihm fiel überhaupt nicht auf, dass er bis jetzt noch keine Frage des Kriminalisten eindeutig und ohne Umschweife beantwortet hatte.

Geradezu demonstrativ schlug der Major jetzt die Beine übereinander und verschränkte die Arme vor der Brust. – »Es geht mir hier weniger um Ihre kriminalistischen Ratschläge, Herr Korn«, sagte er, und allein, wie er Herr Korn betonte, missfiel dem. »Wir benötigen exakte Hintergrundinformationen, um dieses Verbrechen schnell aufklären zu können. Verstehen wir uns?«

»Natürlich. Wie konnte es denn dazu kommen?«

Fiebigs Nasenflügel begannen zu vibrieren.

»Schon gut!« Beschwichtigend hob Korn die Hand und setzte sich auf seinen Platz zurück. »Fragen Sie. Ich werde mich um klare Antworten bemühen.«

»Also: Auf wessen Anweisung wurde der Auszahlungstermin für Ihren Fachbereich um zwei Tage vorgezogen?«

»Auf meine Anweisung.«

Weshalb soll das Geld noch eine Woche liegen, hatte er zu Adelheid Wagenknecht, der treuesten Seele des Fachbereichs, gesagt, die auch diesmal die Hauptarbeit mit der Aufschlüsselung der Summen, der Korrektur der Listen und all dem unvermeidlichen Papierkram gehabt hatte. Das ist 'ne Jahres*end*prämie und keine Ostergratifikation. Meinetwegen können wir morgen auszahlen, dann ist das Zeug vom Tisch.

Adelheid, nur zwei Jahre älter als er, hatte ihm jenen mildverzeihenden Blick geschenkt, mit dem sie gewöhnlich seine unüberlegten Äußerungen von der harmlosen Sorte zu kommentieren pflegte, und nachsichtig den Kopf geschüttelt: Wann wirst du endlich lernen, Siegfried, dass es in der Ökonomie nicht holterdiepolter zugeht wie bei deinen Technikern, sondern ordentlich und nach Plan. Selbst wenn ich die Stückelung heute noch ausrechne, kann Albrecht das Geld frühestens für Dienstag bei der Bank bestellen.

Die Stückelung. Dabei waren es vorwiegend glatte Hunderter, die in die Umschläge wanderten, allenfalls Fünfziger. Kleinere Scheine nur, um den Anschein der Differenzierung zu wahren; so jedenfalls sah es Korn. Immerhin gab es Leute, die um fünf Mark stritten, bei durchschnittlich zehn blauen Scheinen pro Nase; das waren rund zweihundertzwölftausend Mark für den ganzen Bereich RIF, einschließlich Abteilungs- und Gruppenleiter.

Am Dienstag also, hatte er gesagt und sich im Stillen darüber geärgert, dass dann Androsch allen unbeholfen die Hand drücken und so tun würde, als sei es sein Verdienst, dass die Prämie doch noch so hoch ausgefallen war.

»Sie haben diese Anweisung der Kollegin Wagenknecht erteilt. Wen haben Sie sonst noch informiert?«

»Niemand. Es gehört nicht zu meinen Aufgaben, den Mitarbeitern den konkreten Zahlungstermin bekannt zu geben«, sagte Korn finster. Da war etwas falsch gelaufen. Er hatte nicht einmal mehr mit Androsch über seine Entscheidung sprechen können; und der hätte spätestens Montag früh die anderen Leiter informieren müssen. In der Leitungssitzung hatte Hadank festgelegt, die Prämien ab 20. Februar und spätestens bis zum Frauentag auszuzahlen; Korn hatte sich anschließend mit Scherbarth, dem AGL-Vorsitzenden von RIF, auf den 26. Februar geeinigt. Aber wenn es um Geld ging, entwickelten gerade die Langsamsten eine ungeahnte Geschwindigkeit. Alle Unterlagen waren früher fertig gewesen, als er erwartet hatte.

»Ich nehme an, dass die Kollegin Wagenknecht die Terminveränderung weitergegeben hat«, sagte er und ärgerte sich schon wieder. Weshalb schob er es auf Adelheid? »Eine ausdrückliche Anweisung habe ich ihr nicht erteilt.«
Der Blick aus den hellen Augen ruhte unangenehm lange auf ihm. »Selbst Ihr amtierender Vertreter will bis heute nichts davon erfahren haben …«
»Schon möglich«, räumte Korn ein. Das sah Adelheid ähnlich. So redselig sie sonst sein konnte – Androsch ließ sie nur wissen, was sie unbedingt für notwendig hielt. Der versteht mich sowieso nicht, lautete ihre Ausrede. »Der Kollege Androsch fuhr am Donnerstag zu einer Fachtagung nach Erfurt. Wir haben am Mittwoch zum letzten Mal miteinander gesprochen.«
»Sie meinen also, dass niemand von den Mitarbeitern den neuen Termin kannte?«
Der ungläubige Unterton in der Frage entging Korn nicht.
»Wenn Adelheid sagt, sie habe mit niemand darüber gesprochen, dann stimmt das. Erich Albrecht hat sie natürlich informieren müssen; der führt die Kasse. Ob noch andere vom Rechnungswesen davon wussten, vermag ich nicht einzuschätzen.«
»Diese Kollegin Wagenknecht …«
»Nein«, fuhr Korn ärgerlich dazwischen. »Sie hat gerade ihr dreißigjähriges Jubiläum hinter sich.« Er stellte sich Adelheids Reaktion vor, wenn er sie verdächtigte, sich Geld angeeignet zu haben. Du bist wohl doof, würde sie in ihrer charmanten Art sagen, aus dem Zimmer rauschen und die Tür zuwerfen.
»Dreihundertneunzehntausend Mark sind eine Menge Geld«, gab Fiebig zu bedenken.

»Adelheid hat keine Geldsorgen. Vor zwei Jahren hat sie das Haus ihrer Eltern geerbt. Und deren Vermögen vermutlich auch.«
»Und Albrecht? Was ist das für ein Mann?«
»Albrecht? Der korrekte Beamte in Person. So einer mit Ärmelschonern. Der würde sich eher umbringen, als Geld zu nehmen, das ihm nicht gehört.«
»Er soll heute Nacht einen Herzanfall erlitten haben.«
»Erich?«, sagte Korn betroffen. »Er ist zweiundsechzig; machte immer den Eindruck, als sei er kerngesund.«
»Wir überprüfen das.«
Sie überprüften also jeden. Jeden Betriebsangehörigen? Korn gewann plötzlich eine Vorstellung von der Dimension dieser Ermittlungen. Und er erschwerte denen womöglich die Arbeit.
»Hören Sie!«, sagte er lebhaft. »Das muss doch rauszukriegen sein, wer für so was in Frage kommt! Doch nicht Leute wie unsere Adelheid oder der alte Albrecht!«
»Sondern?«
»Jüngere, würde ich vermuten. Clevere Burschen, die das schnelle Geld machen wollen.«
»Und? Wer käme da in Frage?«
Siegfried Korn schwieg.
»Niemand von RIF, meinen Sie?« Korn hob die Schultern. »Man kann nicht zweihundert Menschen ins Herz gucken ... «, sagte er zögernd. Wem traute man so etwas zu? Denen, die stets zuerst das Maul aufrissen, wenn es um Geld ging? Solchen Kantonisten, die sich monatlich mindestens eine Fehlschicht leisteten? Die waren bei RIF nicht das Problem. »Es könnte sich auch um jemanden handeln, der längst nicht mehr bei uns arbeitet ... «, überlegte er laut.

»Selbstverständlich beziehen wir diesen Personenkreis in unsere Untersuchungen ein. Können Sie auf Anhieb einen Namen nennen?«
Korn schüttelte den Kopf.
»Überlegen Sie noch einmal, ob Sie nicht doch mit jemandem über den Termin gesprochen haben. Auf jeden Fall müssen die Täter mindestens einen Informanten im Betrieb gehabt haben.«
»Normalerweise ist so was Gesprächsthema im ganzen Fachbereich. Ausgerechnet diesmal hat es vielleicht wirklich niemand gewusst.«
»Das kann unser Glück sein. Wenn der Kreis derer, die den neuen Termin kannten, wirklich so klein ist, wie Sie annehmen, erleichtert das unsere Ermittlungen wesentlich.«
Das leuchtete Korn ein. Dennoch gab es da etwas zu beachten: »Und wenn die es eigentlich auf das Geld von der Messelektronik abgesehen hatten, und unser Geld war ein unerwarteter Treffer?«
»Das ist unwahrscheinlich. Der Raub wurde langfristig geplant. Warum sollten sich die Täter mit sechsundneunzigtausend Mark begnügen, wenn zwei Tage später mehr als das Doppelte zu holen ist?«
»Und ich habe dafür gesorgt, dass denen beides auf einen Streich in die Hände fällt. Das meinen Sie doch?«
Darauf antwortete der Major nicht. »Versuchen Sie, uns zu helfen«, sagte er stattdessen. »Denken Sie über Ihre Mitarbeiter nach. Über jedes Detail, das uns Aufschlüsse vermitteln könnte.«
»Sie dürfen mit mir rechnen«, sagte Korn, und er meinte es ganz ehrlich, obwohl er für einen winzigen Moment beinahe triumphierend an den Ärger dachte, den Hadank und

Androsch nun am Halse hatten. Aber vielleicht erwartete man von ihm … »Meinen Urlaub brauche ich doch deshalb nicht abzubrechen?«, fragte er hastig.

»Nein. Das wird nicht notwendig sein. Es wäre sicher gut, wenn wir Sie erreichen könnten. Auch telefonisch.«

Das versprach ein wunderbarer Urlaub zu werden. Mit täglicher Abmeldung bei der Polizei. Zum ersten Mal verspürte Siegfried Korn so etwas wie Zorn auf die Gangster, die sich an den Prämienmitteln vergriffen hatten. Weshalb sagte ihm dieser Fiebig nicht, wie die an das Geld herangekommen waren?

»Sie werden die Kerle doch hoffentlich bald kriegen!«

Die Miene des Majors drückte keinen übertriebenen Optimismus aus. »Das hängt von vielen Faktoren ab. Im Augenblick beschäftigen wir uns beispielsweise mit jenen Betriebsangehörigen, die sich heute Morgen nicht auf dem Werkgelände aufhielten. Haben Sie eine Vorstellung, um wie viele es sich handelt?«

Es gab immer Leute, die aus dem einen oder anderen Grund während der Arbeitszeit den Betrieb verließen: weil sie im Stammkombinat zu tun hatten, Termine beim Ministerium oder bei Kooperationspartnern und Zulieferern wahrnahmen. Oder weil sie einfach privat etwas zu erledigen hatten: den Waschmaschinenmonteur erwarteten oder einen Durchlichttermin für das Auto hatten. Die Leiter waren angewiesen, alle Abwesenheiten der Mitarbeiter zu kontrollieren und zu erfassen. Das wurde natürlich unterschiedlich streng gehandhabt, wusste Korn. Kein Thema für eine Diskussion mit der Kripo. Deshalb schwieg er.

»Nach dem bisherigen Stand unserer Untersuchungen waren elf Mitarbeiter von RIF während der fraglichen Zeit nicht an ihrem Arbeitsplatz.« Fiebig zog einen zusammengefalteten Zettel aus der Brusttasche seines Anoraks hervor. Jenuschkeit, Brodhagen, Scherbarth, Krassinski, Sandau, Gräbert, Rudolf, Weidner und Schmidt, Daniel. Außerdem die Kolleginnen Eckert und Landgraf.«

Der Major blickte auf. »Fällt Ihnen zu einem dieser Namen etwas ein?«

Weidner! Der musste natürlich dabei sein. Korn fiel zu beinahe jedem Namen etwas ein; er hatte den Ehrgeiz, alle Mitarbeiter von RIF persönlich zu kennen. Schmidt, Daniel, allerdings war ihm kein Begriff. Einer vom letzten Lehrjahr vielleicht? Aber ausgerechnet Weidner. Mit dem hatte es weiß Gott in der Vergangenheit genügend Ärger gegeben. Nun schien er sich wieder gefangen zu haben. Jedenfalls hatte das Scherbarth behauptet, als ihm, Korn, auf der Prämienliste die hohe Summe hinter Weidners Namen aufgefallen war. Der ist wieder okay, hatte Scherbarth versichert. Unser bester Mann in der Instandhaltung.

Korn sah keinen Grund, Scherbarths Einschätzung anzuzweifeln. In seinen guten Zeiten war Weidner ein hervorragender Fachmann gewesen. Ein besserer als er selbst, und als Dettenberg und Rosanke … Das war lange her.

Albrecht kam gewöhnlich gegen halb zehn von der Bank zurück. Was hatte ein Instandhaltungsmechaniker um diese Zeit außer Haus verloren?

Doch Korn behielt seine Zweifel für sich. »Die Kollegin Landgraf ist meine Hauptdisponentin«, sagte er nur und fügte erklärend hinzu: »Die Sekretärin von RIF sozusagen. Ihre Funktion heißt wegen der höheren Gehaltsgruppe so.«

Fiebig winkte ab. »Das ist schon klar. Sie erwartete eine Möbellieferung. Der Termin stand seit einer Woche fest, sagt sie.«

»Und Scherbarth ist der AGL-Vorsitzende für RIF.«
Der Major schien auch an Scherbarth nicht interessiert.
»Was heißt eigentlich RIF?«, wollte er wissen.
»Tja …«, sagte Siegfried Korn gedehnt. »Ursprünglich hieß das mal Rationalisierung und Instandhaltung; F für Fachbereich. Inzwischen haben sich die Aufgaben gewandelt. Wir machen viel mehr Entwicklung und Fertigung. Da kommen die Strukturplaner gar nicht so schnell nach.«
Im Korridor ertönte der Türgong.
»Das wird mein Kollege sein.«
Der Major war an der Wohnzimmertür, noch bevor Korn sich aus seiner Couchecke manövriert hatte.
Draußen im Flur sprach der andere Kriminalist gedämpft auf den Major ein. Korn wusste nicht so recht, wie er sich verhalten sollte. Anscheinend ging es um ihn. Schließlich fragte der drahtige Brünette, zu dem eine Skiausrüstung gepasst hätte und der dem Dialekt nach auch aus dem bergigen Süden stammte: »Sie haben das Haus seit heute Morgen nicht verlassen?«
»Nein.«
»Sind Sie ganz sicher?«
Korn richtete sich zu seiner vollen Größe auf. »Absolut sicher.« Er vermochte die Gesichter der beiden im Halbdunkel des Korridors nur schlecht zu erkennen, nahm jedoch wahr, dass der Major fasziniert durch die offene Küchentür starrte. Was gab es da so Interessantes?
»Sie sind heute Morgen gegen acht Uhr fünfundvierzig im Hausflur gesehen worden.«
Korn verstand nicht, worauf diese Fragen zielten. »Ich habe die Zeitung raufgeholt«, entgegnete er. »Das muss Herr Schwartzkopff doch bemerkt haben.«

»Er meint, Sie hätten das Haus verlassen.«
Richtig. Er war zum Wagen gegangen, um nachzuschauen, ob sich unter dem Getriebe wieder Öltropfen abgesetzt hatten.
»Ich war auf dem Parkplatz an meinem Auto.«
»Wie lange hat das gedauert?«
Ganz allmählich wurde Korn klar, dass es sich hier um eine handfeste Vernehmung handelte, und das fand er eher lächerlich als beunruhigend. Er drückte auf den Lichtschalter im Flur, damit die beiden ihn richtig sehen konnten.
»Ich war keine zwei Minuten am Wagen!«, sagte er mit Nachdruck. »Oder glauben Sie, ich bin losgefahren und habe die Prämiengelder meiner eigenen Mitarbeiter geklaut?«
Der Major versuchte nicht, ihn zu beschwichtigen. Wie ein Pfahl stand er vor der offenen Küchentür und musterte Korn mit seinen hellen Augen. »Wir glauben gar nichts, Herr Korn«, sagte er hölzern. »Wir befinden uns am Anfang einer möglicherweise langwierigen Untersuchung. Ich denke, es ist Ihre Pflicht, uns zu unterstützen.« Und wieder guckte er in die Küche.
»Schon gut«, brummte Korn, nun doch ein wenig verlegen. Im Betrieb waren alle an seine Ausbrüche gewöhnt. Der Kripo gegenüber beherrschte er sich besser.
»Was möchten Sie noch wissen?«
»Besitzen Sie eine Wattejacke?«
»Ja«, sagte Korn. »Sie hängt im Keller.« Und im gleichen Augenblick fiel ihm ein, dass die Jacke noch im Kofferraum des Wartburg lag. Wenn er sich jetzt berichtigte, nahm die Fragerei womöglich kein Ende.
»Wenn Sie zu Hause waren – weshalb haben Sie nicht geöffnet, als es gegen neun Uhr dreißig bei Ihnen klingelte?«
An diesem Morgen schien sich alles gegen Korn verschwo-

ren zu haben. »Weil ich kein Klingeln wahrgenommen habe«, sagte er. »Ich war im Wohnzimmer und habe Musik gehört.«

»Genau deswegen hat Ihr Nachbar geklingelt.«

Ausgerechnet Schwarzkopff! Tag und Nacht drang das Tschilpen seiner Nymphensittiche durch alle Gips- und Betonwände, aber wenn er einmal an einem Vormittag wagte …

»Ich habe ›Zar und Zimmermann‹ gehört erklärte er frostig. »Und hinterher die ›Slawischen Tänze‹, wenn Ihnen das etwas sagt.«

Er war sich seiner Unfreundlichkeit bewusst, aber er fand, dass die beiden ihre Zeit vergeudeten.

»Auf welchem Sender?«, fragte der Brünette ungerührt.

»Auf meinem Plattenspieler!« Das klang schon ausgesprochen barsch. »Man muss bekanntlich nach zwanzig Minuten die Platte umdrehen.« Die sollten ihn doch nicht für dumm verkaufen. Er verstand nur zu genau, was die wollten: ihm beweisen, dass er nicht zu Hause gewesen sei. Wahrscheinlich regte er sich ganz unnötig auf. Dieses albern wirkende Spiel gehörte wohl zu ihrem Grundrepertoire, und er war einfach der zwölfte Mitarbeiter von RIF, dessen Alibi sie auf diese Weise zu erschüttern versuchten.

»Ich war wirklich zu Hause«, sagte er deshalb friedfertig, »habe weder etwas unternommen noch jemals daran gedacht, mir meine Jahresendprämie mit Gewalt wiederzuholen.«

In den Augen des Majors glitzerte es. Der verstand ihn also recht gut. Und auf einmal wusste Korn, wem er dieses übersteigerte Interesse an seiner Person verdankte: Hadank. Brühwarm hatte der denen die erschröckliche Geschichte von der Rache des materiell verantwortlich gemachten Leiters aufgetischt; und die K war darauf reingefallen.

Anscheinend wurde dem Major das auch gerade klar. Urplötzlich hatte er es sehr eilig. »Wir bleiben in Verbindung«, sagte er und reichte Korn sogar die Hand.
Korn verharrte lange vor der offenen Küchentür und grübelte über diesen ungewöhnlichen Besuch nach. Die hatten gefragt und gefragt, aber kein Wort darüber verloren, wo und wie das alles passiert war. Dreihundertneunzehntausend Mark! Unwillkürlich ging er zwei Schritte auf das Wohnzimmer zu, wo das Telefon stand, doch er bezwang sich. Strenge Enthaltsamkeit. Kein Bier, keine Zigaretten. – Kein Telefon. Er würde sich nicht reinhängen in diese Geschichte. Schwerfällig wandte er sich um und betrachtete die Küche. Wohin nur hatte der Major dauernd gestarrt? In der Blickrichtung befanden sich lediglich die Hängeschränke. Und das Messer-Set an der Wand: eine Tranchiergabel, ein Polker, ein Schäl- und ein Sägemesser, eins mit dolchartiger Klinge. Alle gleichlang, mit hellen Holzgriffen und Messingnieten. Sein Geschenk für Regina zum zwanzigsten Hochzeitstag; er mochte Messer. Benutzt hatte er noch keins davon.

5

Hadank hatte den Kriminalisten sein vielfenstriges Zimmer mit dem langen Sitzungstisch als Stabsquartier angeboten. Fiebig aber hatte sich für Korns Arbeitsraum entschieden, weil der näher an der Basis lag. Denn die Basis hieß RIF. Da gab es auch für Oberleutnant Wischnewski keinen Zweifel. Mit Adelheid Wagenknecht kam er zunächst gut voran. Auf klare Fragen erhielt er von der selbstbewussten Frau ebenso klare Antworten. Sie schien nichts zu verbergen und vermittelte ihm einen brauchbaren Überblick über die Verhältnisse bei RIF.

Erst als er sie nach persönlichen Verhältnissen befragte, verschloss sich die Frau zusehends. Über ihrer Nase stand eine steile Falte. Mit ihrem braun gebrannten, großflächigen Gesicht und dem kurz geschnittenen dunklen Haar wirkte sie jetzt wie ein in seiner Ehre zutiefst gekränkter Indianer. Der Oberleutnant liebte solche bildhaften Vergleiche, hütete sich aber, sie jemals einem anderen als Fiebig gegenüber auszusprechen. Nur der Major würde sofort verstehen, wen er mit »Winnetous Schwester« meinte.

Höflich verabschiedete Wischnewski die Bereichsökonomin. Mit wem sie ihren Skiurlaub in Tellerhäuser verbracht hatte, ließ sich auch auf anderem Wege klären – falls das nötig sein sollte.

Er nahm sich die Liste mit den Namen der zeitweilig nicht am Arbeitsplatz Weilenden vor und bestellte dann Jenuschkeit zu sich, einen schwerfälligen, älteren Mechaniker, dem es sichtlich peinlich war, von der Kriminalpolizei darüber befragt zu werden, weshalb er erst gegen zehn in seiner Abteilung erschienen war. Der Wetterumschwung mache ihm

zu schaffen, erklärte er, und so sei er, als er nach neun endlich im Betrieb eintraf, zuerst zur Schwester gegangen, um seinen Blutdruck überprüfen zu lassen.
Jahresendprämie? Heute? Davon sei ihm nichts bekannt. Auch Gernot Rudolf wollte nichts von dem veränderten Zahlungstermin gewusst haben. Einer der uniformierten Polizisten, die noch immer den Ein- und Ausgang kontrollierten, hatte den zaundürren Ingenieur aus der Abteilung Technische Entwicklung sofort zu Wischnewski geführt, als Rudolf gegen halb zwölf mit seinem privaten PKW die Einfahrt passieren wollte. Rudolf gab, wenn auch in der Haltung beleidigten Protestes, bereitwillig Auskunft. Er habe seinen Wagen, einen fast fabrikneuen Lada 2107, in der nicht weit entfernten Autopflege waschen lassen. Während der Arbeitszeit? War das üblich? Rudolf schlug die Beine übereinander und verschränkte die Arme vor der Brust. Unter den ungebügelten grauen Hosenbeinen guckten die ausgeleierten Gummizüge seiner Socken hervor. Die plumpen, einstmals schwarzen Schuhe schienen seit Wochen nicht geputzt.
»Und was hier alles üblich ist!«, sagte er, wobei er seinen Mund zu einem spöttischen Lächeln verzog.
Wischnewski fielen die blassen Narben auf seiner Oberlippe auf. Ein Schnauzbart würde die zweifellos verdecken.
»Ich konnte meine dringenden Arbeiten sowieso nicht erledigen. Eine REDABAS-Diskette war angeblich nicht aufzufinden und der PC ohnehin mit irgendwelchem Schnickschnack besetzt.«
So leicht war Wischnewski nicht zu verblüffen. Im Präsidium stand nicht nur ein Personal-Computer. Hinter dem Kunstwort REDABAS verbarg sich ein Datenverwaltungssystem.

»Hatten Sie eine Tabelle anzufertigen?«, erkundigte er sich.
»Etwas Ähnliches. Eine Stückliste.« Rudolfs Spinnenfinger bewegten sich auf den Oberleutnant zu. »Verstehen Sie, da hat man nun eine – wenn auch primitive Hilfstechnik im Haus. Und dann …«
Wischnewski verstand. Und Rudolf fühlte sich verstanden. Als Täter schied er aus, vorausgesetzt, seine Angaben stimmten. Zehn nach halb zehn hatte er Androsch zum wiederholten Mal wegen des fehlenden Datenträgers beschimpft und war dann spornstreichs in seinen Wagen gestiegen und davongefahren. Um diese Zeit hatte der Überfall bereits stattgefunden.
Seufzend strich Wischnewski den Namen des Ingenieurs auf der Liste durch und lud das Kassettengerät neu. Von der Stirnwand her blickte Lenin mit zusammengekniffenen Augen über ihn hinweg; der einzige Wandschmuck in Korns Zimmer, sah man von einem vorjährigen Werbekalender und zwei staubigen Hängepflanzen in Bastkörbchen ab. Ein spartanisch eingerichteter Raum.
Der Oberleutnant öffnete die gepolsterte Tür zum Vorzimmer, das entschieden freundlicher wirkte, allein schon durch die Anwesenheit der jungen Frau, die gerade kochendes Wasser in eine Tasse goss. Sie schrak zusammen, und ein wenig Wasser schwappte über den Tassenrand.
»Möchten Sie auch einen Kaffee?«, fragte sie sofort.
»Das wäre nett.«
Wischnewski setzte sich auf den einzigen Besucherstuhl und sah ihr zu. Das war eine angenehmere Beschäftigung als seine bisher wenig erfolgreichen Befragungen. Sie hieß Cordula Landgraf, und ihr Name stand ebenfalls auf der Liste. An ihrem Arbeitsplatz musste sie unmittelbar vor der

Sperrung des Geländes erschienen sein. Niemandem außer Adelheid Wagenknecht war ihre Abwesenheit aufgefallen. Das angegebene Alibi ließ sich anhand der Lieferunterlagen des Möbelhandels leicht nachprüfen.

Cordula Landgraf mochte um die Dreißig sein; eine kaum mittelgroße Frau, nicht eben übertrieben schlank. Sie war das Angucken wert, befand Wischnewski im Stillen. Ihr dunkles Haar beispielsweise türmte sich in kunstvoller Unordnung zu einer von Kämmen und Spangen gehaltenen Frisur, die ihm gefiel.

Als sie Anstalten machte, den für ihn gebrühten Kaffee in Korns Zimmer zu bringen, sprang er auf. »Wenn es Sie nicht stört, trinke ich den Kaffee hier«, sagte er und nahm ihr die Tasse aus der Hand. Sie hatte den rosigen Teint, der zu ihrem Typ gehörte, und über der Oberlippe schimmerte ein Bartflaum. Wischnewski unterdrückte ein Lächeln; auf Bärte war er heute offenbar fixiert.

Cordula sah aus braunen Augen zu ihm auf. Wischnewski, der im Verlauf seiner achtzehn Dienstjahre einigen tausend Leuten sehr aufmerksam ins Gesicht geschaut hatte, war sich wieder einmal sicher, dass man aus dem Blick bestimmter Frauen niemals klug werden konnte.

»Der Kollege Scherbarth wird jeden Augenblick erscheinen. Er ist noch zu Tisch.«

Sie hatte eine tiefe Altstimme.

Der Oberleutnant versuchte, an seinem Kaffee zu nippen. Viel zu heiß. Auf eine Bemerkung über Leute, die das Kantinenessen einer Befragung durch die Kripo vorzogen, verzichtete er. Belanglose Konversation lag ihm nicht. Ob im Dienst oder nicht – er war es gewohnt, den Dingen auf den Grund zu gehen. Im Dienst fühlte er sich ohnehin immer, und einen Grund hatte alles: dass diese Frau ihm Kaffee angeboten hatte, das Lenin-Bild in Korns Zimmer oder dass Scherbarth auf sich warten ließ.

»Was glauben Sie, wer alles von dem veränderten Zahlungstermin gewusst hat?«, fragte er betont leutselig.

Ihre Augen wirkten ein bisschen verschleiert. Sie hatte schön geschwungene Augenbrauen, die gewiss nicht gemalt waren.

Scherbarths Eintritt enthob sie einer Antwort.

Abrupt setzte Wischnewski seine Tasse auf den Unterteller ab. Für einen Moment spürte er seinen Herzschlag: Ein martialischer Schnurrbart zierte Scherbarths freundliches Kindergesicht. Aber das war auch die einzige Übereinstimmung mit der Täterbeschreibung. Der AGL-Vorsitzende war höchstens einen Meter fünfundsechzig groß, von gedrungener Statur und hatte für seine sechsunddreißig Jahre bereits einen beachtlichen Bauch.

Scherbarth war Ingenieur, wie die meisten Leute bei RIF, sofern sie nicht sogar Hochschulkader waren. Ein sympathischer Bursche, der auf der Stuhlkante hockte, als wolle er sofort wieder aufstehen. Den Kopf mit der dichten, dunklen Haarmähne hielt er ein wenig schräg und blinzelte Wischnewski verschmitzt an. Zumindest schien dem das so. Scherbarth kannte alle Mitarbeiter von RIF. Alle. Die alten sowieso, und bei den neuen hatte er an den Einstellungsgesprächen teilgenommen. Auf so etwas achtete er. Windige Burschen waren schon dabei, auch unter den Fachschulkadern. Weshalb sollten ausgerechnet die eine Ausnahme bilden? Eine Straftat traute er keinem zu. Oder jedem. Auf dem Werkgelände war schon mal ein Auto aufgebrochen worden, und in der Kantine fehlten ständig Bestecks und

Gläser. Vor gar nicht allzu langer Zeit war ein teures Oszilloskop verschwunden.

»Wer kann mit so einem Gerät etwas anfangen?«, wollte Wischnewski wissen.

Jeder, der nach Feierabend Farbfernseher repariert.« Scherbarth sagte das nicht einfach so dahin; er nahm sich Zeit, um nachzudenken, bevor er auf Wischnewskis Fragen antwortete.

»Was wird denn in einem solchen Fall unternommen?«

Für den AGL-Vorsitzenden war das keine Frage. »Korn muss die materielle Verantwortlichkeit durchsetzen. Das ist er sich schuldig seit der Sache mit dem Roboter.«

Die Sache mit dem Roboter war schnell erzählt. Im Oktober war die Anlage geliefert worden, vielmehr: wesentliche Teile davon. Zwei Platinen für die Steuerung, ohne die der Roboter nun mal nicht arbeitete, fehlten vorerst. Eine fehlte noch immer, weil die im Zweigwerk Ahrensdorf sich übernommen hatten, wie schon so oft. Nach vielem Hin und Her und Schreiben auf allen Leitungsebenen hatte Korn sich rundweg geweigert, diese Investruine, wie er sich ausdrückte, als Grundmittel zu aktivieren. Punktum. Mochten die Ökonomen zusehen, wie sie den Investplan in die Reihe bekamen. Jeder verstand Korn. Dennoch hatte er unrecht. Er hätte die Anlage aktivieren und Regress anmelden müssen. Von der Revision wurde dem Kombinat für die unvollendete Investition eine Produktionsfondsabgabe von vierzehntausend Mark aufgebrummt und Korn auf Antrag von Hadank materiell dafür verantwortlich gemacht: in Höhe eines Monatsgehalts, entschied am Ende einer spektakulären Sitzung die Konfliktkommission im Januar.

Ich verzichte auf mein Einspruchsrecht. Ihr könnt ja meine Jahresendprämie gleich auf das entsprechende Konto buchen, hatte Korn geäußert und aufrechten Ganges den Raum verlassen. Irgendjemand hatte zu klatschen begonnen.

Ja, Korn besaß wahrscheinlich ebenso viele Bewunderer wie Gegner im Betrieb. Wozu er, Scherbarth, sich zähle? Nun ja, er schätze Korns hemdsärmlige Art nicht in jedem Falle, doch die Gewerkschaft sei für jeden da, also auch für die staatlichen Leiter. Nur habe niemand auf ihn hören wollen, als er für eine Differenzierung des Erstattungsbetrages eingetreten sei.

Wischnewski ließ sich nicht anmerken, wie interessant er diese Geschichte fand.

Über den so plötzlich erkrankten Kassierer Albrecht wollte sich Scherbarth nicht äußern, ebenso wenig über Rothärmel oder den Kraftfahrer Pohl. »Das ist nicht mein AGL-Bereich«, sagte er ablehnend. »Die aus der Verwaltung kenne ich kaum.«

»Und Petra Opitz?«

»Hübsches Mädel. Bisschen blass.«

Beim ›ss‹ stieß er ganz leicht mit der Zunge an.

»Wussten Sie, dass sie schwanger ist?«

»Ach nee!« Dieser Umstand schien Scherbarth zu interessieren. »Hat sie gesagt, von wem?«, erkundigte er sich treuherzig.

»Wir haben sie noch nicht gefragt. Könnte es jemand aus dem Betrieb sein?«

Scherbarth dachte nach. »Könnte«, gab er zu.

»Einer von RIF?«

Scherbarth blies die Backen auf und stieß die Luft geräuschvoll aus. »Mann«, sagte er. »Gerede gibt es viel. So was erzählt man normalerweise nicht der Kripo.«

»Normalerweise werden auch keine dreihundertneunzehntausend Mark geraubt.«
Das Argument überzeugte den Ingenieur. »Holzmann«, sagte er. »Mario Holzmann von der Instandhaltungstruppe. Mit dem geht sie mittags öfter zum Essen.«
»Und?«
»Der Junge ist schon in Ordnung. Keine Klagen. Fährt einen fast neuen Škoda.« Er hob die Schultern. »Können natürlich die Eltern bezahlt haben.«
Holzmann, Mario, schrieb Wischnewski auf die rechte Seite der Liste. Links standen noch immer viel zu viele Namen. Die Mittagszeit ging bereits zu Ende.
»Wie sieht es hier eigentlich mit der Sicherheit und Ordnung aus? Anscheinend kann während der Arbeitszeit jeder kommen und gehen, wie es ihm beliebt?«
»Natürlich nicht.« Scherbarth blinzelte listig; er hatte eine gewisse Ähnlichkeit mit einem satten, freundlichen Kater. »Wenn Sie mich fragen: praktisch aber doch. Das kommt immer auf den jeweiligen Leiter an. Und auf die Ausrede.«
Die Ermittlungen versprachen ein heiteres Spiel zu werden. Der Oberleutnant schob Scherbarth kurzerhand die Liste zu. »Und wie heißen die Ausreden dieser Leute?«
Scherbarth las; als er auf seinen eigenen Namen stieß, blickte er auf. »Ich war zur AGL-Anleitung im Stammbetrieb in Schöneweide. Die ging bis kurz nach neun.«
»Und wann waren Sie hier?«
»Erst nach zehn. Ich habe noch mit dem Vorsitzenden der Rechtskommission gesprochen. Wegen Korn. Ob da nichts zu machen ist.«
Er griente ein bisschen schief. »Weiß es Korn schon?« Wischnewskis Handbewegung ließ sich schwer deuten.

»Hat Korn den veränderten Auszahlungstermin mit Ihnen abgesprochen?«

Scherbarth schüttelte den Kopf. »Das brauchte er nicht. Über vorzeitig gezahltes Geld hat sich noch keiner aufgeregt.«

»Also wussten auch Sie nichts davon?«

»Doch, doch«, sagte der AGL-Vorsitzende und blickte wieder auf das Blatt mit den Namen. »Irgendwo habe ich so was läuten hören.«

»Wo?«, fragte Wischnewski ungewollt scharf. »Von wem haben Sie es erfahren?«

Umständlich strich sich Scherbarth durch seine Mähne. »Keine Ahnung. Wenn ich einmal durch die Kantine gehe, sprechen mich ein Dutzend Kollegen an. Irgendwer muss es erwähnt haben … «

»Versuchen Sie sich zu erinnern! Ihre Aussage kann von großer Bedeutung sein.«

»Tut mir leid.« Scherbarth guckte schuldbewusst. »Mein Personengedächtnis ist sowieso nicht das Beste.«

Dabei blieb er. Er erinnerte sich zwar, dass Brodhagen und Krassinski dienstags ihre Fernstudien-Konsultation hatten und Gräbert ihm beim Frühstück im Schöneweider Stammbetrieb begegnet war, doch von wem die Mitteilung herrührte, dass die Jahresendprämie schon heute …

»Sandau?« Wischnewski hielt sich vorerst an die Liste. Sandau war seit dem Frühstück noch nicht wieder an seinem Labortisch aufgetaucht und wurde überall gesucht. Kopfschütteln.

»Weidner?«

»Glaube ich nicht … «, sagte Scherbarth.

»Schmidt, Daniel?«

Nachdenklich zupfte Scherbarth an den Ausläufern seines Schnauzers. »Das ist ein Kumpel von Mario Holzmann. Soviel ich weiß, hat der ihn hierher in den Betrieb gelotst. Der Schmidt kommt von der Reichsbahn ... «

»Weiter!«, ermunterte ihn Wischnewski.

»Eigentlich nichts weiter. Die beiden tüfteln zusammen so allerlei aus ... «

»Und?«

»Nein, nein«, wehrte Scherbarth ab. »Bei der Sache mit dem Oszilloskop ist der Mario auch gefragt worden. Es war ihm nichts zu beweisen.«

Daniel Schmidt war zu der Sache mit dem Oszilloskop – was immer das auch sein mochte – anscheinend nicht gehört worden. Kein bisschen verlegen saß das flachsblonde, hagere Kerlchen vor Wischnewski und blickte ihm durch seine kreisrunden Brillengläser freimütig ins Gesicht. Derartige Metallrahmen hatte die Krankenkasse früher kostenlos abgegeben, und heute rissen sich die Jungen darum, dachte Wischnewski. Was Schmidt, Daniel, zweiundzwanzig Jahre alt und Elektronik-Facharbeiter, dann sagte, überraschte ihn doch.

»Wenn Sie hier alles umkrempeln, finden Sie das Ding ja sowieso. Es steht in K Null vierzehn.«

»Sie geben also zu, das Gerät – entwendet zu haben?«

»Entwendet!« Der Junge griente. »Der Verschrottung entzogen haben wir den alten Ofen. Oder dem Missbrauch.«

»Es ist eine Verlustmeldung erstattet worden. Wert des Oszilloskops: achteinhalbtausend Mark.«

»Brutto. Zeitwert Null.« Daniel griente noch stärker, was ihn nicht unbedingt verschönte. »Das Ding stammt aus dem Dreißigjährigen Krieg oder so. Wäre überhaupt nicht aufgefallen, wenn nicht einer von den Colorpfuschern scharf drauf gewesen wäre. Name stand schon auf dem Schrottschein. Für dreißig Eier wäre das Ding als defekt über den Tresen gewandert und hätte anschließend noch hundert Jahre für privat gespielt.«

Kein Zweifel, so dämlich er mit dem Kassengestell auch aussah – Daniel Schmidt sah durch.

»So ... «, sagte Wischnewski gedehnt. »Davor haben Sie das Gerät also gerettet. K Null vierzehn – wo ist das?«

»Drüben im Anbau. Im Keller. Die Instandhaltung lagert da ihre stillen Reserven. Wir sind durch Zufall draufgekommen, dass der Schlüssel vom Duschraum passt.«

»Wer ist das – wir?«

Zum ersten Mal zeigte Daniel sich reserviert.

»Wir haben nichts Linkes gemacht. Kein Stück. Die U achthundertachtzig und 'n bisschen Konfiguration drumrum – alles streng reell besorgt.«

»Wer *wir*? Sie und Mario Holzmann?«

»Okay, okay. Und die Petra sollte uns die Software-Probleme anliefern. Ist aber total auf Mario programmiert, das Mädel, und nicht auf BASIC. 'ne höhere Rechensprache wie PASCAL begreift sie sowieso nicht.«

»Wenn ich Sie richtig verstehe, haben Sie in dem Kellerraum eine Rechenstation eingerichtet.«

»Eine Rechenstation! Mann, die paar Kilobyte und nicht mal 'n Drucker, da lässt sich keine Katze kämmen. Wenn die JEP erst klingelt, kommt 'n bisschen was dazu. Da kriegt der alte Androsch wieder TGL!«

Ihm schien bewusst zu werden, dass er seinen Befrager überforderte. Immerhin sah der älter aus als der alte Androsch. »Totale Gesichtslähmung – TGL. Sagen wir so.

Sonst ist der Androsch schon in Ordnung. Besser jedenfalls als Korn. Der denkt ja, Mikroelektronik ist was zum Gehaltausrechnen. Androsch hat uns sogar Kapazität auf dem PC versprochen. Für MMM und so.«
Wischnewskis Abkürzungsbedarf war gedeckt.
»JEP«, fragte er. »Das ist wohl die Jahresendprämie? Wann wird die denn ausgezahlt?«
»Häh?«, machte Daniel Schmidt und riss die Augen auf. »Das fragen Sie mich? Etwa erst, wenn ihr die Kumpels gegriffen habt?«
»Wann sollte sie denn gezahlt werden, Herr Schmidt?«, präzisierte Wischnewski seine Frage.
»Am Donnerstag. Das wissen alle. Es gab aber so ’n geheimen Tipp ... «
Wischnewski nickte gleichmütig, als sei ihm das längst bekannt. »Und von wem stammte dieser Tipp?«
Daniel wand sich ein bisschen. »Mann, nun bin ich es wieder ... «, sagte er missmutig. »Es konnte ja was ganz anderes gemeint sein ... «
Der Oberleutnant lehnte sich zurück. »Ich warte, Herr Schmidt.«
»Na ja – die Petra, die hat gestern beim Essen zu Mario gesagt: Morgen wirst du zwei Überraschungen erleben: eine angenehme und eine schöne ... Eine davon konnten nur die Mäuse sein. Auf die andere sind wir nicht gekommen.«
Wusste Holzmann noch nichts von der Schwangerschaft seiner Freundin? Wischnewski richtete sich auf Korns durchgesessenem Schreibtischstuhl auf. »Nun erzählen Sie mal, wo Sie heute zwischen neun und zehn Uhr fünfzehn gewesen sind.« Daniel mimte wieder den Erstaunten. »Habe ich nicht die ganze Zeit von K Null vierzehn gesprochen?«

»Dort haben Sie sich aufgehalten? Die ganze Zeit? Allein?«
»Na selbstverfreilich. Bevor wir nicht fertig sind, braucht das keiner zu wissen.«
»Und wo war Ihr Freund Mario?«
»Der hat nur mal kurz reingeguckt. Der Meister hatte uns beide rüber zu M geschickt, wegen der Dreizweiundsiebzig Z. Aber die kriegt Mario auch ohne mich hin, und da habe ich unten ein bisschen weitergemacht.« Er sah den Oberleutnant treuherzig an. »Bin wohl verdächtig?«, fragte er und griente schwach.
Am liebsten hätte Wischnewski zurückgegrient. Stattdessen sagte er frostig: »Das wird sich herausstellen!« und stand auf.
Draußen in Korns Sekretariat saß auf dem Besucherstuhl ein bulliger, grauhaariger Mann, der sich halb erhob, als Wischnewski die Tür öffnete, und laut »Guten Tag« sagte.
»Der Kollege Sandau.« Cordula Landgrafs Tonfall verriet, was sie von dem Mann hielt. »Und der Kollege Weidner wartet ebenfalls.«
Weidner stand bescheiden in der Nähe der Ausgangstür, ein unauffälliger Mann in blauem Kittel. Mitte vierzig schätzte ihn Wischnewski mit einem schnellen Blick. Ein bisschen hohläugig und mit beginnender Glatze.
Leise sagte er zu Korns Sekretärin: »Ich brauche unbedingt den Kollegen Holzmann.«
»Ich warte schon eine halben Stunde!«, begehrte Sandau auf. »Ich habe in dieser Bude noch andere Aufgaben wahrzunehmen! Nur weil hier welche Wild Ost spielen …«
Cordula Landgraf griff nach dem Telefonhörer und wandte ihm demonstrativ den Rücken zu.
»Sie gedulden sich bitte so lange, bis wir so weit sind, Herr Sandau. Oder haben Sie eine wichtige Aussage zu machen?«

Der Mann stieß ein paar misstönende Laute aus und sagte dann zu Weidner: »Da haben sie euch ganz schön in die Pfanne gehauen! Was, Gerd?«
Weidner starrte die Zimmerdecke an und schwieg.
»Mit dir ist auch nichts mehr los, seit du angeblich trocken bist«, brabbelte Sandau und machte es sich auf dem Stuhl bequem.
Daniel Schmidt betrachtete ihn angewidert von der Seite und zog die Nase kraus.

6

Um ein Haar wäre Korn die Glasglocke aus der Hand gefallen, als das Geläut ertönte. Monatelang hatte Regina ihm in den Ohren gelegen, die Wohnzimmerlampe endlich mit dem mühsam beschafften schwarzen Kabel anzuschließen. Ausgerechnet schwarz. Und ausgerechnet in diesem Augenblick musste es klingeln. Ärgerlich setzte er die Glocke auf dem Tisch ab und schlurfte zur Wohnungstür. Ob das schon wieder die Kripo war?
»Du?«, fragte er verblüfft und starrte über den Brillenrand auf Gerd Weidner, der da in aufgeweichten Turnschuhen, ausgebeulten Jeans und einer schwarzen Kunstlederjacke vor der Tür stand.
Schlecht sah er aus, in dem Zwielicht aus sparsamer Treppenbeleuchtung und vergehendem Tag. Bleich und spitznasig. Von der einstigen Lockenpracht war ein schmaler Skalp zwischen tiefen Geheimratsecken geblieben.
»Was ist denn passiert?«
»Du weißt es noch nicht?«, fragte Weidner gespannt zurück.

Korn zog eine nicht eben einladende Miene. Weidner war der Letzte, von dem er Auskünfte über ein solches Ereignis benötigte.

»Wenn du deine Jahresendprämie meinst – darüber hat mich die K ausreichend informiert«, sagte er grob. »Auch darüber, dass du durch Abwesenheit geglänzt hast.«

Am liebsten hätte er die Tür zugeknallt. Was ging ihn das an. Er hatte Urlaub. Nur durfte er nicht ungerecht sein. Weidner war ein Kollege wie jeder andere. Einem Facharbeiter gegenüber kehrte man nicht derartig nassforsch den Leiter heraus. Schon gar nicht vor der privaten Wohnungstür.

Weidner schien keinen freundlichen Empfang erwartet zu haben. »Ach das«, sagte er mit einer ungeduldigen Handbewegung. »Das habe ich denen genau erklärt. Mit dir wollte ich über die anderen reden …«

Korn verstand nicht, was Weidner meinte. »Komm rein«, sagte er. Es war nicht seine Art, Gespräche auf dem Treppenpodest zu führen. So behandelte man nicht mal einen Spezi wie Weidner. Er trat zur Seite und drückte auf den Lichtschalter. Die Korridorbeleuchtung funktionierte nicht. Korn fand den herausgedrückten Sicherungsautomaten auch im Dunkeln.

Zieh die Botten aus!, hätte er beinahe gesagt, als das Licht anging.

Weidner sah sich um. »Hat sich kaum verändert«, stellte er fest. »Wir stören hoffentlich deine Familie nicht?«

»Keiner da.« Korn wies auf die Wohnzimmertür. »Du weißt ja, wo es lang geht.«

»Manchmal haben wir auch auf dem Balkon gesessen. Erinnerst du dich?«

Ja, Siegfried Korn erinnerte sich. Die Zeit, als er mit Gerd

Weidner und Ulf Dettenberg auf dem Balkon über den Fernstudien-Lehrbriefen gebrütet hatte, schien ihm allerdings in nebelhafter Ferne zu liegen. Oft hatten sie auch in Rosankes Beletage ihr Pensum hinter sich gebracht. Und anschließend Skat gespielt. Sogar Weidners Hinterhofquartier war ihm noch gegenwärtig. Marienburger Straße. Ein Zimmer für die junge Familie. Es roch scheußlich nach Windeln. Merkwürdig, dass Weidner so direkt auf ihre gemeinsame Studienzeit anspielte. Nie zuvor in den vergangenen Jahren hatte er das getan, weder wenn sie sich zufällig im Betrieb über den Weg liefen noch bei einer der Aussprachen, an die Korn sich viel besser erinnerte als an die längst verflossenen Studienjahre. Nein, Weidner hatte nicht versucht, einen Vorteil aus ihrer Bekanntschaft zu ziehen, die beinahe eine Freundschaft gewesen war. In Gegenwart anderer hatte er es sogar vermieden, Korn zu duzen. Von den vier Fernstudenten, alle aus der Fertigung im Stammbetrieb, war Gerd Weidner der jüngste gewesen. Er war es natürlich heute noch. Man sah es ihm nur nicht mehr an.
Auf sein eigenes Aussehen war Korn nicht besonders stolz, aber derart schäbig wie Weidner war er selbst in seinen Jugendjahren nicht herumgelaufen. Was würde wohl Dettenberg, dem man den Aufsteiger damals schon anmerkte und der inzwischen zwar weißhaarig geworden war, aber noch immer voll jugendlicher Frische schien, wenn er ihm auf Fachtagungen oder Konferenzen begegnete – was würde der wohl zu Weidner sagen? Und Rosanke, der Dandy, der geborene Frauenheld. War nicht vorauszusehen gewesen, dass der nach Abschluss des Studiums aus der schmuddeligen Produktion verschwinden würde?
Gescheitert war nur Weidner. Im dritten oder vierten Studi-

enjahr hatte das begonnen. In der Ehe stimmte etwas nicht, und mit der Wohnung wollte und wollte es nicht klappen. Der junge Kerl, kaum Mitte zwanzig, intelligent und mit mehr praktischer Begabung als alle anderen zusammen – einer, auf den die Kombinatsleitung gebaut hätte, wenn sie klug gewesen wäre –, der kam plötzlich unpünktlich und mit einer Alkoholfahne zur Arbeit. Zu ihren gemeinsamen Konsultationsvorbereitungen erschien er unregelmäßig, schließlich blieb er ganz aus. Mitten im nächsten Lehrgang reiste er von der Hochschule nach Berlin zurück. Zu unpassender Zeit, wie sich herausstellte.
Die Scheidung zog sich etliche Monate hin. Es erwies sich, dass Weidner überall Schulden hatte. Bei Korn nur dreihundert Mark. Bei Rosanke wesentlich mehr. Dettenberg sprach nicht darüber. Weidner gab das Studium auf. Er rutschte immer tiefer. Nur sein Alkoholkonsum stieg.
Jahre später, als Korn im neuen Werkteil zuerst den Rationalisierungsbau und dann den ganzen zusammengewürfelten Fachbereich RIF übernahm, avancierte er damit zu Weidners Chef und musste sich mit erzieherischen Maßnahmen und Disziplinarverfahren herumschlagen. Einweisung zur Entziehung, Rehabilitation, Betriebstherapie, das waren die nächsten Stufen auf Weidners stolpriger Lebensleiter. Eine Weile blieb es ruhig um ihn. Bis zum Rückfall. Noch einmal die gleiche Prozedur. Seitdem hieß es allgemein, Weidner sei endgültig trocken. War er das? Korn legte die Hand auf den Magen, der sich mit grummelnden Geräuschen in Erinnerung brachte, und beobachtete Weidner. Der musterte Reginas Bücher in der Anbauwand, wandte sich langsam um und sagte: »Schön habt ihr es euch gemacht.«
Es klang nicht neidisch. Und bewundernd schon gar nicht.

Eine einfache Feststellung. Vielleicht ein bisschen traurig?

»Setz dich«, sagte Korn – mit einem Mal mild gestimmt. »Möchtest du was trinken?«

Was für eine blöde Frage, ausgerechnet an Weidner. »Einen Kaffee, meine ich. Oder Tee?«

»Nein, danke«, sagte Weidner und ließ sich ohne Umschweife in Korns Sessel am Fenster nieder. Draußen war es fast dunkel. Die Stehlampe warf ihren traulichen Schein auf Weidners blasses Gesicht.

Etwas irritierte Korn an Weidners Verhalten; und plötzlich erkannte er, was. Weidner hatte seine Unsicherheit verloren, seine Scheu, jemandem direkt ins Gesicht zu schauen.

»Ich habe sowieso nicht viel Zeit«, sagte der. »Aber wir müssen ja wohl darüber reden, denke ich. Hast du der Kripo alles erzählt?«

»Was soll ich der Kripo erzählt haben?«

»Zum Beispiel, von wem die Idee für den Überfall heute Morgen stammte.«

Korn schob seine Lesebrille bis auf die äußerste Spitze seiner Nase und starrte seinen Besucher offenen Mundes an. »Von wem?«, fragte er vorsichtig.

Die Antwort fiel verblüffend aus: »Von dir, wenn ich mich recht erinnere.«

Mit einer sehr behutsamen Bewegung nahm Korn die Brille ab und legte sie vor sich auf den Tisch neben die Lampenglocke. Kein Zweifel, Weidner war nicht ganz normal. Offenbar eine Folgeerscheinung unmäßigen Alkoholgenusses. Bei vielen Alkoholikern traten Leberschäden auf, bei anderen, und zu denen gehörte anscheinend Weidner, starben Hirnzellen ab. Der also hatte ihm den Major auf den Hals gehetzt.

»Na, wenn du meinst«, sagte er leichthin. Weshalb sollte er sich mit Weidner auf einen Streit einlassen.
»Ich meine es todernst, Siggi.«
Es hätte dieser Beteuerung und der unerwartet persönlichen Anrede nicht bedurft. Korn sah auch so, was mit Weidner los war. Der war von seiner fixen Idee besessen.
Nur für einen Moment fühlte Korn sich ratlos. Dann vermochte er sich nicht länger zu beherrschen und bellte: »Wie kommst du eigentlich auf den ganz und gar blödsinnigen Gedanken, ich hätte einen Plan entwickelt, unsere eigene Jahresendprämie zu klauen?«
Weidner blieb ganz ruhig. »Den Plan«, sagte er leise, »den haben wir alle vier gemeinsam entwickelt. Aus deiner Idee. Erinnerst du dich wirklich nicht?«
»Du bist verrückt«, sagte Korn, mit längst nicht mehr so fester Stimme wie vordem. Da glomm etwas auf; der Funke einer Erinnerung nur. Eine ganz blasse Ahnung, die ihn unsicher werden ließ. Und Weidner spürte das.
»Na? Jetzt fällt es dir ein, wie?«
Korn schüttelte den Kopf.
»Wann und wo soll denn das gewesen sein?«
»In Mittweida. Im Internat. Und in der ›Kanone‹, im ›Kreml‹, im ›Deutschen Haus‹; überall, wo wir zusammengesessen haben. So etwas vergisst man doch nicht.«
Der war tatsächlich verrückt. Mittweida. Das lag Jahre zurück. Und ausgerechnet Weidner wollte nach so langer Zeit noch wissen, worüber sie abends am Biertisch geredet hatten. Oder in dem muffigen Internatszimmer mit den Doppelstockbetten. Hatten sie überhaupt zusammen gewohnt? Skat hatten sie gespielt. Daran erinnerte sich Korn. Mit deutschem Blatt, wie das in der Gegend üblich war.

Weidner war am besten damit zurechtgekommen. Er hatte meistens gewonnen. Der beste Mathematiker der Seminargruppe. Das war nur noch sein Schatten, der ihm da gegenübersaß und sich wichtig machen wollte.
»Und das hat dir der Major geglaubt«, sagte Korn unfreundlich. Ihm hatte der nicht einmal mitgeteilt, wie es überhaupt zu dem Raub gekommen war. Ob es Weidner wusste? Er spürte wenig Lust, das festzustellen. Barsch sagte er: »Pass bloß auf, dass sie dich nicht wegen bewusster Irreführung hoppnehmen.«
»Unsinn«, entgegnete Weidner, nun auch etwas ungehalten. »Deswegen komme ich ja zu dir. Nur wir beide können rauskriegen, wer es wirklich gewesen ist.«
Korn atmete tief durch, setzte seine Brille wieder auf, als könne er sich dahinter verstecken. »Nun hör mal zu, Gerd.« In diesem väterlichen Ton hatte er früher zu dem Jüngeren gesprochen, bis der sich Respekt erkämpft hatte. Damals. Heute sah das anders aus. »Ich habe nicht die geringste Lust, mich von dir in irgendeine Räuberpistole verwickeln zu lassen. Den Raub soll gefälligst der Major mit seinen Leuten klären. Wenn er etwas Konkretes wissen will, bekommt er von mir eine konkrete Antwort. Deine und meine Jugenderinnerungen werden dabei kaum eine Rolle spielen. Ist das klar?«
Weidner antwortete nicht. Er begann in der Innentasche seiner abgewetzten Jacke zu wühlen und förderte schließlich eine zerdrückte Schachtel Juwel zutage. Umständlich und in sich versunken, als sei das im Augenblick die wichtigste Sache der Welt, zündete er sich eine Zigarette an und schaute sich suchend nach einem Behältnis für das abgebrannte Streichholz um, das er zwischen den Fingern hielt.

Seine Hand zitterte nicht.
Korn spürte Trockenheit in seiner Kehle und wollte schon sagen: Hier wird nicht geraucht. Doch dann stand er wortlos auf und ging hinüber zur Anbauwand. Er öffnete das zweite Schubfach von unten, links hinter dem Briefpapier hatte er den Ascher versteckt.
»Dir hätte ich es wirklich nicht zugetraut«, sagte da Weidner.
Korn fuhr herum.
Mit zwei Schritten war er am Tisch. Weidner guckte nicht ihn an, sondern auf den schweren Kristallaschenbecher in seiner Hand.
»Der Suff hat dich wohl total ruiniert!«, sagte Korn heftig und setzte den Aschenbecher hart vor Weidner auf die Tischplatte.
»Du regst dich ganz unnötig auf.« Weidner stieß den Qualm genießerisch aus seiner Lunge. »Ich habe kein Wort gesagt. Nicht mal, von wem ich wusste, dass ihr schon heute zahlen wolltet.«
Nie hätte es Korn für möglich gehalten, dass ihm vom Rauch einer einzigen Zigarette schwindlig werden könnte. Weidners Gesicht vor ihm verschwamm. Oder kam das vom Hunger? Für einen Augenblick tauchte die Erinnerung an Mittweida in ihm auf. Von Geld hatten sie unaufhörlich gesprochen. Alle, nicht nur Weidner. O ja, dieser Trunkenbold besaß ein ausgezeichnetes Gedächtnis. Jedenfalls war es zuverlässiger als seins. War das am Donnerstag gewesen, als er in der Kantine unmittelbar hinter Weidner in der Eintopfschlange gestanden hatte? Nächste Woche kannst du dir wieder was Besseres leisten, hatte er gesagt und dabei die vierstellige Zahl neben Weidners Namen auf der Prämienliste im Sinn gehabt. Oder hatte er gesagt: Am Dienstag

kannst du dir was Besseres leisten. Durchaus möglich, denn er hatte da gerade vorher mit Adelheid den neuen Termin ausgehandelt.

»Gerd«, sagte er in beschwörendem Ton, »du kennst mich lange genug …«

Das klang falsch, beinahe schuldbewusst. Korn räusperte sich. »Du kannst der Kripo sagen, was du für richtig hältst. Die werden Dichtung und Wahrheit zu trennen wissen. Das hoffe ich jedenfalls. Ich habe mit der Geschichte nicht das Geringste zu tun.«

»Angenommen, ich glaube dir«, sagte Gerd Weidner und guckte dabei auf seine Zigarette, »dann bleiben mindestens Dettenberg und Hannes Rosanke. Hannes betreibt dieses Nobelrestaurant, für das er in der Zeitung annoncieren muss. Und Dettenberg …« Er schwieg vielsagend.

»Ein Kneipier hat es in diesem Land kaum nötig, sich sein Geld auf so risikoreiche Weise zu verschaffen«, entgegnete Korn ärgerlich. »Und Ulf Dettenberg – die Vorstellung ist absurd. Meinst du, wir hätten nach dem Studium nichts Gescheiteres zu tun gehabt, als die Verwirklichung eines Studentenulks zu planen? Ein bisschen Menschenkenntnis muss dir doch geblieben sein. Du hast anscheinend die Maßstäbe verloren!«

»Möglich. Ich bin ja nur ein versoffener Prolet. Das meinst du doch.«

Der schlecht gemimte bittere Unterton brachte Korn in Rage. »Du bist ein Dussel! Ich habe nie verstanden, dass ein intelligenter Mensch wie du sich derartig aufgeben kann. Du hattest mehr auf dem Kasten als Rosanke, Dettenberg und ich zusammen. Darüber waren wir uns einig. Und jetzt kommst du mit solchen weinerlichen Ausflüchten!«

Weidner schenkte ihm nur einen mitleidigen Blick. Er drückte seine Zigarette im Ascher aus, stand auf und ging aus dem Zimmer.

Schwerfällig folgte ihm Korn. An der Wohnungstür redete er noch mal auf ihn ein: »Wenn du Probleme hast, Gerd – du kannst dich jederzeit an mich wenden …«

»Das merke ich«, sagte Weidner spöttisch. »Im Übrigen habe ich nur ein Problem, nämlich herauszufinden, wer da versucht, mir dieses Ding in die Schuhe zu schieben. Verstehst du das?«

»Es fällt mir schwer«, gestand Korn.

»Siggi!« Weidners Stimme nahm wieder einen eindringlichen Tonfall an. »Jemand hat exakt unseren Plan benutzt: eine Verkehrskontrolle vorgetäuscht, die Insassen des Wagens mit einem Spray eingenebelt und das Geld geraubt – genau, wie wir es uns damals ausgedacht haben. Aus lauter Jux und Dollerei, das weiß ich. Ein Planspiel für die toten Abendstunden. Ich habe oft darüber nachgedacht. Ich hatte Zeit dazu.«

Abrupt wandte er sich um und sprang die Stufen hinunter. Immer zwei auf einmal.

Eine Hand schwer gegen den Türrahmen gestützt, stand Korn in der Wohnungstür. Unten fiel die Haustür ins Schloss.

7

Einen dunkelblauen Lada mit dem Kennzeichen ILN 4-75 hatte eine Funkstreife bereits um 10 Uhr 37 in der Nähe der IFA-Kaufhalle entdeckt, knapp 1500 Meter vom Tatort entfernt. Der Wagen war nicht abgeschlossen. Niemand fand sich, der an diesem sonnigen, dennoch winterlich kalten Vormittag etwas Verdächtiges an dem Lada wahrgenommen hatte. Der Wagen stand da zwischen vielen anderen, mit sauberen Lackflächen und Scheiben, indes frischen Schmutzspuren in den Radkästen und an der Unterkante der Karosserie. Das Fahrzeug daneben parkte dort nach Angaben des Besitzers erst seit fünf Minuten; die Lücke auf der anderen Seite blockierte die Funkstreife.
Zugelassen war der Lada auf Hiltrud Knaack; wohnhaft John-Sieg-Straße, Berlin 1130, in einem zehngeschossigen Wohnriegel in der Nähe des Bahnhofs Frankfurter Allee, stellte Leutnant Annette Wellsand fest. Es kostete einige Mühe, jemanden aufzuspüren, der mit Angaben über die Familie Knaack aus dem siebenten Stock dienen konnte. Hinter deren Wohnungstür meldete sich nur eine Hundestimme.
Wer ist schon in einem solchen Block mittags um zwölf zu Hause und kennt auch noch die Nachbarn.
Knaack? Der aus dem Schlaf aufgescheuchte Schichtarbeiter in der vierten Etage plierte die Kriminalistin aus verquollenen Augen an. Der mit dem dunkelblauen Lada? Ja, der stellt sich gewöhnlich direkt vor die Haustür mit seinem Schlitten. Trotz Parkverbot. So ein geschniegelter Affe, mit Verlaub gesagt. Immer mit Anzug und Schlips. Tut wie ein Diplomat und raunzt die Kinder an, wenn sie seinem blau-

en Wunder beim Ballspielen zu nahe kommen. Heute Morgen ist der auch losgebraust wie ein Rallye-Fahrer in Monte Carlo. Fünf Minuten vor sieben war das.
Nein, nicht alt. Ein junger Kerl noch. Anfang Dreißig vielleicht, und ziemlich verkniffen. Schnurgerader Scheitel, messerscharfe Bügelfalte und arrogantes Auftreten. Haben Sie nie mit solchen Typen zu tun?
Die Frau? Manchmal fährt sie morgens in dem Lada mit. So eine kleine, eher unauffällige Person. Dunkelhaarig. Nicht hässlich. Freundlich. Kein Vergleich mit dem Schlipsheini. Keine Ahnung, wo die arbeiten. Würde mich interessieren, was solche Leute Arbeit nennen. Die Frau sieht ja irgendwie – fleißig aus. Aber der Lada-Pilot ... Sie müssen den mal beobachten, wenn die Familie sonnabends gemeinsam abreitet. Solche zackigen Kommandos hat die NVA nicht mal bei der Ehrenparade drauf!
Eine Datsche? Solche Leute immer. Wahrscheinlich in Motzen. Der Ortsname würde jedenfalls gut zu dem passen. Nein, die Frau fährt nicht Auto. Schleppt immer volle Netze an. Man trifft sie öfter im Fahrstuhl. Auch mit dem Köter. So ein kläffender Zwergpudel. Bräunlich. Nennen die aber kognakfarben. Meist führt ihn ja die Tochter runter. Gassi gehn schimpft sich das. Wo so was herkommt.
Die Tochter? Ein spillriges Ding, langaufgeschossen. Besucht irgend so eine Musikschule und bläst schauerlich Flöte. Betondurchdringend wie das Hundegekläff, und immer dann, wenn ein anständiger Werktätiger gerade bemüht ist, seine Arbeitskraft im Sinne der komplexen Planerfüllung zu reproduzieren. Darum sollte sich die Polizei mal ...
Gute Nacht, hatte Leutnant Wellsand an dieser Stelle höflich gesagt und sich auf den Weg zur Musikschule gemacht. Die

Händel-Schule lag nur zwei U-Bahn-Stationen entfernt. Birte Knaack besuchte die Klasse 6a. Annette Wellsand brauchte das Mädchen nicht zu befragen. Im Klassenbuch standen die Berufe der Eltern: Disponentin und wissenschaftlicher Mitarbeiter, und die Anschriften der Beschäftigungsbetriebe. Wolfram Knaack arbeitete in einer Institution mit einer beeindruckenden Bezeichnung und dem Sitz in Friedrichshagen.
Knaack war dort nicht aufzufinden. Jemand wollte ihn zwar gesehen haben, eine Erinnerung, die sich jedoch beim Anblick des Dienstausweises von Leutnant Wellsand sofort verlor. Nach einer halben Stunde vergeblicher Suche und etlichen Telefonaten musste es als sicher gelten, dass Wolfram Knaack an diesem Dienstag noch gar nicht in Friedrichshagen gewesen war. Im Terminkalender auf seinem Schreibtisch stand quer über die Seite geschrieben: MWT. Und nun erinnerte man sich auch, dass Knaack gleich von zu Hause aus zu einer wichtigen Beratung ins Ministerium gefahren war. Derartige Konferenzen konnten leicht einen ganzen Tag in Anspruch nehmen.
Wenn es etwas gab, dessentwegen Major Fiebig Annette Wellsand auf die Lada-Spur angesetzt hatte, so war das ihre Beharrlichkeit. Gegen 14 Uhr 50 war sie im Ministerium bis zu dem Mann vorgedrungen, in dessen Zimmer die Beratung stattgefunden hatte. Um 11 Uhr. Und Knaack sei verspätet erschienen. Etwa zehn Minuten. Das sei ungewöhnlich. Nicht, weil es sich um Knaack handelte. Persönlich kenne man ihn hier kaum. Aber im Ministerium kam man nicht zu spät.
Natürlich hatte Knaack sich entschuldigt, irgendetwas von seinem Wagen gemurmelt, was niemand zur Kenntnis nahm. Nach Abschluss der Beratung hatte er vermutlich

sofort das Haus verlassen. Kurz nach 13 Uhr müsste das gewesen sein. Friedrichshagen jedoch hatte er noch immer nicht erreicht. Außer der Kripo schien ihn dort niemand zu vermissen. Die Mitarbeiter hatten oft außer Haus zu tun.

Die Frage, wo der Bürger Wolfram Knaack verblieben sein mochte, klärte sich gegen 16 Uhr auf überraschende Weise. Die VP-Inspektion Lichtenberg meldete, er habe sich dort eingefunden, um den Diebstahl des Lada ILN 4-75 anzuzeigen.

Fiebig, der seit einer Stunde mit Androsch, der Kaderleiterin und dem Leiter der Messelektronik konferierte und sich über jeden einzelnen Mitarbeiter informieren ließ, schickte sofort Zabel nach Lichtenberg.

Im vierten Stock saß Annette Wellsand vor einer altmodischen Büroschreibmaschine, ihr gegenüber, hinter dem zweiten der beiden Schreibtische, die den Raum beinahe gänzlich ausfüllten, der Mann, der sich als Wolfram Knaack ausgewiesen hatte. Zabel nahm auf dem einzigen freien Stuhl Platz und nickte seiner Kollegin ermunternd zu. Knaack betrachtete ihn erstaunt. Das Interesse, das seine Anzeige hervorrief, überraschte ihn sichtlich.

»Herr Knaack, würden Sie bitte so freundlich sein und uns Ihren heutigen Tagesablauf schildern.«

Knaack musterte sorgenvoll seine gepflegten Fingernägel. Der ungezwungene, beinahe fröhliche Ton der Befragerin heiterte ihn nicht auf. »Ich habe den Genossen im Erdgeschoss bereits alles Notwendige ausführlich erläutert«, sagte er. »Wollen Sie nicht zuerst einmal eine Fahndungsmeldung nach meinem Wagen herausgeben?«

»Das ist bereits geschehen, Herr Knaack.«

Annette Wellsand lächelte ihn freundlich und offen an. »Es wird Ihnen ja nicht schwerfallen, uns möglichst genau zu

erzählen, wann und wohin Sie mit Ihrem Wagen gefahren sind.«
»Ich bin ausschließlich meinen dienstlichen Aufgaben nachgekommen. Ich meine – zur Arbeit gefahren. Und zum Ministerium. Besser gesagt, dorthin wollte ich. Das ist eigentlich schon alles.«
Leutnant Wellsand nickte und spreizte die Finger über der Schreibmaschine, als wolle sie diese kärgliche Information aufs Papier bannen, ließ sie dann jedoch auf den Tasten ruhen und fragte in nettem Plauderton: »Wann genau ist das gewesen?«
Knaack zögerte. »Das – das weiß ich nicht exakt auf die Minute. Ich habe nicht auf die Uhr geschaut.« Seine Stimme gewann an Festigkeit. »Jedenfalls war es heute Morgen später als gewöhnlich.«
»Etwa sieben Uhr?«
»Viel später«, beteuerte Knaack.
Wieder nickte Annette Wellsand so verständnisvoll, als glaube sie ihm bedingungslos jedes Wort:
»Sie sind von Ihrer Wohnung in der John-Sieg-Straße direkt zur Arbeit gefahren?«
»Ja. Das heißt – nicht unmittelbar ... Ich war auf dem Weg nach Friedrichshagen.«
»Über Marzahn.«
Knaack schien die Ironie, die in dieser Feststellung lag, nicht zu bemerken. Er war viel zu sehr mit sich selbst beschäftigt, um auf den Tonfall der Kriminalistin zu achten. Zabel gefiel die Art, wie sie die Befragung führte; nur erschien sie ihm zu zeitaufwendig. Sie mussten schnellstens herausbekommen, wie viel Knaack mit dem Raubüberfall zu tun hatte. Der tat allzu offensichtlich so, als habe er ab-

solut keine Ahnung, dass es hier um mehr als die simple Aufnahme einer Strafanzeige wegen unbefugter Fahrzeugbenutzung ging.

Er wirkte ein wenig unsicher, wie viele Leute, wenn sie bei der Polizei auf dem Stuhl saßen. Dabei deuteten sein Auftreten und seine Kleidung eher auf ein ausreichendes Selbstbewusstsein hin: dezent karierter graublauer Anzug unter einem hellen Trenchcoat, taubengraue Halbschuhe, die durch den Straßenschmutz ihren Glanz eingebüßt hatten. Das Gesicht gebräunt – im Februar? –, der Schnitt der dunklen Haarpracht wie bei einem Modell aus dem Fachorgan der Friseurinnung. Modische Krawatte zum hellblauen, gestreiften Hemd.

Hellblaues Hemd und Krawatte! – Sollte die Lösung so einfach sein?

In Zabels ein wenig zu dicht beieinanderstehenden Augen trat ein stiller Glanz. Zu schön, um wahr zu sein. Knaack sah nicht aus wie einer, der für eine sorgfältig geplante Straftat sein eigenes Auto benutzte. Doch wer sah schon so aus? Du siehst aus wie ein Rennrodler, der ein bisschen schielt, hatte Annette Wellsand mal gesagt, und er hatte beschlossen, es als eine liebevoll gemeinte Hänselei aufzufassen. Er mochte Annette Wellsand und wusste, dass sie es wusste.

»Wie war das nun mit Ihrem Weg nach Marzahn, Herr Knaack?« Ihre Stimme verriet keinerlei Ungeduld. »Wann sind Sie von zu Hause losgefahren?«

»Ja, also … Ich wollte, wie gesagt, ursprünglich nach Friedrichshagen. Dann erinnerte ich mich an einen Termin im Ministerium und beschloss, direkt dorthin zu fahren. Es verblieb mir noch etwas Zeit, und die wollte ich nutzen, um einige wichtige Dinge zu erledigen. Aber das spielt ja wohl für die Aufklärung des Diebstahls keine Rolle.«

»Es interessiert uns dennoch, Herr Knaack.«
Knaack schien befremdet. »Da waren beispielsweise noch Vertragsverhandlungen mit einer Firma in der Herzbergstraße ... «
»Dorthin sind Sie gefahren?«
»Nein. Nicht direkt. Das heißt, nach Lichtenberg bin ich schon gefahren.« Er verzog sein Gesicht zu einem schwachen Lächeln. »Ich habe noch einige Einkäufe gemacht.«
»Um sieben Uhr fünfzehn etwa«, stellte Annette Wellsand in munterem Ton fest. »Sie waren beim Bäcker?«
Knaacks Lächeln wirkte eher verkrampft als gewinnend. »Ich merke, ich bin bei der Kriminalpolizei.« Er sah Zabel an, als erwarte er Zustimmung von ihm, »Ich wollte eigentlich nur meinen Wagen wiederhaben.«
»Der Genosse ist ein Spezialist für gestohlene Kraftfahrzeuge«, erklärte Annette Wellsand.
Wider Willen errötete Zabel. In Erfurt war die Verhaftung einer langgesuchten Bande von Automardern sein größter Erfolg gewesen. Unvorsichtigerweise hatte er ihr davon erzählt.
Er räusperte sich, und um ein aufkeimendes Gefühl der Verlegenheit zu überbrücken, warf er ihr einen auffordernden Blick zu: Mehr Tempo!
Leutnant Wellsand nahm die Finger von den Tasten. »Sie sind also zu einem Bäcker gefahren. Schildern Sie uns bitte detailliert, was dann geschah.«
Die Verbindlichkeit war aus ihre Stimme gewichen. Irritiert sah Knaack zu Zabel. Der verzog keine Miene.
»Ich glaube, das sind Angelegenheiten, die ich allenfalls meinem Vorgesetzten gegenüber zu vertreten habe! Meinen Sie nicht, dass ein Mensch, dem das Auto gestohlen wurde, ohnehin ... « Er stockte. ... gestraft genug ist – wollte ihm

offenbar nicht über die Lippen. »... geschädigt genug ist? Wenn es Sie so sehr interessiert: Ich habe den Wagen etwa um drei Viertel acht auf dem Parkplatz abgestellt, von dem er dann verschwunden ist.«

»Würden Sie uns diesen Platz bitte auf der Karte zeigen.« Annette Wellsand wies auf den Stadtplan, der die Wand hinter Knaack bedeckte.

Entweder war Knaack kein guter Kartenleser, oder er nutzte die Zeit, in der er den beiden Kriminalisten den Rücken zuwandte, zu anderen Überlegungen. Erst nach einer ganzen Weile blieb sein auf dem Stadtplan umherirrender Zeigefinger zögernd an einer Kreuzung hängen. »Es muss etwa hier gewesen sein. In der Nähe der Allee der Kosmonauten. Ich finde mich zwischen all diesen Kachelbauten nicht besonders gut zurecht.«

Zabel, der neben ihn getreten war, wies mit einem Bleistift auf die angegebene Stelle. »Hier?«, vergewisserte er sich. Wenn sich dort ein Parkplatz befand, so lag der ungefähr drei Kilometer vom Fundort des Lada entfernt. Und nicht mal ganz so weit vom Betriebsteil IV.

»Da müsste es gewesen sein.«

»Wollten Sie zum Kombinat Universal?«

Knaack verneinte erstaunt. »Ich hatte, wie gesagt, noch etwas zu erledigen. Bei einem ehemaligen Kollegen. Ich habe mich dann länger dort aufgehalten, als ich ursprünglich beabsichtigte ... «

Annette Wellsand tippte zwei Zeilen. Knaack schien es mit Genugtuung zu vermerken.

»Name und Adresse?«

»Wie bitte?« Knaack tat, als wolle er seinen Ohren nicht trauen. »Ja, haben Sie vielleicht vor, alle meine Bekannten zu vernehmen, weil mir das Auto gestohlen worden ist? Was hat der Kollege damit zu tun? Er hat mich nicht einmal mit dem Wagen kommen sehen. Und überhaupt: Weshalb muss ich als der Bestohlene hier ein – ein Alibi, so nennen Sie das ja wohl, nachweisen? Ich bin mir keiner Schuld bewusst.« Allmählich steigerte er sich in seinen Ärger hinein. »Die Adresse weiß ich sowieso nicht! Ein Haus sieht aus wie das andere … «

»Und dennoch haben Sie das richtige gefunden«, unterbrach ihn Annette Wellsand lakonisch. »Nennen Sie uns bitte den Namen ihres Kollegen. Wir finden ihn dann schon.«

»Bitte. Wie Sie wollen. Der Name ist Unfried. Günter Unfried.«

Zabel drängte sich hinter Annette Wellsand vorbei zum Telefon. »Adresse Günter Unfried«, sagte er gedämpft. »Irgendwo in Marzahn. So schnell wie möglich.«

Man sah Knaack seinen wachsenden Unmut an. »Was wollen Sie von dem?«

Zabel hielt es nicht länger für nötig, auf Knaacks Versteckspiele einzugehen. »Ihr Alibi überprüfen. Davor fürchten Sie sich doch die ganze Zeit, nicht wahr? Weshalb sagen Sie uns nicht endlich, wo Sie die drei Stunden zwischen sieben Uhr dreißig und zehn Uhr dreißig wirklich verbracht haben?« Für einen Moment schien Knaack unschlüssig, wie er auf die harsche Vorhaltung reagieren sollte. Dann entschied er sich für die Rolle des in seiner Ehre zutiefst gekränkten Bürgers.

»Das geht Sie nicht das Geringste an. Und das wissen Sie auch. Sie haben kein Recht, sich in meine Privatsphäre einzumischen. Und wenn Sie das nicht respektieren, verlange ich den Beistand eines Anwalts, der mir zu meinem Recht und zu meinem gestohlenen Wagen verhilft!«

Zabel legte die linke Hand mit sanftem Druck auf Annette Wellsands Schulter, was heißen sollte: den kriegen wir ganz schnell, und sagte kalt: »Sie sehen zu viel fern, Herr Knaack. Beantworten Sie bitte meine Frage.«
»Ich denke nicht daran! Ich werde jetzt gehen und mich zu gegebener Zeit bei Ihrem Vorgesetzten über diese Behandlungsweise eines unbescholtenen Bürgers durch die Organe beschweren.«
Damit stand er auf, als glaube er wirklich, einfach davonlaufen zu können. Zabel nahm Knaacks Ausweis vom Tisch und schob ihn in die Jackentasche.
»Sie sind vorläufig festgenommen. Gegen Sie besteht der hinreichende Verdacht, an einer schweren Straftat beteiligt zu sein.«
Knaack blickte ihn bestürzt an und schwieg.

8

So mies hatte Siegfried Korn sich seit langem nicht gefühlt. Geräuschvoll nagte der Hunger in seinem Inneren; die Fingerspitzen zitterten ihm vor Gier nach einer Zigarette; sein Kopf war angefüllt mit einem dumpfen Rauschen. Mit leerem Blick starrte er auf ein Bildschirmmelodram vom Leben und Tod eines arktischen Seevogels.

Womit hatte er das verdient? Voller Pläne und Unternehmungsgeist hatte er diesen Tag begonnen, und nun saß er da wie gelähmt und ließ das pastorale Gedöhns des Kulturfilmsprechers über sich ergehen. Weidners Besuch hatte ihn auf eigenartige Weise deprimiert. Keine fünf Seiten hatte er seitdem in seinem Buch gelesen, keine vernünftige Arbeit angefasst.

Noch nicht einmal 18 Uhr. Vor ihm lag ein einsamer, trostloser Abend. Keine Zigaretten, kein ordentliches Abendessen, nicht mal ein Bier, um sich die notwendige Schlafschwere anzutrinken.

Das durfte doch nicht wahr sein! Er hing hier herum, als wüsste er vor Langeweile nichts mit sich und der Welt anzufangen. Wann hatte es das je gegeben?

Korn stand auf und drückte auf die rote Taste des Fernsehers. Erst mal raus an die Luft. Jogging, das war gut für den Kreislauf und die Figur. Ein Trainingsanzug musste noch irgendwo im Schrank liegen, und Turnschuhe hatte ihm Regina erst im Herbst aufgeschwatzt; zu einem Preis, für den er sich früher handgefertigte Saffianlederstiefel hätte leisten können. So alt bist du noch nicht, hatte Regina gesagt, und zum Autofahren sind sie bequem. Ihr fiel immer ein Argument für eine Geldausgabe ein.

Er öffnete das Fenster, sog die milde Abendluft ein und blickte auf die Straße. Es sah matschig aus. Vielleicht doch nicht das richtige Wetter für Turnschuhe, überlegte Korn. Er stellte sich vor, wie der Dreck aufspritzen würde unter seinen Elefantenschritten. Nein, das war eher Stiefelwetter. Und nicht für saffianlederne.

Zudem war ein Spaziergang viel besser zum Nachdenken geeignet als diese Herumrennerei. Und nachzudenken gab es allerhand. Das wollte erst einmal alles in die Reihe gebracht werden: der Geldraub und die Kripo, Weidner und sein absurder Verdacht.

Zufrieden spürte Korn wiedererwachenden Elan und schloss die Fensterflügel. Das Programm war klar. Kalt duschen. Eine Scheibe Knäckebrot gegen den ärgsten Hunger. Eine ausgedehnte Wanderung. Am besten stadteinwärts. Man konnte zum Beispiel alle Werkzeugläden abklappern und in Ruhe gucken, was es so gab.

Unter der Dusche sang Siegfried Korn, auch um den Schmerz auf der gepeinigten Haut zu überlisten. Er fühlte sich blendend, suchte frische Unterwäsche heraus, ein kariertes Hemd.

Im Wohnzimmer schnarrte das Telefon und rief augenblicklich alle Unannehmlichkeiten des Tages zurück. Korn, nackt bis auf die Socken, griff mit zwei Fingern nach dem Hörer, als finge er einen Krebs. »Ja?«, fragte er gedehnt.

»Ich dachte schon, du bist nicht zu Hause«, hörte er Reginas vertraute Stimme überraschend nahe. »Hier muss man am Telefon anstehen.«

»Wo soll ich denn sonst sein«, sagte Korn. Ihm fiel ein, dass Regina nichts von seinem Urlaub wusste, und dabei wollte er es belassen. »Geht es dir gut?«

»Natürlich. Und bei dir? Alles in Ordnung? Oder fehlt dir irgendwas?«
Dreihundertneunzehntausend Mark, dachte er. Aber weshalb sollte er sie mit dieser Geschichte beunruhigen. Und für diese Art Humor besaß sie ohnehin keinen Nerv. »Mein Trainingsanzug«, sagte er darum. »Falls ich abends mal joggen will.«
»Du?«, fragte sie ungläubig. »Lass doch die Witze. Dieses ausgebeulte Ding ist längst im Lumpensack gelandet.«
Natürlich. Das hätte er sich denken können. Regina war immer schnell dabei, Dinge auszurangieren, die, wenngleich nicht mehr taufrisch, durchaus noch ihren Wert besaßen.
»Kauf dir einen neuen, wenn du unbedingt einen brauchst.«
Korn verdrehte die Augen. Wann hatte er sich je alleine ein Kleidungsstück gekauft.
»Ich muss jetzt Schluss machen. Die anderen wollen auch noch telefonieren. Tschüs. Und betrink dich nicht.«
Korn wusste nicht, ob er sich ärgern sollte über diesen Rat. Kannte sie ihn nach dreiundzwanzigjähriger Ehe wirklich so wenig? – Und er? Verstand er sie besser?
Er beschloss, die Dinge von der heiteren Seite zu nehmen, und pfiff vor sich hin, während er sich ausgehfertig machte. Auf seinem Spaziergang kam er vielleicht auch an Sportgeschäften vorbei. Da konnte er nach Trainingsanzügen gucken. Wahrscheinlich wurden die inzwischen mit Lurex veredelt und kosteten die halbe Jahresendprämie. – Da war er schon wieder bei diesem Wort, das für ihn seit der Sitzung der Konfliktkommission im Januar einen unangenehmen Klang hatte.
Korn schüttelte den Kopf. Weidner war übergeschnappt. Reimte sich da eine Verbindung zusammen zwischen dem Raub und dieser alten Geschichte in Mittweida, die für

alle daran Beteiligten nur ein Spaß gewesen war. Wenn ein Trupp Männer Tag für Tag auf der Schulbank und Abend für Abend in einer fremden Stadt in Kneipen herumhockte, kamen allemal die blödsinnigsten Ideen auf; und sie hatten sich eben dieses alberne Räuberspiel ausgedacht, wobei einer den anderen mit immer neuen Details zu übertrumpfen suchte. Zuerst hatten sie von einem Sparkassenüberfall gesponnen; im Westen kamen die damals gerade in Mode. Und dann brachte einer die Rede auf den Transport von Lohngeldern. Sie waren sich schnell einig gewesen, dass dabei nicht viel zu holen sein würde. Die meisten besaßen damals schon ein Gehaltskonto. Also blieb nur die Jahresendprämie für den großen Coup.

Weidner selbst hatte vermutlich die besten Ideen beigesteuert, mit seinem ausgeprägten Sinn für mathematische Logik. Oder Rosanke? Der brauchte gerade Geld für den Ausbau seiner Ostseevilla. Wenn es um Geld ging, war er stets hellwach gewesen.

Nur Rosanke? Geld interessierte sie doch alle. Auch Dettenberg, der am wenigsten darüber sprach, weil er von allen am meisten besaß. Fuhr seinerzeit bereits einen Polski Fiat. Dagegen waren Weidner und er, Korn, arm wie die Kirchenmäuse gewesen. Er fuhr damals ein gebraucht gekauftes EMW-Gespann und hätte sich nicht mal im Traum vorstellen können, jemals über ein Konto mit ein paar tausend Mark zu verfügen.

Bewusst gespart hatte er nie, nur darauf geachtet, dass Regina nicht sofort jede Mark, die nach und nach einkam, im Handel umsetzte. Im Grunde besaßen sie jetzt genug, um sich leisten zu können, wonach ihnen der Sinn stand – vorausgesetzt, es war zu bekommen. Regina fiel immer etwas ein, wie im Märchen vom Fischer und sin Fru. Zur Silberhochzeit eine Kuba-Reise. Das allerdings reizte ihn schon. Nicht etwa nur wegen der braunhäutigen Mädchen oder des Rums. Den trank er sowieso nicht. Er trank überhaupt nicht mehr.

Der rauchgeschwängerte Bierdunst, der aus der Eckkneipe, an der er gerade vorbeiging, bis auf die Straße drang, hatte dennoch etwas Anheimelndes. Ein großes Bier und ein, zwei Bockwürste...

Tapfer schluckte er den Speichel hinunter. Nicht schwach werden, Siegfried. Du fühlst dich wohl, und es geht dir gut. So gut, dass du auf Bier und Zigaretten leicht verzichten kannst. Und auch auf die Jahresendprämie. Mehr als einssechs gönnte ihm Hadank ohnehin nicht. Eine schöne Summe dennoch. Wenn auch in diesem Jahr nur eine theoretische Größe.

Siegfried Korn schlängelte sich um verharschte schwarze Schneeberge und Pfützen herum. Wahrscheinlich war Kuba eine gute Idee, dachte er.

Im unbeleuchteten Schaufenster der Eisenwarenhandlung blinkte ungewiss Metall, und da, wo einst das Sporthaus gewesen war, verkaufte man jetzt delikate Getränke. Er kam selten in Gegenden, die nicht unmittelbar am Weg zwischen Wohnung und Betrieb lagen. Und wenn, dann nur mit dem Auto. Da blieb wenig Zeit, in Geschäfte zu gucken. – Zeit. Das war überhaupt das Einzige, woran es ihm bisher immer gefehlt hatte. Plötzlich kam er sich fremd und verlassen vor, auf der kaum noch belebten Straße, mit so unendlich viel Zeit vor sich, dass ihm vielleicht auch deswegen ein wenig schwindelte. Damals in Mittweida hatten sie richtige Fressgelage veranstaltet, die Speisekarte rauf und runter. Dazu Schnaps und Bier, und alle hatten sich großartig gefühlt, wenn auch nicht am nächsten Morgen. Die Planung des Überfalls auf einen Geldtransport war nichts weiter als ein Unterhaltungsspiel gewesen; daran gab es gar keinen Zweifel. Und es war schließlich nicht strafbar, sich so ein Ding vorzustellen, ja auszumalen. Es gab immerhin Leute, die lebten von solchen kriminellen Einfällen, indem sie Bücher oder Filme daraus machten. Nur ein Trunkenbold wie Weidner konnte kindisch genug sein, zu behaupten, jemand hätte ihren Plan nun ausgeführt; nach fast zwanzig Jahren.

Und wenn doch?

Wer?

Vielleicht Weidner selbst. Er besaß kein Alibi und steckte ganz sicher noch immer in finanziellen Schwierigkeiten. Wie, wenn er einfach nur bei ihm aufgetaucht war, um auf den Busch zu klopfen und von vornherein jeden Verdacht von sich abzuwälzen? Allerdings – er selbst besaß auch kein Alibi. Jedenfalls nicht in den hellen Augen dieses Majors Fiebig.

Was würde der wohl von Weidners Mär halten? Dettenberg und Rosanke unter die Lupe nehmen?

Er musste sowieso damit rechnen, dass … Unwillkürlich wandte Korn sich um. Ein Pärchen lief dicht hinter ihm. Er blieb vor der Auslage einer Drogerie stehen. Eilig strebten die beiden an ihm vorbei in Richtung Bahnhof. Ein junger Mann folgte in einigem Abstand und kam direkt auf ihn zu. Korn starrte ihm erwartungsvoll entgegen.

»Ham Se mal Feuer, Meister?«

Korn griente. »Tut mir leid. Ich bin gerade beim Abgewöhnen.«

»Herzlichen Glückwunsch«, nuschelte der Bursche und stapfte mit seinen Luxus-Turnschuhen durch die nächste Pfütze davon. Der also auch nicht. Weiter war niemand zu sehen. Die wenigen ihm entgegenkommenden Passanten beachteten Korn nicht. Er musste erneut grienen, diesmal bei der Vorstellung, wie ihm beim Joggen ein möglicher Verfolger hätte hinterherhetzen müssen.

Auf solche Gedanken brachte einen Weidner! Schade, dass ein solcher Spinner aus dem geworden war. Sonst wäre es vielleicht nicht ohne Reiz gewesen, die alten Kumpel einmal zusammenzuholen und gemeinsam die Parallele zwischen ihren theoretischen Jugendsünden und der bitterbösen Realität zu belachen.

Na gut, so lächerlich war das nicht. Es handelte sich immerhin um ein handfestes Verbrechen. Aber dieser Fiebig sah nicht so aus, als würde er daran scheitern. Früher oder später machten solche Ganoven einen Fehler, hatten irgendeinen redseligen Mitwisser oder gaben das Geld viel zu früh und an der falschen Stelle aus. Vielleicht in Rosankes Nobelschuppen.

Er hatte von dem Lokal gehört. Hieß »Nina«, so weit er sich erinnerte. Irgendwo in der Gegend um den Friedrichshain. Ein Kollektiv aus der Buchhaltung hatte dort mal gefeiert; Frauentag oder Jahresabschluss, wofür Rosanke sein Nebengelass in Annoncen anpries. Einer von denen, die Rosanke noch von früher her kannten, hatte mal mit ihm gesprochen und Korn einen Gruß von ihm ausgerichtet. Sie hatten sich länger als ein Jahrzehnt nicht mehr gesehen. Dabei waren sie einmal so etwas wie Freunde gewesen. Auch die Frauen und die Kinder kannten sich.

Rosanke hatte sich verändert, schon während des Studiums.

Wenn auch in ganz anderer Hinsicht als Weidner. Oder hatten sie sich in dieser Zeit nur näher kennengelernt. Zu nahe? Mitunter waren sie sich auf die Nerven gegangen. Offenen Streit hatte es nie gegeben. Nicht einmal mit Weidner.

An Hannes Rosankes Wandlung erinnerte Korn sich gut. Ihre Beziehung kühlte schnell ab, nachdem der ständige Anlass gemeinsamer Studientage fehlte. Gewiss, auch Dettenberg hatte sie alle mitunter spüren lassen, dass er sich zu Höherem berufen fühlte, als irgendeine Produktionsabteilung aus dem Plansumpf zu ziehen. Er besaß jedoch nicht das Imponiergehabe, mit dem Rosanke den Leuten mehr und mehr auf die Nerven ging. Hannes konnte alles und wusste alles besser, kannte jeden und konnte alles besorgen, strich in exquisiter Schale durch den Betrieb, gab hier eine Gastrolle und da noch eine, bis es eines Tages hieß, er habe irgendwo an der Ostsee eine Eisdiele aufgemacht – oder vielmehr seine Frau, und er arbeite da mit.

Inzwischen besaß er also dieses hauptstädtische Restaurant. Ob er seine Gäste dort auch so von oben herab behandelte wie einst die Kollegen?

Korn stellte sich Rosankes Gesicht vor, wenn er in dessen Laden spazieren und sagen würde: Tag, Hannes, alte Quarkpflaume! Erinnerst du dich noch an den Grand Hand in der »Kanone«, den ich dir versaut habe …

Irgendwo saß da ein Stachel in Korn. Wie würde Rosanke reagieren, wenn er dort auftauchte? Gerade an diesem Tag. Denn – wenn nun doch etwas dran war an Weidners Fantasien …

Wenige Meter vor Korn hielt ein Bus. Die Türen öffneten sich stockend; eine alte Frau kletterte mühselig heraus.

In einem plötzlichen Entschluss rannte Korn los und sprang

in den Bus, gerade, als das Signal ertönte. Ein Volkspolizist mit einem Schäferhund an der Leine stand auf der Plattform und musterte ihn missbilligend. Der Hund guckte wachsam über seinen Maulkorb hinweg.
Verlegen fahndete Korn in seinen Taschen nach Kleingeld. Es musste doch so etwas wie eine Zahlbox geben. Er war schon seit Jahren nicht mehr mit einem Bus gefahren.

9

Der Raum war wie immer überheizt. Es gab ein Gesetz, das für Arbeitszimmer eine Temperatur zwischen 19 und 21 °C vorschrieb. Daran hielt sich nicht einmal die Polizei.
Um den Tisch waren alle Mitglieder der Einsatzgruppe versammelt. Auf Annette Wellsand, rotwangig und zerzaust, wie sie gerade vor einer Minute hereingestürzt war, schaute man zuerst in dieser Männerrunde. Auch Zabel mit seinem wie aus Holz geschnitzten Profil und dem Vogelblick unter den dichten Augenbrauen fiel auf. Wischnewski wirkte behäbig und ein bisschen verschlafen; und er war wohl auch müde. Von der Fahndung saß jemand da, die Techniker waren zu zweit erschienen, und die Auswertergruppe war ebenfalls vertreten.
Fiebig hielt sich nicht mit langen Vorreden auf und wandte sich an Zabel, der ihm am nächsten saß. »Wie weit seid ihr mit dem Lada-Fahrer?«
»Den kriegen wir!«, sagte Zabel überzeugt.
Annette Wellsand zuckte mit den Achseln. »Ich bezweifle, dass er uns was nützt. Wer ein solches Verbrechen plant, benutzt doch nicht sein eigenes Auto und tarnt nicht mal das Kennzeichen.«

»Dennoch will oder kann dieser Knaack für die Tatzeit kein Alibi nachweisen. Seine Aussage, er sei bei diesem Unfried gewesen, hat sich als falsch herausgestellt. Das deutet auf bewusste Verdunklung hin.« Zabel klopfte mit den Fingerspitzen auf den Tisch. »Ich nehme ihn mir anschließend noch einmal vor.«

»Ich habe inzwischen mit der Frau und mit seinem Chef gesprochen«, ergänzte Annette. »Ergebnislos. Sein Vorgesetzter stellt ihm ein gutes Zeugnis aus und interessiert sich nicht sonderlich für unsere Probleme. Für ihn zählt allein, dass Knaack die ihm übertragenen Aufgaben selbständig und zuverlässig löst. Wann er das tut, ist von sekundärer Bedeutung. Mich fragt auch niemand, wo und zu welcher Nachtstunde ich meine Arbeit erledige! Zitatende.«

»Und was sagt die Frau?«, fragte Fiebig.

»Nicht viel. Der vorbildliche Familienvater. Mit Arbeit überlastet. Keine Probleme in der Ehe, keine finanziellen Schwierigkeiten. Stand des gemeinsam geführten Kontos: siebzehntausendvierhundert Mark. Das hat sie mir ungefragt mitgeteilt und belegt.«

»Danke. Dann wenden wir uns mal den technischen Erkenntnissen zu.«

Der zuständige Oberleutnant sprach beinahe zehn Minuten lang. Das Fazit der bisherigen Analysen war dennoch mager: Schuhspuren nicht auswertbar, die Reifenabdrücke auf dem unbefestigten Weg hinter dem Tatort stimmten zweifelsfrei mit denen des aufgefundenen Lada überein. In dem Wagen im Wesentlichen Knaacks eigene Fingerabdrücke, an Türgriffen und Lenkrad stark verwischt, weil die Täter Handschuhe getragen hatten, was sich mit der Beschreibung durch die Tatzeugen deckte. Untersuchung des

Fahrzeugs auf Faserreste und sonstige auswertbare Spuren noch nicht abgeschlossen, ebenso die Untersuchung der Schlösser. Vermutlich war der Wagen mit Nachschlüsseln geöffnet und in Betrieb gesetzt worden.

An dieser Stelle schaltete sich Hauptmann Merz ein. Vor ihm lagen zwei dünne Aktendeckel, in die er von Zeit zu Zeit geschaut hatte. »Mir ist da etwas aufgefallen«, sagte er. »Ermittlungen gegen eine Bande Jugendlicher. Einbruch in Garagen und unbefugte Kraftfahrzeugbenutzung. Liegt fast zehn Jahre zurück. Einer der Beteiligten hieß ... «, er sah von der Akte auf und kostete die Pause aus, »Jens Pohl.«

Niemand reagierte überschwänglich auf diese Mitteilung. »Gut«, sagte Fiebig nur. »Mit den Insassen des überfallenen Fahrzeugs müssen wir uns intensiv befassen. Pohls Alibi bis zur Abfahrt vom Betrieb scheint in Ordnung. Dennoch könnte der Tipp von ihm stammen. Möglicherweise war jemand aus seinem früheren Bekanntenkreis an dem Raub beteiligt.«

Merz nickte. »Wir überprüfen alle, deren Namen in Zusammenhang mit der früheren Straftat stehen. Man erlebt da so Überraschungen. Unter den Leuten aus dem Bauwagen haben wir schon zwei schwarze Schafe entdeckt. Der eine war allerdings den ganzen Vormittag mit seinen Kollegen zusammen. Vorbestraft wegen Körperverletzung und Rowdytums. Der andere wegen Einbruchdiebstahls. Er fehlte heute unentschuldigt. Die Mutter behauptet, sie habe ihn nicht aus dem Bett bekommen. Bis neun, sagt sie, sei er nicht aufgestanden, dann habe sie das Haus verlassen. Eine Befragung des jungen Mannes hat bisher keine weiteren Verdachtsmomente ergeben.«

»Ich sehe, ihr weist eure Existenzberechtigung nach«, sagte

Fiebig anerkennend. »Ich hoffe, wir kommen mit den Betriebsangehörigen auch so gut voran. Bleiben wir vorerst bei den Tatzeugen. Die wussten alle vorher, dass sie heute diese Fahrt zur Bank unternehmen würden. Pohl konnte sich ausrechnen, dass er an der Reihe war mit der Fahrt.«
»Rothärmel nicht«, wandte Wischnewski ein. »Er ist für den erkrankten Kassierer eingesprungen.«
»Dessen Herzanfall ein Infarkt war, haben die behandelnden Ärzte festgestellt. Ausgelöst durch das Wetter und die ständige Aufregung, meint seine Frau. Im Betrieb würde immer wieder gegen die Vorschriften verstoßen, besonders beim Transport von Geld. Auf ihren Mann höre ja niemand. Aber er wollte wenigstens dafür sorgen, dass der Rothärmel mitfährt. Das hat er noch gestern Abend geäußert, der Kollege Albrecht. In ziemlicher Erregung, wie die Frau sagt. Also kam die Fahrt für Joseph Rothärmel vielleicht doch nicht so überraschend.«
»Wir beschäftigen uns noch mit ihm. Im Moment geht es ihm nicht besonders«, erklärte Zabel. »Er gilt als ein unbescholtener Mann. Ein bisschen kauzig wohl. Junggeselle. Bewohnt ein winziges Häuschen draußen in Wendenschloss. Mehr so eine aufgeziegelte Laube. Ist bei den Kollegen nicht gerade beliebt. Im Gegensatz zu Petra Opitz. Das ist so ein nettes Dummerchen.«
Annette Wellsand blickte ihn empört an.
Zabel hob beschwichtigend die Hand. »Das sind nicht meine Worte. So wird sie allgemein eingeschätzt. Sogar von ihrem Freund Holzmann. Das ist ein ganz geriebener Bursche, nach meinem Eindruck. Der Škoda, den er fährt, ist sein viertes eigenes Auto. Er hängt anscheinend auch sonst in allerlei Geschäften drin. Handelt mit Software und Dis-

ketten, wie mir berichtet wurde. Er ist der Einzige, auf den die Beschreibung der Täter annähernd zutrifft: Oberlippenbärtchen und Brille. Nur besitzt er ein unanfechtbares Alibi; und alle, die im Wagen saßen, hätten ihn sofort erkannt. Er war übrigens recht betroffen, erst von uns zu erfahren, dass er Vater wird.«

»Holzmann und Daniel Schmidt sollten wir abhaken«, schlug Wischnewski vor. »Und bis auf zwei auch die anderen Namen auf der Abwesenheitsliste. Für eine direkte Tatbeteiligung kämen allenfalls Sandau und Weidner in Frage.«

»Und Korn«, ergänzte Fiebig. »Das ist ein ganz spezielles Kapitel.«

»Das kannst du besser einschätzen«, sagte Wischnewski. »Sandau und Weidner sind auch Spezialfälle. Die beiden heißen im Kombinat: die Gebrüder Lunikoff. Wobei Weidner als geheilt gilt, aber sonst als der schwierigere Fall. Undurchsichtig nennen die Kollegen ihn. Auf seinem Laubengrundstück in Biesdorf-Süd repariert er Kraftfahrzeuge. Karosseriearbeiten, Lackierungen und was sonst so anfällt. Heute Vormittag ist er kurz nach neun zur Kraftfahrzeug-Kaufhalle Rhinstraße gefahren. Mit stillschweigender Zustimmung seines unmittelbaren Leiters. Angeblich hat er dort Karosserieteile kaufen wollen, die immer dienstags geliefert werden. Deshalb wollte er pünktlich um zehn an der Kaufhalle sein. Er hat angeblich aber nur einige Kleinteile gekauft und den Kassenbon nicht aufbewahrt. Sieht man sich die Weg-Zeit-Verhältnisse an, könnte er ohne weiteres bei dem Überfall mitgemischt haben. Er hat sich während der Tatzeit in dem fraglichen Gebiet aufgehalten. Mit seinem PKW, einem von

ihm selbst wieder aufgebauten sechshunderter Trabant.«
»Man muss ihn den Verkäuferinnen in der Kaufhalle gegenüberstellen«, sagte Annette Wellsand.
Wischnewski schüttelte den Kopf. »Das bringt sicher nichts. Ein Auto zu knacken ist für einen Mann mit Weidners handwerklichen Fähigkeiten bestimmt kein Problem. Allerdings dürfte die Zeit dafür viel zu knapp gewesen sein. Und weshalb sollte er nach der Tat Knaacks Wagen ausgerechnet an jenem Ort abstellen, wo er sich während der Zeit des Überfalls aufgehalten haben will?«
Fiebig rieb sich mit Daumen und Zeigefinger der linken Hand die Falten auf der Stirn glatt. »Das klingt einleuchtend«, meinte er nachdenklich. »Allerdings liegt dieses Grundstück in Biesdorf recht günstig. Wir werden Weidner im Auge behalten. Zuerst aber müssen wir unbedingt von diesem Knaack erfahren, wann und wo er seinen Lada zuletzt gesehen hat – vorausgesetzt, er gehört nicht selber zum Kreis der Täter.«
»Und Sandau, wie sieht dessen Alibi aus?«, fragte Annette Wellsand.
»Blass«, antwortete Wischnewski lakonisch. »Er hat keins und versucht das nicht einmal zu bemänteln. Ob ihn denn einer erkannt hätte, wollte er von mir wissen. Und das ist keine unberechtigte Frage, für ihn wie für Weidner. Jedenfalls haben wir ihn nach der Vernehmung im Labor untersuchen lassen. Zwei Komma eins Promille. Dafür sind zwei Erklärungen denkbar: Er gehört zu den Tätern und hat es verstanden, sich so unauffällig aus dem Betrieb zu entfernen, wie er dort wieder aufgetaucht ist, um sich anschließend zur Tarnung volllaufen zu lassen – oder er kennt im Betrieb ein stilles Plätzchen, wo er den ganzen Vormit-

tag mit seiner Flasche verbracht hat, ohne dass er vermisst wurde.«

»Freundliche Arbeitsbedingungen«, sagte jemand, und das dachten wohl alle.

»Besitzt Sandau einen Wagen?«, erkundigte sich Fiebig.

»Seine Lebensgefährtin, bei der er wohnt. Einen VW Golf. Ihm wurde vor vier Monaten nach einem Unfall der Führerschein entzogen. Das Verfahren ist noch nicht abgeschlossen.«

Gemütserregungen waren Peter Fiebig selten anzumerken. Umso mehr fiel auf, als er jetzt die Luft hörbar durch die Zähne einsog. »Wir werden die eingesetzten Kräfte verstärken.« Er wandte sich an einen jungen Oberleutnant. »Habt ihr einen Hinweis, woher der Uniformmantel stammen könnte?«

»Wir sind noch dabei, alle in Frage kommenden Möglichkeiten zu überprüfen, Genosse Major«, antwortete der steif und lief ein wenig rot an.

»Dann vergesst die Funkgeräte nicht. Die müssen irgendwo bei der Post registriert sein.«

»Falls es keine Attrappen waren«, gab Zabel zu bedenken. »Abgesehen davon benutzt inzwischen jede bessere Baubrigade Sprechfunkgeräte.«

»Die in Marzahn nicht. Ansonsten muss das überprüft werden. Die Täter haben sich ganz sicher nicht mit Attrappen belastet. Sie brauchten die Geräte, um vom Lada aus im richtigen Augenblick die falschen Verkehrsposten auf die Bildfläche zu rufen. Es handelt sich um eine viel befahrene Straße, und eine Verkehrskontrolle wäre dort nicht lange unbemerkt geblieben. Also mussten sie vorsichtig sein, damit sie keiner unserer Streifenwagenbesatzungen und keinem Kollegen vom Taxibetrieb auffielen.«

»Dennoch sind sie ein erstaunlich hohes Risiko eingegangen«, sagte Zabel. »Das Ganze sieht zwar nach exakter Planung aus, scheint mir aber doch eher ein ungeheuer dreistes Glücksspiel gewesen zu sein. Und das Glück war ihnen leider hold.«
»Dann wird es Zeit, dass wir diese Glückssträhne …«, Fiebig ahmte mit zwei Fingern die Schenkel einer Schere nach, »unterbrechen.« Er stand auf und blickte auf die Uhr. »Der Abend ist noch lang. Ich hoffe, jeder weiß, was von uns erwartet wird.«

10

Rosankes Name stand nicht auf der erleuchteten Glastafel mit der dezenten Aufschrift »Nina«. Diese Schrift und die wie aus Eichenbohlen gefügte Pforte wollten nicht so recht zu dem schäbigen Altbau passen. Eine ehemalige Kutscherkneipe wahrscheinlich. Das granitene Pumpenbecken, aus dem die Pferde gesoffen hatten, war noch als Ausbuchtung im Rinnstein vorhanden. Hatten die Durstigen früher nach einem Bier auch Schlange stehen müssen?
Vor der geschlossenen Tür harrten an die zwanzig Personen auf Einlass, überwiegend Frauen.
Am liebsten hätte Siegfried Korn kehrtgemacht. Alle Lust, Rosanke ins Gesicht zu schauen, war ihm angesichts dieser abwehrend protzigen Tür vergangen. Sicher stand Rosanke dahinter, um die Gäste persönlich in Augenschein zu nehmen. Bier gab es drinnen todsicher nicht. Das verminderte immerhin die Verlockung, die Diätregeln zu verletzen. Im Augenblick fühlte sich Korn ein wenig hohl im Kopf und

so leicht, als habe er bereits zehn Kilogramm abgeworfen. Das Tor zu Rosankes gastronomischem Paradies öffnete sich nach außen wie jede gewöhnliche Kneipentür. Im Eingang tauchte weder Hannes Rosanke noch irgendein vierschrötiger Rausschmeißer auf. Eine eher zierliche Frau in rotem Jockeydress prüfte die Schar der Auserlesenen. Auf Korn ließ sie ihren unergründlichen Blick für einen Moment ruhen.

»Sie gehören zu den Damen?«, fragte sie und meinte mit den Damen offensichtlich die Frauenbrigade.

Korn starrte sie wie hypnotisiert an. »Eigentlich nicht …«

Selbst in dem nur spärlich beleuchteten Windfang konnte man erkennen, dass diese Frau schön war. Wenn es eine reale Person namens Nina gab, dann stand sie vor ihm. Oder er vor ihr. Sie schien nicht einmal besonders jung, vielleicht sogar in Korns Alter, und der Goldton ihres Haars war nicht echt. Ihre Sphinxaugen und die hohen Jochbögen ihrer Wangen verliehen ihrem Gesicht einen Hauch von Wehmut, der Korn faszinierte. Wie kam Rosanke zu einer solchen Frau? Korn erinnerte sich gut an die brave Ehefrau, die Christa hieß, falls es sie noch gab.

»Sie möchten Plätze bestellen?«

»Nein«, sagte Korn mit belegter Stimme. »Ich bin einfach nur so gekommen …«

»Ich werde sehen, ob ich einen Platz für Sie finde.«

Sie ließ ihn ein, obwohl er, fühlte Korn, die Prüfung nicht bestanden hatte.

Nina – oder wie immer sie heißen mochte – nahm den Gästen die Garderobe ab, was Korn ein wenig ernüchterte. In ihrem grellroten Jackett, aus dessen Ausschnitt die Rüschen ihrer Bluse quollen, sah sie nicht aus wie eine Garderobiere.

Entsprechend hoheitsvoll erledigte sie diese profane Tätigkeit. »Sie nehmen bitte vorerst an der Bar Platz.«
Korn, der sich in dieser Umgebung in Pullover und kariertem Hemd schlimmer als nackt fühlte, steckte verschämt seine Blechmarke ein und trollte sich folgsam in die bläuliche Finsternis der Bar. Zu jeder anderen Zeit hätte die Bardame seine Aufmerksamkeit gefesselt. Verglichen mit Nina aber war sie nur eine gut aussehende Frau von sehr brünettem Typ, den sie durch ihr Make-up betonte.
»Bitte?«, fragte sie und blickte ihn aus ihren umschatteten Augen abschätzend an.
»Etwas Alkoholfreies«, sagte Korn, ohne nachzudenken. »Vielleicht eine Selters.«
Dunkler konnten ihre Augen kaum werden. »Das ist hier die Bar. Sie können einen Weinbrand bekommen. Oder ein Glas Sekt.«
Korn sah verstohlen an sich hinunter und beschloss, etwas gegen den Eindruck zu unternehmen, den er hier offensichtlich hervorrief.
»Ein Glas Sekt.« Für eine Selters lohnte sich der weite Weg wahrhaftig nicht. Außerdem – ein Glas Sekt konnte nicht schaden, wenn er etwas erfahren wollte. Wo mochte Rosanke stecken?
Durstig trank er einen langen Schluck aus der flachen Schale und verspürte augenblicklich die Wirkung. Für einen Moment saß er wie gelähmt. Die Metallfäden in der hochgeschlossenen Bluse der Barfrau brachen das unnatürlich blaue Licht der verborgenen Lampen in alle Farben des Regenbogens. Das Privileg fürs Leichtgeschürzte ist von den Bardamen auf die Turniertänzerinnen übergegangen, dachte Korn amüsiert. Sie unterhielt sich mit zwei Männern, die in einer italieni-

schen Gaunerkomödie hätten mitspielen können. Das also war Rosankes Milieu. Wenn irgendwo ein Überfall auf einen Geldtransport ausgeheckt worden war – weshalb nicht hier? Allmählich begann ihm die Sache Spaß zu bereiten. Der Sekt wogte durch seinen Körper, und er fühlte sich noch leichter. Durch die Samtportiere konnte er in einen besser beleuchteten Raum gucken. Mit dem Rücken zu ihm saßen dort Leute auf niedrigen Lederhockern um einen Tisch herum.

Von dort tönte auch die Musik. Harte, glasklare Klänge ohne jedes Nebengeräusch.

»Möchten Sie jetzt bitte am Tisch Platz nehmen«, sagte jemand dicht hinter ihm. Korn trank den Sekt aus und kletterte gehorsam vom Barhocker. Der Ober wies ihm einen lederbezogenen Schemel an einem der flachen Tische zu, wo bereits zwei junge Pärchen saßen und ihn mitleidig musterten. Übermäßig voll war es nicht, stellte Korn fest. Nur übermäßig laut. Mit elektronisch verstärktem Getöse fuhren die Töne wie Geschosse aus den metallenen Boxen. Verglichen damit klang seine HiFi-Anlage zu Hause wie Mittelwelle.

»Haben Sie gewählt?«

Korn hatte noch nicht in die Karte geschaut. Er schlug sie aufs Geratewohl auf. Sie hatte nur zwei Seiten. Rechts unten entzifferte er das Wort FRUCHTSÄFTE. Was darunterstand, konnte er ohne Brille nicht lesen. Außerdem irritierten ihn die flirrenden Lichteffekte, die von einer sich drehenden Kugel an der Decke herrührten.

»Bringen Sie mir bitte einen Fruchtsaft«, sagte er.

»Einen Juice, bitte sehr. Orange oder Grape?«

Korn sah aus seiner niedrigen Sitzposition zu dem jungen

Mann auf, der das N in Orange als Nasallaut aussprach. In dessen hübschem Gesicht ließ sich keine Spur von unziemlichem Hochmut entdecken. Ohne das Bärtchen auf der Oberlippe hätte es auch das eines hübschen Mädchens sein können. Rosanke schien ein Faible für schöne Menschen zu besitzen.

»Einen Pampelmusensaft.«

Er mochte es nicht, dass alle Dinge neue Namen erhielten, nur um ausländisch und teuer zu klingen.

»Geflügelcocktail oder Würzfleisch als Vorspeise?«

»Danke.« Korn tat unentschlossen. Es war ihm inzwischen gelungen, Augen und Karte in die richtige Entfernung zueinander zu bringen. Steak Hawaii mit einem I und Steak mit Champignons vermochte er zu entziffern. Sein Magen, vom Sekt nur mäßig betäubt, krampfte sich zusammen.

»Champignons sind leider nicht«, erläuterte der Ober. »Alle Gerichte mit Letscho.«

»Danke«, sagte Korn gallig und dennoch erleichtert. »Ich möchte nichts essen.«

Irgendwie passte das alles in das Bild, das er sich von Hannes Rosanke gemacht hatte: die Eichentür und das Gehabe mit den Plätzen, die noch längst nicht alle besetzt waren; die blaulichtige Bar und die Lederhocker für Yogageübte; die Metallmusik, Champignons auf der Speisekarte und Letscho auf dem Teller. Den jungen Leuten schien es zu schmecken.

Korn hätte sich gerne angelehnt. Er versuchte, die Beine in eine entspannte Lage zu bringen, und trank seinen eisgekühlten Saft. Auf der Tanzfläche hinter ihm begannen sich die ersten Paare zu bewegen.

»Hier ist so viel Platz«, hörte er eine Frau sagen, »und uns pferchen sie da drinnen zusammen.«

»Das Würzfleisch bestand nur aus Pelle«, empörte sich eine andere.
Korn registrierte es mit stiller Genugtuung. Rosanke war anscheinend noch nicht aufgetaucht. Nahm die Verwaltung eines solchen Unternehmens so viel Zeit in Anspruch? Und dann nicht einmal Champignons.
In dem Geschäft steckte eine Menge Geld. Allein die wunderschönen, unbequemen Lederhocker, die dazu passenden Tische, Lampen, Gardinen, das Mosaik der Tanzfläche und die elektronische Ausstattung. Unvorstellbar, wie man die finanziellen Mittel dafür zusammenbrachte.
Vielleicht war Rosanke heute Abend nicht hier, weil er Geld zählen und mit seinen Kumpanen abrechnen musste? Ein Gedanke, der ihm jetzt gar nicht mehr so abenteuerlich erschien wie noch vor ein paar Stunden.
Der Ober bemerkte seine erhobene Hand sofort.
»Noch einen Grape?«, erkundigte er sich mit unverbindlicher Höflichkeit.
Womit köderte Rosanke einen jungen Menschen wie den, der sicherlich auch in jedem Interhotel eine gute Figur abgegeben hätte, mit leicht gekürzten Haaren allerdings.
»Nein danke«, sagte Korn. »Ist der Chef zu sprechen?«
Der junge Mann schien einen Moment überrascht; dann fragte er beflissen: »Haben Sie Grund zu einer Beschwerde? War der Juice nicht gut temperiert?«
»Nein, nein, ich bin sehr zufrieden. Ich hätte ihn gerne etwas Privates gefragt.«
»Tut mir leid. Vielleicht bemühen Sie sich zu unserer Dame vom Empfang … «
Die Musik setzte wieder ein.
»Ist Herr Rosanke überhaupt hier?«, fragte Korn laut.

Der Ober räumte das Geschirr vom Tisch und hörte ihn anscheinend nicht.
Die Dame vom Empfang also. Ein guter Grund, die Bandscheibentortur zu beenden.
In der jetzt besser besetzten Bar unterhielt sich die Brünette noch immer mit den beiden Filmtypen. In waschechtem Berlinisch.
»Ej, bin ick vleicht blöd? Na, den hab ick Bescheid gestoßen! Bei Elsa nich, vastehste!«
Sprach sie von ihrem Chef? Warteten die beiden Galgenvögel möglicherweise auch auf Rosanke?
»Rosanke noch nicht hier?«, fragte Korn salopp.
Die Blicke richteten sich auf ihn. Seine Augen vermochten sich nicht so schnell auf die blaue Finsternis einzustellen. Dennoch bemerkte er, dass ganz rechts, auf dem letzten Hocker, jemand saß, der ihm bekannt vorkam und der den Kopf nicht wandte.
Niemand antwortete. Mit dem eigentümlichen Gefühl, tatsächlich in eine Filmszene geraten zu sein, machte Korn sich auf, die schöne Nina zu suchen, und entschwand in den Gang, der an der Küche vorbei zu den Toiletten führte. Hinter der Küchentür hielt eine Frau in eisigem Ton eine Gardinenpredigt, der nicht widersprochen wurde. Interessiert trat Korn näher und entging nur um Haaresbreite dem aufschlagenden Türflügel. Heraus rauschte die goldblonde Traumfee mit einem verkniffenen Zug um den Mund, den sie augenblicklich und routiniert in ein Lächeln umzumünzen verstand. Wie schön musste sie sein, wenn sie wirklich lächelte.
»Zu den Toiletten nach links.«
»Entschuldigen Sie. Ich möchte Herrn Rosanke sprechen.«

Ihre aufgesetzte Freundlichkeit wich. »In welcher Angelegenheit?«
Korn versuchte, locker zu bleiben. Frauen dieses Kalibers kamen im Kombinat nicht vor.
»In keiner Angelegenheit.« Er lächelte ebenso unecht wie sie vordem. »Wir kennen uns von früher.«
Ihm schien, als mustere sie ihn nun zum ersten Mal mit Interesse. »Wir erwarten ihn heute nicht. Das sagte ich dem anderen Herrn bereits.«
Er hatte sich also nicht getäuscht. Es war Winne Sandau, der da an der Bar hockte und sich vorsichtshalber nicht umgedreht hatte. Was wollte denn der von Rosanke?
»Kann ich ihm etwas ausrichten, Herr … ?«
Ob sie Rosanke noch heute Abend sah? Heute Nacht?
»So wichtig ist es nicht …«, sagte Korn. Ein Blick in ihr Gesicht – und wohin hätte er lieber geblickt – belehrte ihn, wie wenig sie seine Zurückhaltung zu würdigen wusste. Rasch fügte er hinzu: »Siegfried Korn« und deutete so etwas wie eine Verbeugung an. »Hannes wird sich erinnern. Wohnt er immer noch in der Prenzlauer Allee?«
Rätselhaft war das treffende Wort für den Ausdruck ihrer Augen. »Sie finden diese Adresse im Telefonbuch«, sagte sie würdevoll.
Korn hätte einiges darum gegeben, noch ein Weilchen mit ihr etwas weniger förmlich plaudern zu können. Aber sein ziemlich hölzerner Charme hätte eine Frau wie diese wohl kaum beeindruckt.
»Wenn ich meine Jacke haben könnte«, sagte er bedauernd. Als sie vor ihm herschritt, hatte er Gelegenheit, auch ihre Beine in Augenschein zu nehmen; und ihre gepflegten Hände, als sie ihm die Jacke reichte. Rosanke war ein Glückspilz,

wenn er nichts Schlimmeres war. Ingrimmig schloss Korn den Reißverschluss. Ihm fiel ein, dass er den Pampelmusensaft noch nicht bezahlt hatte.

Erst drei viertel neun. Erstaunlich, wie viel Zeit man hatte, wenn man sich Zeit nahm.

Rosankes Beletage, eine riesige Vierzimmerwohnung mit Parkettfußböden und ehemals separatem Hintereingang für Dienstboten, lag nicht weit von der »Nina« entfernt; und was Korn einmal begonnen hatte, das führte er gewöhnlich auch zu Ende. Ein Spaziergang würde ihm guttun nach der Sektsünde, deren Nachwirkung er jetzt vornehmlich in den Knien spürte. Und etwas unterhalb des Magens. Rührte dieses flaue Gefühl vom Hunger her – oder hatte es mit Rosanke zu tun?

Seltsamerweise kam ihm Androsch in den Sinn, dem er nicht nur die Auszahlung der Jahresendprämie überlassen hatte, sondern auch einen Packen Papier. Darin verborgen und rot angestrichen ein Artikel in einer arbeitswissenschaftlichen Fachzeitschrift: »Die Applikation kardiovaskulärer Parameter zur Effizienzbewertung kognitiver Tätigkeiten«. Allein der Titel hatte Korn in Wallung gebracht. Mit der Auswertung derartiger Beiträge sollte ein Leiter nach Hadanks Vorstellungen seine Zeit verbringen. Vergeblich hatte Korn versucht, den ersten Satz zu lesen. Die Galle war ihm aufgestiegen, bis ihn die Idee, den Artikel Androsch unterzujubeln, erleichterte. Ironie war dem völlig fremd. Hämisch schrieb Korn mit der ihm zugeteilten Farbe Grün »z. K. + D.« an den Rand, was im Bürokauderwelsch, das Leute wie Androsch bevorzugten, zur Kenntnisnahme und Durchsetzung hieß, und feuerte die Zeitschrift in die für seinen Stellvertreter bestimmte Ablage. Ob der schon so weit vorgedrungen war?

Rosankes Haus war in den sechziger Jahren renoviert worden und hatte mittlerweile eine neue Verjüngungskur nötig; die seinerzeit abgeschlagenen Balkons ließen sich nicht wieder anbringen. In dem Erkerzimmer im ersten Stock glomm hinter Vorhängen rötliches Licht. Korn war entschlossen, die späte Stunde zu ignorieren und bei Rosanke zu klingeln, falls die Haustür offen sein sollte. War sein Aufenthalt in dieser Gegend nach so vielen Jahren etwa kein ausreichender Besuchsgrund?

Der Torflügel quietschte nicht einmal beim Öffnen, und der Lichtschalter leuchtete in der Dunkelheit wie ein Glühwürmchen. Gemessenen Schrittes stieg Korn die Treppe hinauf. Hinter ihm sprang ein junger Bursche in metallbeschlagener Lederjacke und mit gestylter, zweifarbiger Tolle die Stufen empor und blieb neben Korn vor der Wohnungstür stehen. Dahinter dröhnte Musik. Korn zögerte, woraufhin der junge Mann ihn freundlich angriente und mit rhythmischen Handkantenschlägen den Klingelknopf bearbeitete.

»Nach Ihnen, Chef.« Der Junge schob Korn in den von jugendlichen Gestalten bevölkerten Flur. Niemand nahm von den Ankömmlingen Notiz. Korn kam sich hier noch verlorener vor als in der »Nina«.

Aus der Küche flatterte ein spillriges Mädchen in einem sackartigen rosa Gewand über grauen Pantalons. Sie umarmte den Jungen innig, stieß ihn dann von sich und rief aus: »Endlich kommste, ej!« und: »Wen haste denn da angeschleppt?«

Der junge Mann sah sich so erstaunt nach Korn um, als

entdeckte er ihn erst jetzt. »Ich dachte, es ist vielleicht dein Opa oder so, der dich heimsuchen will ...«
»Mein Name ist Korn.« Er empfand, wie deplatziert seine Vorstellung wirkte. »Ich wollte zu Herrn Rosanke.«
»Na, wie is mir denn!«, entgegnete das Mädchen. Die rötlich getönten Haarsträhnen standen in Büscheln von ihrem Köpfchen ab. Das zerknitterte Sackgewand und die graue Unterhose waren nicht nur modisch, sondern vermutlich auch teuer.
Ihr Freund machte eine gezierte Handbewegung und lachte. »Ej, er will zu deinem Pappa.«
»Wer denn noch alles. Da sind Sie hier falsch.«
Den Eindruck hatte Korn auch. Wer denn noch alles! ließ ihn aufhorchen. Sollte Sandau hier gewesen sein? Wohl kaum. Weidner? »Herr Rosanke wohnt nicht mehr hier?«, fragte er.
»Habe ich das gesagt? Das ist die Wohnung meiner Eltern.«
Korn, innerlich bereits auf dem Rückmarsch, sagte: »Ich verstehe«, obwohl er nichts verstand. Sollte er diesem gerade flügge gewordenen Mädchen erzählen, was für ein süßer Fratz Kathrinchen Rosanke einst gewesen war und dass der sich, kreischend vor Begeisterung, von ihm in die Höhe hatte werfen lassen? Er wusste von den eigenen Kindern, wie sehr sie Sätze mochten, die mit früher begannen.
»Ich dachte, ich treffe ihn hier. Wünsche noch einen ereignisreichen Abend.«
Der metallbeschlagene Jüngling erwies sich als anhänglich und begleitete ihn bis vor die Wohnungstür. »Eine irre Familie, ej«, teilte er zutraulich mit. »Der Alte hat seinen Reitstall schon seit langem woanders.«

11

Der VW Golf, der Winfried Sandaus Freundin gehörte, fiel einer Streife der Schutzpolizei gegen 19 Uhr auf. Einsam stand er in der hinteren Ecke des Parkplatzes, den die Mitarbeiter des Betriebsteils IV gemeinsam mit umliegenden Betrieben nutzten. Es gab auch Parkmöglichkeiten auf dem Werkgelände. Um die Berechtigungskarten herrschte ein zäher und beharrlicher Kampf. Sandau hatte seine Karte an dem Tag zurückgeben müssen, an dem die Information der Verkehrspolizei über den Führerscheinentzug die Kaderabteilung erreichte.

Die Frau, in deren Einzimmerwohnung am Leninplatz Sandau seit zwei Jahren einwohnte, besaß zwar einen Führerschein, fuhr jedoch nach eigenen Angaben nur selten mit dem Wagen. Dass man Sandau den Führerschein entzogen hatte, war ihr angeblich unbekannt, und gesehen haben wollte sie Sandau seit dem frühen Morgen nicht mehr. Vermutlich saß er in einer seiner Stammkneipen, die sie bereitwillig aufzählte: die »Postkutsche«, die »Nina«, der »Hackepeter«. Ja, er trank, gab sie zu. Nicht besonders stark, doch regelmäßig. Sie hatte sich daran gewöhnt und begleitete ihn abends öfter mal, wenn er es nicht vorzog, zu Hause vor dem Fernseher zu sitzen. Selbstverständlich trank er nur abends. Und war morgens immer fit.

Restalkohol? Das könne sie sich nicht vorstellen. Außerdem sei er ein so sicherer Fahrer. Im Gegensatz zu ihr. Er sei überhaupt ein Mensch, der etwas Beruhigendes ausstrahle. Jedenfalls auf sie.

Nein, Geldsorgen habe er nicht, und ihr sei auch an diesem Morgen nichts Ungewöhnliches an ihm aufgefallen. Wie an beinahe jedem Tag habe er sie vor dem Kindergarten abgesetzt, dessen stellvertretende Leiterin sie war, und sei nach Marzahn gefahren. Nüchtern? Wie denn sonst!

Vom nüchternen Zustand war Winfried Sandau weit entfernt, als er, von Wischnewski fürsorglich geleitet, auf den nächststehenden Stuhl in Korns Büro plumpste und Major Fiebig aus glasigen Augen anstarrte.Der Oberleutnant, dem es unerwartet schnell gelungen war, ihn aufzuspüren, setzte sich ihm gegenüber an den abgewetzten Sitzungstisch.

»Was soll das?«, fragte Sandau unwirsch. »Erst haltet ihr mich stundenlang mit dieser blöden Blutprobe auf, und dann darf man noch nicht mal in Ruhe seinen Abendschoppen nehmen! Fällt euch kein Besserer ein?« Und damit lehnte er sich weit zurück und ließ das Kinn auf die Brust sinken.

»Wir haben allen Grund, uns mit Ihnen zu beschäftigen!«, sagte Fiebig scharf. »Wie lange das dauert, hängt ganz von Ihnen ab.«

Sandau entgegnete dumpf: »Ich protestiere.«

»Sie sind heute Morgen mit dem PKW gefahren, obwohl Ihnen der Führerschein entzogen worden ist.«

Aus Sandaus Mund drang ein undefinierbarer Laut, dann rülpste er und murmelte: »Ich will einen Anwalt sprechen.«

Fiebigs Augen funkelten. »Wenn unsere Ermittlungen abgeschlossen sind und der Staatsanwalt die Eröffnung des Hauptverfahrens gegen Sie beantragt, steht es Ihnen selbstverständlich frei, einen Verteidiger zu wählen.«

Sandau schurrte geräuschvoll den Stuhl zurück und beugte sich so weit vornüber, dass Wischnewski nichts Gutes ahnte. Doch Sandau fummelte nur angelegentlich an seinen Schuhen herum. »Ihr nehmt einem doch immer die Schnürsenkel ab, bevor ihr einen einbuchtet«, sagte er von unten herauf.

Wischnewski wusste nicht recht, ob er über Sandaus trunkene Schauspielkunst lachen sollte. Der Mann trug Halbstiefel mit Klettverschlüssen.

»Unterlassen Sie die Faxen«, ermahnte ihn Fiebig nicht einmal unfreundlich. »Mit Ihren Verkehrsdelikten wird sich die VK befassen. Uns interessiert in erster Linie, wo und womit Sie den heutigen Vormittag verbracht haben. Und darauf antworten Sie jetzt gefälligst klar und ohne Umschweife.« Sandau richtete sich auf seinem Stuhl auf und maß Fiebig mit einem spöttischen Blick. »Ich habe in meinem Wirkungskreis gewirkt«, sagte er. »So nennt man das doch wohl. Kein Mensch spricht mehr von Arbeit. Alle suchen nur einen Wirkungskreis. Möglichst einen neuen. Ich bin mit meinem alten zufrieden.«

»Sandau!« Fiebigs Stimme klang nicht laut, aber sehr bestimmt. »Wir gehen jetzt Schritt für Schritt den Vormittag durch. Von Ihrer Ankunft auf dem Parkplatz bis zu Ihrem Auftauchen nach Tisch. Und wenn da irgendwo eine Lücke klafft, Sandau, dann verspreche ich Ihnen, dass wir uns sehr lebhaft auch für Ihre Schnürsenkel interessieren werden.« Ausdruckslos starrte Sandau durch seine Brille: ein schwergewichtiger, ergrauter Mann, der bereits hoch in den Fünfzigern schien. Der Personalausweis wies ihn zehn Jahre jünger aus. »Ich verstehe überhaupt nicht«, sagte er schleppend und jetzt ohne jeden Spott, »weshalb Sie ausgerechnet auf mir rumhacken. Ich kenne jemand, der kommt auch Tag für Tag mit dem Auto zur Arbeit, und kein Mensch fragt, ob der wirklich so trocken ist, wie er vorgibt. Warum fragen Sie den nicht? Der ist mit seiner alten Karre weggefahren, genau im richtigen Moment, wie es scheint.«

»Wer ist weggefahren?«
Sandau plusterte die Backen auf und schwieg. Seine straffe Gesichtshaut sah grau und großporig aus. Er schwitzte.
»Weidner?«, fragte Wischnewski.
»Ich nenne keine Namen. Über manche hält eben der liebe Gott seine schützende Hand.«
»Sie haben gesehen, dass er weggefahren ist. Waren Sie selbst auch an Ihrem Wagen?«
Keine Antwort.
»Wohin sind Sie gefahren?«
»Ich sage Ihnen doch: Er ist weggefahren. Nicht ich. Und fünf Minuten vor eurem Alarm war er wieder da mit seiner alten Feile.«
»Sie selber haben Weidner dabei beobachtet?«
»Fragen Sie ihn, wenn Sie mir nicht glauben. Ich habe mir auch so meine Gedanken gemacht, den ganzen Tag über. Das mit ihm und Korn ist eine alte Geschichte. Sie haben zusammen studiert. Und weitere feine Menschen auch, die heute keinen mehr kennen wollen. Manche haben was übrig für hübsche Mädchen und andere für was anderes. Und alle für die Rennbahn. Wenn's sein muss, bis zur letzten Mark. Nur Weidner, den armen Schlucker, den hat's dann in den Tee gedrückt. Spielschulden – Ehrenschulden und all diese Sachen. Läuft bei mir nicht. Ich mach meine Arbeit, nicht mehr und nicht weniger … « Er schwieg, und es sah aus, als würde er gleich einschlafen.
Fiebig hatte ihn palavern lassen. Nun fragte er ruhig: »Sie haben sich also in der Nähe von Weidners Wagen aufgehalten?«
»Schwach«, sagte Sandau müde und senkte seine schweren Lider ein wenig. »Sehr schwach. Sherlock Holmes hätte aus

der Färbung meiner Füße und der Außentemperatur längst geschlussfolgert, was da gelaufen ist. Stimmt's?« Er sah Wischnewski herausfordernd an.
»Sie haben die ganze Zeit in Ihrem Wagen gesessen und getrunken«, sagte der.
»Sehr gut, Watson«, lobte ihn Sandau und kam sich anscheinend ungeheuer überlegen vor. War das wirklich nur eine Folge des Alkohols? »Wahrscheinlich wärt ihr draufgekommen, wenn ihr die Flasche im Wagen gefunden hättet. Zufrieden?«
»Nein. Gibt es jemanden, der das bestätigen kann, was Sie uns als Ihr Alibi auftischen?«
»Ich hoffe, niemand.« Sandau lachte rau. »Sonst hätte mich längst einer bei Korn angeschissen.«
»Sie halten nicht viel von Korn«, stellte Wischnewski fest.
Sandau lächelte hintergründig. »Das ist auch so einer. Lässt keinen anderen hochkommen. Alles selber machen. Überall reinreden. Dabei war der mal anders.«
»Hat er auch auf der Rennbahn verloren?«
»Korn?« Sandau gluckste vor Vergnügen. »Der knickrige Sack! Dem tut selbst das Geld für den Eintopf in der Kantine leid.« Er besann sich. »Das ist alles Schnee. Liegt Jahre zurück. Ich war nur einmal mit denen in Mittweida. Zur Nachklausur. War nicht im selben Studienjahr. Da haben die von nichts anderem geredet als von solchem Schwachsinn …« Er schien sich im Gestrüpp seiner Erinnerungen zu verlieren. »Der Weidner ist ein armer Hund«, sagte er nach einiger Zeit. Es klang verworren. »Wenn er wirklich von der Flasche los ist, hat er meinen Segen.«
»Und vom Pferderennen?«, fragte Fiebig vorsichtig.
Mit Sandaus Konzentration war es vorbei. »Gibt es ganz

andere …«, nuschelte er. Fiebig hakte dennoch nach: »Wer zum Beispiel?«
»Ihr nehmt mich richtig aus, was? Und dann wieder Blutprobe und ins Glas pinkeln. Ich bin in der Kanne, ich weiß. Hilft mir und euch doch auch nicht, wenn ich jetzt sage: Fragt mal den alten Rudolf, wo er sein letztes Hemd verwettet hat. Der ist eben ins Glück getreten. Den hat die Adelheid jetzt fest im Griff, ob er will oder nicht. Besser spät als niemand. Ist doch so. Ich hab's auch mal mit ihr probiert. So verkehrt ist die gar nicht. Bisschen herb, aber herzlich. Wer so was mag. Der Rudolf ist viel zu klapprig …«
Sandau verstummte mitten im Satz und starrte mit offenem Mund vor sich hin. »Du bist ein Quatschmaul, Winne«, brabbelte er schließlich. »Pfui Deibel! Kommt alles nur vom Saufen.«
»Sie sollten sich in Behandlung begeben«, schlug Fiebig vor.
»Entziehungskur? Is bei mir nicht …« Es war, als würde sich die Wirkung des Alkohols bei ihm mit der Zeit verstärken. Er lallte jetzt hörbar. »Mir schmeckt mein Bier und mein Korn. Besser als alles andere. Verstehen Sie?«
Er lachte unvermittelt laut auf. »Korn! – der schmeckt mir besonders!« Dann sank er in sich zusammen.
»Wir bringen Sie jetzt zum Präsidium, und dort schlafen Sie sich aus. Morgen früh, wenn Sie nüchtern sind, fertigen wir ein Protokoll an.«
Sandau schnaufte apathisch und schien Fiebig nicht mehr zu hören.
»Kümmere dich um ihn«, sagte der Major leise zu Wischnewski. »Ich nehme mir inzwischen Korn vor.«
Er ließ das Telefon lange klingeln und sah dabei auf die Uhr: ein paar Minuten nach 22 Uhr.

»Vielleicht schläft er schon«, meinte Wischnewski. Der Major legte den Hörer nachdenklich zurück. »Das würde mich wundern.«

12

Obwohl er bereits kurz nach 6 Uhr endgültig erwachte, fühlte Korn sich auch an diesem Morgen erstaunlich frisch und ausgeschlafen. Im Magen verspürte er nicht mehr den nagenden Schmerz wie am Vortag, nur ein hohles Kollern und ein leichtes Ziehen.

Er hatte bei offenem Fenster geschlafen, wie er es immer tat, sofern der Wind vom Kraftwerk her nicht zu ungünstig stand. Jetzt kuschelte er sich genüsslich in sein Federbett und döste ein bisschen bei Rasiermusik aus dem Kofferradio, der eine staubtrockene Reportage folgte, die so klang, als unterhielte sich jemand mit Androsch; schließlich Nachrichten. Selbstverständlich kein Wort von dem Geldraub beim Kombinat Universal. Was erwartete er? Auch in der Zeitung würde er nicht eine Zeile darüber finden. In einem halben Jahr möglicherweise, in einem Gerichtsbericht, wenn die Täter bis dahin gefasst waren …

Die Temperatur drei Grad, im Tagesverlauf auf plus sieben Grad ansteigend. Gegen Abend von Nordosten her Eintrübung und einsetzende Niederschläge.

Korn stand auf, duschte getreu seinen Vorsätzen kalt, rasierte sich gründlich, zog sich gemächlich an und holte die Zeitung. Es gelang ihm, das Frühstück beinahe bis 8 Uhr hinauszuzögern. Das Knäckebrot schmeckte pappig, und der Kaffee war ihm aus Gewohnheit zu stark geraten. Korn fühlte sich in guter Stimmung, sodass er sich weder darüber noch über die dünne Mittwochzeitung ärgern wollte.

In der Wohnung war es so still, dass er das Surren des Telefons durch die geschlossene Wohnzimmertür vernahm.

Wer immer das sein mochte – Hadank möglicherweise oder auch Androsch, der vielleicht auf die kardiovaskuläre Effizienz gestoßen war und sich wider Erwarten fragte, was das bedeuten solle –, Korn hatte keine Eile.

Der Anrufer blieb hartnäckig. Als Korn endlich den Hörer abhob, meldete sich Fiebig.

»Ich habe gestern Abend versucht, Sie zu erreichen.«

»Ach ja«, antwortete Korn, unbeeindruckt von dem Vorwurf in der Stimme des Majors. »Ich habe einen ausgedehnten Spaziergang unternommen. Hatten Sie Erfolg bei Ihren Ermittlungen?«

»Darüber würde ich mich gerne mit Ihnen unterhalten. Am besten wäre, Sie kämen hier vorbei. Ich sitze in Ihrem Büro.«

»Ist das eine Vorladung?« Korn sah keinen Grund, seinen Unmut zu verbergen. »Wenn ich mich im Betrieb blicken lasse, kann ich den Urlaubstag streichen. Verstehen Sie das?«

»Sie haben etwas anderes vor?«

»In der Tat«, entgegnete Korn, und da sein Blick gerade auf dem letzten Brief von Ralf ruhte, der unter dem Telefon hervorguckte, fügte er hinzu: »Ich wollte nach Eggesin fahren. Zu meinem Sohn.«

Fiebig schien zu überlegen. »Na schön«, sagte er schließlich. »Ich möchte Ihnen nicht alle Ihre Pläne verderben. Wahrscheinlich kommen wir vorerst ohne Ihre Hilfe zurecht.«

»Um wen geht es denn?«, fragte Korn.

Zufrieden war er mit dem raschen Erfolg seiner Ausrede eigentlich nicht.
Fiebig war wieder mal nicht auskunftsbereit. Stattdessen wollte er wissen: »Wann sind Sie zurück?«
»Heute Abend.«
»Gut. Sie hören von uns.«
Da stand Korn nun und suchte gedankenverloren nach den Zigaretten. Nicht im Traum hatte er daran gedacht, Ralf zu besuchen. Er hatte den Jungen seit der Vereidigung nicht mehr gesehen. Vielleicht war das die beste Methode, allen Komplikationen auszuweichen: eine Spazierfahrt, Ablenkung für Magen und Geist. Das Wetter sah gut aus. Die Sonne tauchte aus dem Dunst über der Stadt auf, in einem freundlichen Orange. Oransch hatte der Kellner das gestern Abend ausgesprochen …
Um diese Zeit hatten die Leute eigentlich alle an ihren Arbeitsplätzen zu sein. Und die Warenhäuser öffneten erst in einer guten Stunde. Dennoch herrschte stadteinwärts reger Verkehr. Vor Korn wechselte einer im Slalom zum drittenmal die Spur. Er selber fuhr eher gemächlich. Weshalb sollte er sich an einem solchen Tag über einen Lückenspringer ärgern.
Schon von weitem erkannte er, dass er die Ampel nicht mehr bei Gelb-Grün erreichen würde. Er drosselte die Geschwindigkeit und ließ den Wagen ausrollen. Ein merkwürdig beruhigendes Gefühl, wenn man plötzlich Zeit hatte.
Ihm auf ungeliebte Art vertraut, glänzten auf der linken Straßenseite zwei Betonriegel in der Morgensonne. Ein Teil des zuständigen Ministeriums siedelte dort. Auch das Institut, an dem Dettenberg tätig war.
Korn war ein Mann von schnellen Entschlüssen. Operati-

ves Reagieren nannte er das, was sich mitunter als ein wenig vorschnell erwiesen hatte. Im Schnitt fuhr er damit nicht schlechter als andere, die tausend Wenn und Aber bedachten oder vor lauter theoretischer Bedenklichkeit zu gar keiner Entscheidung kamen – wie Androsch. Er blinkte und fuhr knapp über die Linie in den Stauraum für Linksabbieger. Vor dem Institut parkten die Fahrzeuge dicht an dicht. Beinahe hätte er seinen Entschluss rückgängig gemacht. Endlich entdeckte er eine Lücke. Den geschäftig telefonierenden Pförtner passierte er mit leutseligem Gruß. Dabei sah sein Ausweis nur so aus, als sei es der richtige. Korn glaubte nicht an die wundertätige Entlarvung des Klassenfeindes durch handgeschriebene Passierscheine, auf denen nicht einmal die Personenkennzahl vermerkt wurde.

In Dettenbergs Vorzimmer brütete ein junges, dickes Ding vor sich hin; nicht einmal hässlich, nur viel zu mollig für Korns Geschmack. Maulfaul vermied sie jeglichen Anschein von Höflichkeit. »Bisschen früh ... «

»Ich wollte gerne ein paar Worte mit dem Kollegen Dettenberg sprechen.«

Ihr Tonfall schlug in gelinde Empörung um. »Haben Sie einen Termin?«

Just in diesem Moment öffnete sich die mit gelbem Kunstleder gepolsterte Durchgangstür: Ulf Dettenberg stand auf der Schwelle. Er schien nicht überrascht.

»Hallo. Was führt dich in unsere Gegend?«

Er reichte Korn die Hand.

Hätte Korn Dettenbergs Miene beschreiben sollen, wäre ihm *ausdruckslos* als das passende Wort erschienen. So hatte Dettenberg schon immer ausgesehen: unberührt von den Widrigkeiten des Alltags und der jeweiligen Situation.

Distinguiert hieß das wohl, von der Allgemeinheit unterschieden. Ein gerade mittelgroßer Mann, der sich sehr straff hielt. Über dem unbewegten Gesicht eine nach hinten gebürstete silberweiße Haarpracht, die ihm vollends das Aussehen eines dynamischen Mannes verlieh. Eine Persönlichkeit in elegantem braunem Anzug – mit Weste selbstverständlich –, die sich ihrer Souveränität und Wirkung sicher sein konnte.
Korn gelang es nicht, jenen Anflug von Bewunderung, vielleicht auch von Neid zu unterdrücken, der ihr Verhältnis von jeher belastet hatte. Im Gegensatz zu Dettenberg, ja selbst zu Rosanke war er wie Weidner ein Plebejer geblieben. Er gab sich da keiner Illusion hin. Im Betrieb mochte er so etwas wie Format besitzen; vielleicht war er auch schon ein Unikum wie Adelheid Wagenknecht und spielte wie sie seine selbstgewählte Rolle. Hier neben Dettenberg fühlte Korn sich klein, obwohl er einen halben Kopf größer war als der.
Ulf Dettenberg sah ihn aus seinen ein wenig vorstehenden Augen an. »Schade. In ein paar Minuten beginnt hier eine wichtige Beratung.«
»Ich belästige dich nur einen Augenblick«, versprach Korn.
»Bitte.« Dettenberg wies einladend in sein Zimmer. Welche Art Blick er dabei seiner Sekretärin zuwarf, ließ sich aus deren Reaktion folgern. Sie griente breit und spöttisch.
»Ärger auf deinem Posten?« Dettenberg lotste ihn in die Sesselecke neben dem Panzerschrank, der noch gesiegelt war, und bot ihm eine Zigarette an.
Korn winkte ab und setzte zum Sprechen an, doch Dettenberg war trotz Zigarettenanzündens schon in seinem Element. »Du hättest auf mich hören sollen.

Damals hättest du dir hier die passende Funktion aussuchen können.«
»Ich bin nun mal kein Wissenschaftler. Das weißt du.«
»Das ist ja das Kreuz. Die meisten hier sind es nicht. Und wissen es nicht einmal.« Er sah Korn durch den Qualm seiner Zigarette abwägend an. »Inzwischen bist du leider nicht mehr der Jüngste …«
Du auch nicht!, dachte Korn. Die scharfen Falten neben den herabgezogenen Mundwinkeln und diese Tränensäcke hast du früher nicht gehabt, und die gelbliche Augenfärbung. Was brachte das, dieses gegenseitige Vorrechnen des Alters; und inzwischen verrannen die Minuten.
»Gestern hat sich bei Universal etwas sehr Unangenehmes ereignet«, sagte Korn deshalb ohne Umschweife.
Dettenberg sog an der Zigarette, und ein kleines Lächeln hob seine Mundwinkel. »Du meinst die Sache mit den Lohngeldern?«
»Jahresendprämie«, berichtigte Korn, enttäuscht über Dettenbergs Gelassenheit. »Das hat sich schon bis zu euch herumgesprochen?«
»So etwas erfährt man, bevor man morgens das ND aufschlägt.«
»Na ja …« Korn wusste nicht so recht weiter.
»Dreihundertneunzehntausend Mark.« Anerkennend stülpte Dettenberg seine Unterlippe vor. »Ihr zahlt ganz anständig. Kein Wunder, dass du es so lange da ausgehalten hast.« Korn fragte entschlossen: »Erinnerst du dich an Mittweida? Abends, wenn wir im ›Technikum‹ saßen? Oder im ›Deutschen Haus‹?«
»Mein Gott, das ist lange her.« Dettenberg schaute auf seine Uhr.

»Dort haben wir genau diesen Überfall geplant. Besinnst du dich darauf?«

Unwillig runzelte Dettenberg die Stirn. »Ich habe inzwischen dieses Institut mit aufgebaut. Da blieb wenig Zeit für kindliche Fantasien, die manchen anscheinend bis heute nicht losgelassen haben. Wäre es nicht auch bei euch an der Zeit, den Schwerpunkt auf angemessenere Aktivitäten zu verlagern?«

Korn war nicht hierhergekommen, um sich ein Referat über die von RIF erwarteten Schwerpunkte anzuhören. »Ganz so ist es nicht«, widersprach er. »Ich habe mit keiner Silbe an diesen Quatsch gedacht. Aber wenn etwas Derartiges passiert, fällt einem selbstverständlich ein, was man einst selber verzapft hat.«

»Und? Wie haben die zuständigen Ermittlungsorgane dein Geständnis aufgenommen?«, erkundigte sich Dettenberg spöttisch.

Korns Hand fuhr vage durch die Luft. »Ich habe nichts davon erwähnt.«

»Du hast Angst, sie bringen dich mit der Sache in Zusammenhang?«

»Ich habe ein reines Gewissen«, brummelte Korn. Er fühlte sich wie ein Schüler, den man beim Abschreiben ertappt hat.

»Müssten sie dann mich oder Hannes Rosanke nicht ebenso verdächtigen?«

»Ich hoffe, du hast ein besseres Alibi als ich. Und als Weidner. Vergiss den nicht.« Weshalb empfand er ein unbehagliches Gefühl bei der Nennung dieses Namens? Musste er sich auf den rausreden?

»Ich habe dich für intelligenter gehalten, Siegfried.« Dettenberg verbarg seine Ungeduld nicht länger. Seine Stimme klang belehrend wie die Hadanks, wenn man ihn kritisierte. »Um mein Alibi brauchst du dich nicht zu sorgen. Mich hat seit Montag ein zweitägiges Kolloquium in Magdeburg in Anspruch genommen. Wenn es nötig sein sollte, werden die Herren von der Hochschule das bestätigen.«

»So war das nicht gemeint, Ulf …«

»Ich weiß es durchaus zu würdigen, dass du mir nicht mit einer direkten Anschuldigung ins Haus fällst. Sollte es euch nicht möglich sein, die offensichtlich anstehenden Probleme mit Weidner zu lösen?«

»Was denn«, fragte Korn verblüfft. »Ist der etwa auch bei dir aufgetaucht?«

»Aufdringlich, wie Alkoholiker nun einmal sind. Ich komme abgespannt von dieser wissenschaftlichen Tagung zurück – du weißt vielleicht, wie einen so etwas fordert –, da wird man mit solchem Unfug behelligt!«

In Gedanken an die Szene schüttelte Dettenberg den Kopf, als könne er es noch immer nicht glauben. »Ich hatte noch nicht einmal etwas gegessen.«

»Das ist eine ausgemachte Unverschämtheit«, sagte Korn und erhob sich, bevor Dettenberg vielleicht auffiel, dass er sich das Lachen verbiss. »Ich werde mit Weidner reden.«

Dettenberg geleitete ihn zur Tür. »Mach dir keine Sorgen, Siegfried.« Sein Ton war jetzt eher gönnerhaft. »Ich stelle dir gerne das beste Leumundszeugnis aus. Besser wäre es allerdings, sie würden diese Kerle ohne unser Zutun fassen. Ich bin da im Augenblick vielleicht ein wenig zu sensibel.« Er senkte die Stimme. »Man hat mich langfristig für einen Auslandseinsatz vorgesehen. Verstehst du?«

»Deinen Namen wird niemand nennen«, beruhigte ihn Korn. Er hätte gerne noch gefragt: Was weißt du von

Rosanke, doch Dettenberg hatte die Tür bereits geöffnet und begann die Leute zu begrüßen, die sich ungeduldig in seinem Vorzimmer scharten. Zwei oder drei der Männer kannte Korn.

»War schön, dich mal zu sehen«, rief Dettenberg ihm nach. »Ruf mich doch mal an, wenn die Sache vorbei ist.«

Dich werde ich nie wieder stören, dachte Korn. Er lächelte dem dicken Mädchen zu. Sie schien es als Beleidigung aufzufassen.

13

Die Ermittlungen schienen an diesem Mittwochvormittag unter keinem günstigen Stern zu stehen. Vergeblich hatte Fiebig am Morgen versucht, Sandau zu weiteren Aussagen oder wenigstens zu einer Bestätigung seiner abendlichen Angaben zu veranlassen. Sandau sagte nichts und unterschrieb kein Protokoll: Mit blutunterlaufenen Augen und zitternden Fingern hatte er vor Fiebig gehockt: ein Bild des Jammers. Mandolinenfieber nannte man das. Oder Tremor. Nach dem ersten Doppelten würde es Sandau besser gehen. Fiebig ließ ihn in der Obhut seiner Kollegen im Präsidium und fuhr hinaus nach Marzahn.

Rothärmel war auf Anraten des Arztes zu Hause geblieben. Mit Petra Opitz sollte sich Annette Wellsand beschäftigen, und aus Jens Pohl war nicht mehr herauszubringen als am Vortag. Die sanfte Erinnerung an seine Vorstrafe verschloss ihm vollends den Mund. Hatte Fiebig das alles und Korns Ausflüchte mit Fassung hingenommen – Korn kam ihm auch heute Abend noch recht, wenn es sein musste –,

so brachte ihn das, was Wischnewski ihm mitzuteilen hatte, in Harnisch: Weidner war nicht zur Arbeit erschienen.
»Und das bemerken wir jetzt schon!«, fauchte Fiebig. Es war zehn Minuten nach zehn.
Wischnewski verteidigte sich nicht. »Wir haben uns vorerst damit beschäftigt, weitere Auskünfte über Weidner und die anderen einzuholen«, informierte er mit kühler Gelassenheit, die Fiebig sonst durchaus an ihm schätzte. »Erst als ich mit ihm reden wollte, erfuhr ich, dass er angerufen und sich entschuldigt hat.«
»Er ist krank?«
»Das hat er nicht gesagt. Er brauche die Zeit heute, und er habe noch genügend Überstunden abzubummeln.«
Fiebig schlug mit der flachen Hand heftig auf Korns Schreibtischplatte. »Wenn wir hier fertig sind, werden wir dem Staatsanwalt einige Hinweise geben! Vielleicht kommt dann mal ein bisschen Ordnung in den Laden.«
Wischnewski nickte gemessen. »Wenn wir hier fertig sind ... «
Fiebig lachte auf. Nicht gerade herzlich, eher ein bisschen böse. »Wir werden hier fertig, Martin. Verlass dich drauf. Und zuerst finden wir den Weidner wieder. Versuch's bei ihm zu Hause.«
»Ganz so lahmarschig, wie du glaubst, bin ich nun auch wieder nicht«, entgegnete Wischnewski. »Da ist er natürlich nicht. Und auf seinem Grundstück in Biesdorf auch nicht. Das haben wir bereits überprüft. Sollen wir seinen Wagen zur Fahndung ausschreiben?«
»Wird wohl das Beste sein.« Fiebig überlegte. »Aber bitte keine übereilten Maßnahmen. Nur Standortfeststellung. Dann Observation.«
Am Telefon meldete sich Zabel. »Knaack hat uns erzählt,

wo er den gestrigen Vormittag wirklich verbracht haben will. Ich fahre jetzt zu der angegebenen Person und komme anschließend zu euch raus. Einverstanden?«

»Einverstanden.« Das hörte sich wenigstens nach einem sich anbahnenden Teilerfolg an.

Wischnewski blätterte in seinen Notizen. »Beginnen wir also mit Weidner. Gilt als Außenseiter, vielleicht auch, weil er nicht mittrinkt, wenn die anderen feiern. Wird als übertrieben sparsam geschildert, zu jeder Feierabendarbeit bereit. Er braucht immer Geld, obwohl er hier als Facharbeiter mehr verdient als die meisten Ingenieure. Raucht stark, eine billige Sorte. Scheint im Betrieb keine Schulden zu haben. Sicher ist das natürlich nicht. Nach dem, was gestern vorgefallen ist, haben die Kollegen eine gewisse Scheu, über finanzielle Angelegenheiten zu reden. Wahrscheinlich würde im Augenblick niemand zugeben, Weidners Gläubiger zu sein. Aber irgendetwas muss da auf dieser Strecke sein. Weidner soll ziemlich stark getrunken haben, jahrelang. Dennoch ist es ihm zeitweise ganz gut gegangen. Zu gut, wie sein Fachgruppeningenieur meint. Der kennt ihn seit etwa zwölf Jahren. Weidner hat ihm mal etwas von einer Erbschaft erzählt. Nach dem Tode des Vaters fuhr er auch dessen Wartburg, verkaufte ihn aber, als man ihm die Fahrerlaubnis entzog. Wir haben das inzwischen überprüft. Die Sache liegt fast neun Jahre zurück. Was er sonst noch geerbt hat, müsste sich ebenfalls ermitteln lassen.«

Wischnewski schwieg nachdenklich, und Fiebig wartete.

»Sieht alles ein bisschen merkwürdig aus. Versaufen kann ein einzelner Mensch doch gar nicht so viel. Fest steht jedoch, dass er noch immer kein Geld hat, obwohl er seit zwei Jahren trocken ist. Besitzt wieder einen Führerschein,

hat sich ein uraltes Auto gekauft und es aufgemöbelt. Lebt mit einer jungen Frau zusammen, die er während der Entziehung kennengelernt haben soll.«
»Spielschulden – Ehrenschulden …«, sagte Fiebig. »So hat sich unser Freund Sandau ausgedrückt. Obwohl er sich heute Morgen nicht mehr daran erinnern wollte.«
»Genau das meine ich. Vielleicht sollten wir mal den alten Rudolf fragen?«
»Sehr gut, Watson«, lobte Fiebig. »Über den ist mir nämlich auch ein Zettelchen auf den Tisch geflattert. Er holt sich morgen um zehn Uhr seinen Entscheid ab.«
Wischnewski verstand nicht.
»Beim Pass- und Meldewesen. Er hat eine Reise in die BRD beantragt. Zum neunzigsten Geburtstag seiner Tante in Bad Salzuflen. Am Sonnabend will er fahren.«
»Du meinst … «
Beinahe ärgerlich winkte Fiebig ab. »Das wäre wohl eine zu einfache Lösung unserer Probleme. Er wird nicht mit einem Koffer voll Geld das Weite suchen. Doch bis Freitag möchten wir schon Klarheit über ihn und über seine Beziehungen zu Adelheid Wagenknecht haben.«
Gernot Rudolf gab sich sehr zurückhaltend, als er ihnen zehn Minuten später gegenübersaß. »Ich habe jede Frage Ihres Kollegen bereits gestern ausführlich beantwortet. Und wahrheitsgemäß«, erklärte er nahezu patzig. »Es gehört nicht zu meinen Gewohnheiten, Geldtransporte zu überfallen.«
»Gehört es eventuell zu Ihren Gewohnheiten, in Karlshorst oder in Hoppegarten ein bisschen zu wetten?«
Fiebigs Probeschuss schien ein Treffer zu sein. Rudolf presste die schmalen Lippen so fest aufeinander, dass die

blassen Narben über seinem Mund rötlich aufleuchteten, und es verging ein Weilchen, bis er sich zu der Entgegnung aufraffte: »Vor Verleumdungen ist niemand sicher.« Zitterte seine Stimme vor Wut?

Fiebig versuchte, ihn zu beruhigen. »Das sind reine Routinefeststellungen, Herr Rudolf. Vertrauliche selbstverständlich. Uns interessiert, wer von Ihren Kollegen Schulden hat oder durch größere Geldausgaben auffällt. Möglicherweise auch auf der Rennbahn. Das verstehen Sie doch?«

Rudolf nickte verkniffen. Sein hageres Gesicht hatte sich gerötet. Das Thema schien ihm nicht zu behagen.

»Können Sie uns etwas darüber sagen?«

»Bedaure. Nein. Ich bin seit zwei Jahren weder in Karlshorst noch in Hoppegarten gewesen.«

»Seit Sie mit Frau Wagenknecht befreundet sind?«

Rudolfs dünne Oberlippe verschwand bis zu den Narben hinter den Zähnen und der emporgeschobenen Unterlippe. Handelte es sich bei den Narben um eigene Bissspuren? Es sah fast so aus. Der Mann war erregt. Seine Spinnenfinger knautschten den Stoff der ohnehin knittrigen Hose. »Ich muss mich wundern«, stieß er schließlich hervor, »dass derartige Zuträgereien Gegenstand Ihrer Ermittlungen sind. Ich habe ein Recht auf den Schutz meiner – Intimsphäre!«

»Selbstverständlich, Herr Rudolf.« Fiebig sah ihn offen, um Vertrauen werbend, an, aber das war wohl vergebliche Liebesmüh. »Wie Sie selber bemerken, sind unsere Informationen von sehr unterschiedlicher Qualität. Uns bleibt die Aufgabe, die Spreu vom Weizen zu sondern. Wollen Sie uns nicht helfen?«

Wider Erwarten entspannte sich Rudolf. »Ihr Problem interessiert mich durchaus«, sagte er beinahe eifrig. »Als ein logisches Analogon sozusagen. Sofern es sich nicht um ein plumpes Gewaltverbrechen handelt – und das darf ich doch ausschließen?« Er blickte zu Wischnewski, dem er anscheinend mehr Verständnis zutraute als Fiebig. Der Oberleutnant nickte.

»Also müssen der oder die Täter bestimmten bekannten Gesetzen der Logik gefolgt sein. Und die wiederum lassen sich in einem mathematischen Modell, sagen wir, einer Ordnung fassen und darstellen. Fast alle Probleme sind auf einem solchen, mehr oder weniger aufwendigen Weg lösbar, ist man einmal zum richtigen Ansatz vorgestoßen!« Es war plötzlich eine ganz andere Person, die ihnen da gegenübersaß. Nicht mehr der störrische alte Mann, sondern ein lebhafter und aufgeschlossener Mensch, der ihnen seine Hilfe geradezu aufdrängte. Als Mathematiker.

»Haben Sie auf diese Weise schon einmal einen Fall gelöst?«, erkundigte sich Wischnewski mit der gebotenen Zurückhaltung. »Ich meine, aus der Kriminalliteratur vielleicht?« Sofort verschloss sich Rudolfs Miene wieder. »Triviales Zeug dieser Art interessiert mich nicht. Im Augenblick befasse ich mich vordringlich mit systemanalytischen Programmen. Zweifellos existieren da Parallelen. Wenn es Ihnen gelingt, diese aufzuspüren, dürfen Sie meiner tätigen Mitarbeit versichert sein.«

»Ich danke Ihnen für dieses Angebot«, sagte Fiebig, bemüht, seinen aufkommenden Sarkasmus zu unterdrücken. »Im Moment stecken wir leider in Problemen, die sich mathematisch nur schwer fassen lassen. Ich nehme an, dass Ihnen die Mathematik immerhin auf der Rennbahn gute Dienste geleistet hat. Spielen Sie auch Lotto?«

»Ein wenig«, gestand Rudolf. »Das weite Feld der zufälligen Vorgänge und der Spieltheorie – und dahinein fällt das

Lotto und, wie Sie ganz richtig vermuten, auch ein nicht unbedeutender Teil des Totos – sind überaus interessante Gebiete der Mathematik, besonders im Zeitalter der nunmehr auch bei uns einsetzenden Computerisierung.«

Fiebig gab nicht auf. »Dennoch gehen einige Ihrer Kollegen sicherlich nicht allein aus mathematischen Erwägungen zum Pferderennen. Ist das richtig?«

Rudolf hob die eckigen Schultern. »Derlei sollten Sie Leute fragen, die Ihnen so bereitwillig den bösartigsten Klatsch zugetragen haben. Mein Interesse am Pferdesport hat sich, wie ich bereits ausführte, vor längerer Zeit erschöpft. Und ich betone, dass ich niemals so viel verloren habe, wie Ihnen gewisse Kollegen wahrscheinlich zuflüsterten. Ich kenne diese Art von Informationen und weiß sie einzuschätzen.«

»Wie viel haben Sie denn verloren?«, fragte Wischnewski ganz unschuldig.

Wieder verfärbte sich Rudolfs schmales Gesicht. »Eine ganze Menge«, sagte er steif. »Das gebe ich zu. Nur bin ich darüber niemandem Rechenschaft schuldig. Und überdies weiß ich es nicht genau.«

Wischnewski tat ungläubig. »Sie als Mathematiker haben das nie berechnet?«

»Ich bin kein Mathematiker. Ich bin Ingenieur. Allerdings nicht so einer, wie sie hier zuhauf herumlaufen und offensichtlich das Blaue vom Himmel herunterschwatzen.«

»Nein, nein«, wandte Fiebig ein. »So viel können Sie ja kaum verloren haben, Herr Rudolf. Sie fahren schließlich nicht den billigsten Wagen … «

Rudolfs Augen wurden eine Spur schmaler.

»Ihre Informationen sind nichts wert«, sagte er frostig. »Gar nichts. Im Hauptwerk in Schöneweide läuft eine ganze Fertigungslinie nach einem von mir entwickelten Verfahren. Und wenn wir nicht ein so hoffnungslos veraltetes Informationssystem besäßen, wäre das ohne weiteres ein Wirtschaftspatent geworden. Dann wäre ich nicht mehr hier und brauchte mich nicht diesen billigen Anwürfen auszusetzen.«

»Verzeihen Sie bitte.« Fiebig wurde förmlich. »Ich wollte Sie weder verdächtigen noch beleidigen. Sie machen Ihre Arbeit, und offensichtlich sehr gut. Und wir machen die unsere. So gut wir können, Herr Rudolf. Sie wissen selber, welche entscheidende Rolle dabei mitunter den Randbedingungen zukommt. Und genau deshalb benötigen wir auch Ihre Hilfe. Sie wollen doch demnächst verreisen, und wir möchten gerne vorher diesen Fall klären.«

»Wollen Sie mir drohen?«, fragte Rudolf leise.

»Nein«, sagte Fiebig fest. »Ich habe keinen Einfluss auf diesen Entscheid, und ich möchte auch gar keinen nehmen. Ich versuche Ihnen nur klarzumachen, dass für uns auch Kleinigkeiten von Bedeutung sein können, deren Wichtigkeit nicht sogleich offen auf der Hand liegt. Möglicherweise gehören die regelmäßigen Rennplatzbesucher dazu. Sandau beispielsweise, um Ihnen einen Namen zu nennen.«

»Sandau!« Geringschätzig verzog Rudolf die Mundwinkel. »Der ist höchstens aus blanker Angabe mal bei den Pferden aufgetaucht. Der Mann ist hochgradiger Alkoholiker. Haben Sie mal seine Hände am frühen Morgen gesehen? Diese Typen taugen nicht mal mehr für den Turf. Von ernsthafter Arbeit ganz zu schweigen. Dafür leben wir ja hier in einem sozialen Staat.«

»Und Weidner?«, fragte Wischnewski.

»Weidner? Das ist ein ganz anderes Kapitel.« Rudolf schien mit seinen eisgrauen Augen durch Wischnewski hindurchzublicken. »Ein armer Teufel, wenn Sie mich fragen. Und ein kluger Mensch mit geschickten Händen. Klüger und geschickter als alle diese …«, seine Spinnenfinger spreizten sich verächtlich, »Ingenieure! Der weiß ein Problem zu erkennen und anzupacken. Sofern es sich nicht um sein eigenes handelt …«

»Und was, glauben Sie, ist sein Problem? Nur die Abstinenz vom Alkohol?«, hakte Fiebig nach, als Rudolf schwieg.

»Das fragen Sie ihn am besten selbst. Es gibt Dinge, mit denen jeder selber fertig werden muss. Und es gibt Süchte, die hartnäckiger sind als Alkohol. In Ihrem Beruf sollte man derlei eigentlich wissen und die Menschen nicht nach Äußerlichkeiten beurteilen. Schön, Weidner ist ins Unglück geraten. Das ist lange her und dürfte mit Ihrem Fall kaum etwas zu tun haben. Da spielten offenbar ganz andere Leute eine Rolle, denen keiner etwas Böses zutraut.«

Fiebig war unschlüssig, ob er noch einen Versuch unternehmen sollte, das Selbstbewusstsein des mathematisch-technischen und nun auch noch psychologischen Genies Gernot Rudolf zu erschüttern. Er hielt sich zurück und fragte nur: »Was für ein Unglück war das?«

Rudolf erhob sich. »Soweit ich des Rechts kundig bin«, sagte er, »ist es an Ihnen, jedem Verdächtigen eine Schuld nachzuweisen. Sofern Ihnen das gelingt. Mahlzeit.« Verblüfft wandte Fiebig sich Wischnewski zu. Der grinste unverhohlen. Derlei Aufmüpfigkeit bereitete ihm immer wieder Freude. »Ach, Herr Rudolf!«, rief er, denn der hatte schon die Tür geöffnet. »Wann hat Ihnen Frau Wagenknecht eigentlich von dem veränderten Zahlungstermin für die Jahresendprämie erzählt?«

Starr wie ein Stecken blieb Rudolf stehen, schloss die Tür

wieder und drehte sich langsam um. »Wann pflegen Sie Ihre Frau Gemahlin über Stand und Inhalt Ihrer Ermittlungen zu informieren?«, lautete seine Gegenfrage. »Sie schweigen. Ebenso halten es Adelheid und ich. Da man Sie nun freundlicherweise auf die zwischen uns bestehende Beziehung aufmerksam gemacht hat, sollen Sie wissen – wir haben miteinander vereinbart, nur in den dringendsten Fällen über Belange des Kombinats miteinander zu sprechen. Eine Vereinbarung, deren Einhaltung uns erstaunlich leicht fällt, falls es Sie interessiert.«
Triumphierend blickte er auf die Kriminalisten.
»Meinen Glückwunsch«, sagte Wischnewski gemächlich. »Ich zum Beispiel habe meiner Frau heute Nacht erzählt, dass hier etwas Kleingeld verschwunden ist.«
Rudolf kniff die Lippen zusammen und stelzte aus dem Zimmer. Wischnewski folgte ihm langsam.
Cordula Landgraf hämmerte auf ihrer Schreibmaschine. Wischnewski sah ihr ein Weilchen zu; sie verringerte ihre Schreibgeschwindigkeit nicht.
»Ist der immer so?«, fragte er.
»Rudolf?« Nun nahm sie doch die Hände von den Tasten und schien einen Moment zu überlegen. »Der steht hier gewissermaßen unter Naturschutz.«
»Wer protegiert ihn? Korn?«
»Er ist einer der fähigsten Ingenieure, soweit ich das beurteilen kann. Da sieht man ihm manches nach.«
»Hörst du!« Wischnewski, der nahe genug bei Cordula Landgraf stand, um ihr Parfüm zu riechen und zu erkennen, dass die letzten beiden Zeilen auf dem Bogen in der Maschine zwei Tippfehler enthielten, drehte sich zu Fiebig um.

»Bin ich nicht auch einer deiner fähigsten Kriminalisten? Und wer sieht mir etwas nach?«
Fiebig ging zum Telefon. »Du könntest mal nachsehen, wo Zabel bleibt. Und dann möchte ich mit Frau Wagenknecht sprechen.«

14

Eggesin erwies sich als Fehlschlag. Die Kompanie, in der Ralf Korn diente, war in den frühen Morgenstunden zu einer Übung ausgerückt. An der Wache wollte niemand voraussagen, wie lange die dauern würde. Mit dem unguten Empfinden, sich selbst zum Narren gehalten zu haben, kehrte Korn zu seinem Wagen zurück. Vielleicht kam dieses flaue Gefühl auch aus dem leeren Magen. Oder es rührte einfach daher, dass er plötzlich die eigene Feigheit durchschaute. Wovor war er eigentlich ausgerissen?
Fiebigs berechtigte Fragen konnten ihn kaum stören. Wo blieb die Gelassenheit, mit der er gewöhnlich gerade die ungewöhnlichen Dinge anging – bevor die Pferde mit ihm durchgingen … Nichts an diesem Raubzug irgendwelcher Gangster betraf ihn. Er hatte allen Grund, an der schnellen Aufklärung interessiert zu sein; und die K hoffte auf seine Hilfe.
Nun war die Sache endgültig verkorkst. Wäre er im Betrieb geblieben, hätte man ihn von Anfang an ins Vertrauen gezogen. Jetzt stand er draußen wie ein armer und obendrein tatverdächtiger Sünder.
Er fuhr die Straße weiter in Richtung Ückermünde, ohne

besondere Überlegung, wie er glaubte, bis er den Wegweiser in Richtung Anklam erblickte und ihm, ohne zu zögern, folgte. Das Kapitel Rosanke war noch nicht abgeschlossen. Nachdem Korn sich das endlich eingestanden hatte, trat er zufrieden aufs Gaspedal. Er war seinerzeit dabei gewesen, als Rosanke das Stück Dünenlandschaft gepachtet hatte: eine flach ansteigende Wildnis mit einem Dutzend Kiefern darauf und den Resten eines versumpften Strandtümpels am Fuß der Düne. Rosanke hatte versucht, ihn zu einer Beteiligung zu überreden. Korn hatte davon nichts wissen wollen. Was sollte er mit einem zweihundert Kilometer von Berlin entfernt liegenden Grundstück, zumal die eigenen Schwiegereltern eins in Fredersdorf besaßen.

Es war damals die Zeit, zumindest den Grundstein für eine Datsche zu legen. Die höchste Zeit, wie es sich aus heutiger Sicht darstellte. Rosanke hatte immer Spürsinn für den Zug der Zeit bewiesen. Und die nötigen Beziehungen entwickelt, um auf den Zug aufzuspringen. Fredersdorf mit seiner zersiedelten Laubenpieperei war wahrhaftig nicht das Gelbe vom Ei. Auch Dettenberg, für den Korn sich um ein unbebautes Stück Land in der Nachbarschaft bemüht hatte, fand etwas Besseres: eine Waldparzelle weit im Südosten. Auch daran erinnerte sich Korn gut: wie sie zu dritt – Dettenberg, Weidner und er – die Hütte aus Fertigteilen errichtet hatten. Danach war er nur noch einmal dort gewesen.

Er fand den Ort an der Küste, der sich mit der Bezeichnung »Seebad« schmückte, verändert. Die Eleganz war ein bisschen schäbig geworden; von unansehnlichen Holzveranden blätterte die Farbe, aus einem fensterlosen Gaststättengebäude schallte Baulärm. Es war kurz vor zwölf. Vergeblich sah sich Korn nah einem geöffneten Lokal um. Es schien,

als seien die Ortsväter über seine Diätabsichten informiert. In seinem Magen grummelte es, und als er plötzlich bremsen musste, spürte er ein leichtes Schwindelgefühl.
Der Teil des Ortes, wo Rosankes Anwesen lag, hatte im Laufe der Jahre eine erstaunliche Wandlung durchgemacht. Er war sozusagen zu voller Schönheit erblüht. Im Schritttempo fuhr Korn die ehemaligen Waldwege entlang und fand sich nicht zurecht. Schmucke weiße Häuser mit tief heruntergezogenen Reetdächern und geschnitzten Türen standen säuberlich aufgereiht hinter akkurat gestutzten Hecken. Welches um alles in der Welt mochte Rosanke gehören? Nach längerer Irrfahrt entschied Korn, beim Rat der Gemeinde nachzufragen. Er hatte Mühe, den Wagen zu wenden, und dabei entdeckte er den schilfumstandenen Weiher hinter einem kunstgeschmiedeten Zaun. Eine breite Doppelgarage am sanft ansteigenden Dünenhang, mit einer Terrasse darauf – und daneben das strahlendweiße Traumhaus.
Aus dem Schornstein, der als trutziger Feldsteinkamin in den zartblauen Himmel emporragte, quoll Rauch. Ein blankes Messingschild an dem Natursteinpfeiler, etwa in Augenhöhe eines Schäferhundes, verriet in schlichten Lettern den Namen des Besitzers: Rosanke. Es gab sogar eine Klingel.
Im ersten Augenblick erschien ihm die Frau fremd, die aus dem Haus trat: eine kaum mittelgroße Person, sonnengebräunt, mit einer randlosen Brille, die das Gesicht veränderte. Christa Rosanke war nicht gerade schlanker geworden, was sie jedoch mit einem farbenfrohen, wallenden Hauskleid gut kaschierte.
»Guten Tag, Frau Rosanke.«
Sie kniff die Augen ein wenig zusammen. »Guten Tag«,

antwortete sie reserviert. Und dann rief sie plötzlich: »Siegfried! Das nenne ich eine echte Überraschung!«
Es klang zu erfreut, um gespielt zu sein. Beinahe aufgeregt schloss sie das Tor auf. »Bist du allein? Komm herein. Wer hat dich denn hergeschickt?«
»Niemand«, sagte Korn, befremdet sowohl von der Frage wie von dem unerwartet herzlichen Empfang. Es sah aus, als wolle sie ihn umarmen. So vertraut waren sie damals gar nicht miteinander gewesen.
»Ich war hier in der Gegend, und da dachte ich, guckst du mal nach Rosankes ... «
»Wie lieb von dir! Ich glaubte immer, du willst nichts mehr mit uns zu tun haben.«
Als er das Haus betrat, dachte Korn: Mit solchen Leuten hatte ich bisher auch noch nie etwas zu tun. Er schwieg beeindruckt, vielmehr erschlagen von der Pracht.
Eine Diele wie in einem Jagdschloss: vollständig getäfelt, mit dem gleichen kernigen Holz, aus dem auch die Möbel, die Türen, Deckenbalken und der Treppenaufgang gefertigt waren. Im Obergeschoss ein Raum von der Größe seiner eigenen Wohnung, mit Blick aus einem wandgroßen Fenster über den Dünenkamm auf die See, die grau und friedlich in der Februarsonne glänzte.
Wenn irgendwo dreihunderttausend Mark steckten, dann in diesem Haus, fuhr es Korn durch den Sinn. Nur waren die im Verlauf von Jahren hier angelegt worden, verdient an jedem Pampelmusensaft in der »Nina«. Und an jeder Eiswaffel am Strand. So hatten Rosankes angefangen. Bei Null. Genau wie er. Wahrscheinlich mit einem geringen Startkapital, das er ebenso gut hätte auftreiben können. Wenn er gewollt hätte. Was für ein Unterschied. In dieser schönen

Welt kam kein Hadank und kein Industrieroboter vor. Und einer wie Androsch höchstens als leicht zufriedenzustellender Kunde. Der merkte sowieso nicht, was er aß oder trank.
»Habt ihr noch eure Eisbude?«, fragte er rau.
»Nun setz dich endlich.« Christa Rosanke nötigte ihn in einen Sessel, der aus einem schwedisch anmutenden Holzgestell und einem darübergeworfenen sackleinenen Polster bestand, in dem Korn versank.
»Du warst nicht unten auf der Promenade? Das Café geht gut. Auch im Winter. Ich kümmere mich nur noch um die Bücher, weißt du. Erzähle mal von dir. Bist du noch …?«
»Ja«, sagte er. »Ich bin immer noch mit Regina verheiratet. Das meinst du doch.« Das du ging ihm schwer über die Lippen, angesichts der ihm beinahe fremden Frau in dieser Umgebung. Sie machte sich an dem niedrigen Tisch zu schaffen. Rosankes schienen etwas für niedrige Tische übrig zu haben. »So altmodische Menschen sind selten geworden«, sagte sie und sah ihn strahlend durch ihre großen Brillengläser an.
Merkwürdig, als junge Frau hatte sie keinen besonderen Reiz auf ihn ausgeübt. »Altmodisch ist wahrscheinlich das richtige Wort für mich«, gab er zu.
»Hast du zu Mittag gegessen? Ich brate dir ein Omelett. Oder Rührei mit Schinken, wenn du möchtest.«
Bei dem Gedanken an Schinken und Ei befiel Korn eine leichte Übelkeit. Dennoch wehrte er ab. »Danke. Ich halte Diät. Und Eier sind besonders gefährlich für den Cholesterinspiegel.«
Sie lachte und sah dabei sehr jung aus. »Deswegen spare ich das Mittagessen, wenn ich hier allein bin. Ich werde uns einen Kaffee machen.«

Ihr Kaffee aus der Maschine war schwarzbraun und noch stärker, als Korn ihn gewohnt war. Er nahm diätwidrig viel Sahne und hielt seine Hand von den Erdnussflips auf dem Tisch fern. Daneben standen Salzbrezeln.
»Einen Kognak?«
»Danke.« Er dachte an sein Sekterlebnis vom Vorabend. Die Kognakflasche sah sehr verlockend aus. »Ich bin mit dem Wagen.«
Sie schien enttäuscht. »Ich dachte, du machst ein paar Tage Urlaub hier.«
»Ich habe nur meinen Sohn besucht. Bei der NVA.«
»Ralf? Bei der Armee?« Sie schüttelte ungläubig den Kopf. »Der ging doch noch nicht einmal zur Schule!«
»Und eure Kathrin saß im Sportwagen.«
»Ja.« Ihre Fröhlichkeit wich einer leichten Melancholie, die ihr ebenfalls stand. Gedankenverloren griff sie nach einer Zigarette. »Entschuldige bitte.« Sie hielt ihm die überlange Packung hin.
»Ich bin gerade dabei, es mir abzugewöhnen«, sagte er, unsicher, ob sein Blick nicht allzu begehrlich an den Zigaretten hing.
»Dann lasse ich es auch.« Sie legte die Zigarette auf den Tisch. »Du kannst wirklich bleiben. Die beiden Zimmer unten sind frei. Und bezahlt sind sie auch. Die Gäste sind früher abgereist … «
Sie errötete. »Dir würde ich sowieso kein Geld abnehmen.«
»Ihr vermietet?« Das erstaunte ihn. Also doch Geldmangel?
»Nun ja, hin und wieder. Man hat so viele Bekannte, und jeder möchte Urlaub an der See machen. Dettenberg hat vor ein paar Jahren auch mal unten gewohnt. Wenn du dich an ihn erinnerst.«

Korn wurde lebhaft. »Und ob ich mich an ihn erinnere! War er mit seiner Familie hier?«
Sie kam nicht dazu, darauf zu antworten. Unten in der Diele ertönte ein zartes Läuten. Das musste das nostalgische Telefon sein. Die Klingel hatte anders geklungen.
Christa telefonierte nicht lange. Ein angenehmes Gespräch schien es nicht gewesen zu sein. Ihre Augen hatten sich verändert. Oder bildete er sich das nur ein?
»Du wolltest mir von Dettenberg erzählen«, sagte er, um sie abzulenken. Vielleicht hatte sie Sorgen. War Rosanke der Anrufer gewesen? Sie zündete sich eine Zigarette an, ohne ihm noch einmal eine anzubieten. »Du warst gestern Abend in der Prenzlauer Allee«, stellte sie kühl fest.
»Ja. Ich dachte, ich könnte mal mit Hannes reden.«
»Und deshalb bist du extra hierhergekommen.« Das klang spöttisch.
»Nein, nein«, beteuerte Korn und war sich klar darüber, dass sie ihm nicht glaubte. »Ich war wirklich bei Ralf. Da lag das Haus hier sozusagen am Wege.«
»Ach Siegfried!« Sie schüttelte langsam den Kopf. »Du bist in beiden Fällen an die falsche Adresse geraten.«
Korn brauchte nicht zerknirscht zu tun. Er war es. »Ich bin von jeher ein Tollpatsch gewesen«, gab er selbstkritisch zu.
»Brauchst du Geld?«
Wie kam sie darauf?
»Nein, ich wollte einfach mal mit ihm reden. Über alte Zeiten, weiter nichts. Wollen denn alle anderen Leute Geld von ihm?«
Darauf gab sie keine Antwort. »Jeder lebt sein Leben nur einmal«, sagte sie. »Hannes war schon seit längerer Zeit nicht mehr hier. Er hat eine Segeljacht in Teupitz, seinen Volvo hat er gerade günstig gegen einen Mercedes getauscht … «

»Es geht ihm also blendend mit seiner Nina«, sagte Korn bewusst doppeldeutig.
»Er hat alles, was er sich immer gewünscht hat – sagt er ...«
Und dazu noch dreihunderttausend Mark? Wer waren die Leute, die von Rosanke Geld wollten? Von Christa würde er es kaum erfahren. Korn erhob sich aus dem Sessel. Der Kaffee war alle und die Schale mit den Salzbrezeln leer.
»Wenn ich das geahnt hätte ...«, sagte er entschuldigend und ließ offen, was es da zu ahnen gab. Waren die beiden geschieden? »Ich wäre gestern Abend nicht bei eurer Tochter aufgekreuzt.«
»Ich sagte ja: Es ist die falsche Adresse. Er wohnt in der Eichendorffstraße. Bei Graubaum, falls es so genau interessiert. Im Haus befindet sich eine Drogerie.«
»Ich hätte vorher anrufen sollen. Ich wollte da nichts aufwühlen.«
»Ach was«, entgegnete sie burschikos. »Über diesen ganzen Müll bin ich längst hinweg. Ich hatte nur für einen Augenblick das Gefühl, du willst dir einen Scherz mit mir erlauben. Ihr wart doch immer für jeden Unsinn gut in eurer Studentenzeit.«
Das war wieder so eine Anspielung. Wusste sie doch etwas?
»Erinnerst du dich an Weidner?«, fragte er.
»Der schwarzlockige Jüngling mit der schrecklichen Frau? Was ist aus dem geworden?«
»Ein geheilter Trinker. Wie du siehst, ist auch bei uns anderen nicht alles glatt verlaufen.«
»Ich glaube, du warst immer der einzige Normale in eurer Viererbande.«
»Vermutlich habe ich es deshalb zu nichts gebracht«, sagte Korn heiter. »Es war wunderschön hier. Allein der Kaffee

und die Aussicht waren die Reise wert.« Und mit einem unbeholfenen Anflug von Charme fügte er hinzu: »Und dein Anblick natürlich.«
Sie nahm das Kompliment so ernst, wie es gemeint war.
»Du kannst gerne hierbleiben. Ich störe dich den ganzen Tag nicht.«
Es fiel ihm ein bisschen schwer, zu sagen: »In Berlin warten ein paar unangenehme Kleinigkeiten auf mich.«
Am Tor, als sie ihm die Hand reichte, entschloss er sich plötzlich, sie zu umarmen. Er hatte seit langem keine fremde Frau geküsst. Und wenn er es recht bedachte, Regina auch nicht. Nicht auf diese Weise.
Im Innenspiegel blickte er zurück. Sie stand neben dem Torpfosten und putzte ihre Brille mit dem Saum ihres bunten Hausgewandes.

15

Hauptmann Zabel folgte der gewundenen Straße noch um den nächsten Block herum. Dort entdeckte er ein P mit einem rechtsweisenden Pfeil. Wenn es sich um den von Knaack angegebenen Parkplatz handelte, so war dieser Ort mit der gleichen Sorgfalt ausgewählt worden wie der für die fingierte Verkehrskontrolle und wie der Abstellplatz für den Lada. Rechts und links ragten die fensterlosen Giebelwände der elfgeschossigen Wohnblöcke empor. Von der Zufahrtsstraße, die an diesem sonnigen Vormittag wie ausgestorben lag, bestand nur durch eine schmale Lücke zwischen dem Gesträuch Sicht auf die Parkfläche.
Der Hauptmann sah sich gründlich um. Nur wenige Fahr-

zeuge standen hier. Manche davon hielten noch ihren Winterschlaf. Auf einem betagten Wartburg tauten die letzten Schneereste. Erstaunlich, wie lange sich der Schnee im Schatten hielt.

Ganz hinten, neben einem Wohnwagen, stand ein moosgrüner Lada. Zabel fiel der schwache Luftdruck auf einem der Hinterreifen auf. Langsam schlenderte er hinüber. Nach Spuren zu suchen schien hier sinnlos.

In einem der schwach markierten Parkräume wollte Knaack gestern früh seinen Wagen abgestellt haben. Heute Morgen war er plötzlich damit herausgerückt, ihm sei auf diesem Parkplatz, den er ursprünglich genannt und im Verlauf der weiteren Vernehmung wieder in Frage gestellt hatte, ein junger Mann aufgefallen, dem es nicht gelang, einen grünen Lada in Gang zu setzen. Vermutlich die Batterie. Nein, Hilfe habe er dem selbstverständlich nicht angeboten. Er sei in Eile gewesen und habe nicht sonderlich auf den anderen geachtet.

Für Zabel hatte sich das angehört wie die Märchenstunde aus dem Butzemannhaus. Dann hatte Knaack endlich, nach langem Zaudern, einen Namen und eine Adresse genannt. Die richtigen diesmal, wie er beteuerte, wobei er Zabel mehrfach die absolute Vertraulichkeit dieser Information ans Herz legte.

Die linke Tür des moosgrünen Lada ließ sich ohne Widerstand öffnen. Zabel zog sein Notizbuch hervor und schrieb das Kennzeichen auf. Dann ging er den Weg zurück bis zur Nummer 137, an der er vorbeigefahren war.

In der Haustür fehlte das Zylinderschloss. Zabel stieg in den Aufzug. Gebhardt. Im achten Stock, hatte Knaack angegeben. Die Frau, die auf sein Läuten hin die Tür öffnete, hielt in der Linken das Saugrohr eines Staubsaugers, dessen Heulen

gerade verklang. Sie trug nur ein Fähnchen von Kittelschürze und das zerzauste Haar aufgesteckt.
»Ja, bitte?«
Für eine beim Wohnungsputz gestörte Frau klang das nicht einmal besonders unfreundlich.
Zabel stellte sich vor und zeigte seinen Dienstausweis, der sie nicht zu beeindrucken schien. »Und?«, fragte sie. »Schon wieder was passiert hier in der Gegend?«
»Ich habe einige persönliche Fragen an Sie.« Er sah sich um. Es war still im Haus, wie um diese Stunde wohl in den meisten Neubaublöcken. Selbst den Aufzug rief niemand hinunter ins Erdgeschoss.
»Fragen Sie«, forderte ihn die Frau auf. »Oder müssen Sie dazu unbedingt reinkommen?«
»Das wäre zweifellos besser.«
Sie gab ihm den Weg in den langen, mit vietnamesischen Strohmatten ausgelegten Korridor widerwillig frei. »Fallen Sie nicht«, sagte sie und wollte ihn damit wohl vor dem Staubsauger und dem Verlängerungskabel warnen.
Im Wohnzimmer waren der Tisch und zwei wuchtige Sessel in eine Ecke unter eine auffällig gelbe Glasglocke geschoben. Ein Stuhl, mit dem Polster auf der Schreibplatte der Anbauwand, streckte anklagend seine Beine in die Luft, die nach Zigarettenrauch und aufgewirbeltem Staub roch. Eine Mischung, die Zabel ebenso wenig behagte wie die ausgesprochen sparsame Kleidung der jungen Frau. Sie mochte um die Dreißig sein.
»Sie sind Irene Gebhardt?«, vergewisserte er sich und wusste nicht so recht, wo er hingucken sollte. Das Schürzchen aus einem sehr dünnen Kunststoffgewebe gab oben wie unten mehr von ihrem Körper preis, als es verdeckte.

»Wer sonst?«, fragte sie herausfordernd. Sie nahm den Stuhl von der Schreibplatte und setzte ihn hart auf den frisch gesaugten Teppichboden. »Bitte«, sagte sie.
Obwohl das untere Drittel des französischen Fensters nach innen gekippt war, herrschte in dem Raum tropische Hitze. Zabel fuhr sich mit zwei Fingern zwischen Hemdkragen und Hals. Schließlich zog er seinen Block aus der Innentasche des Anoraks und legte ihn auf die Platte. Um schreiben zu können, musste er sich natürlich auch hinsetzen.
Sie stand oder hatte sich vielmehr gegen einen der Sessel gelehnt und wartete.
»Sie sind verheiratet?«
»Was soll das? Das wissen Sie doch genauso gut wie ich.«
Der Hauptmann schaute sie aus seinen Vogelaugen streng an. Unwillkürlich glitt sein Blick an ihren nackten Beinen entlang. Dieses Kittelchen war entschieden zu kurz. »Sie sind also verheiratet.«
»Nun eiern Sie nicht rum«, sagte sie nüchtern. »Sie kommen doch wegen der Sache in Herberts Betrieb, oder?«
Einer der Gründe, warum Fiebig sich sofort für Zabel als Mitglied der Einsatzgruppe entschieden hatte, war dessen Gespür für die Wichtigkeit von Details.
»Was wissen Sie denn darüber?«, fragte er gelassen.
»Nicht mehr, als dass wir uns seine Jahresendprämie in den Rauch schreiben können, bis Sie mit Ihren Untersuchungen zu einem Ende kommen.«
»Ihr Mann arbeitet also im Betriebsteil vier.«
»Sonst wären Sie wohl kaum hier.«
Das war immerhin eine überraschende Feststellung, deren Bedeutung Zabel durchaus bewusst war. Er hatte ein Verbindungsglied zwischen Wolfram Knaack und dem Be-

triebsteil IV entdeckt. Der Name Herbert Gebhardt war ihnen bisher nicht aufgefallen.
Irene Gebhardt schien indes Spaß an dem Frage-Antwort-Spiel zu finden. »Verfolgen Sie eine heiße Spur?«
Der eben entdeckte Zusammenhang, noch mehr aber ihr koketter Ton wirkten abkühlend auf Zabel. Das war alles nur Mache, dieses Schürzchen und der Blick hinter der Haarsträhne hervor.
»Ist Ihnen ein Herr Wolfram Knaack bekannt?«
Ihre Miene blieb unbewegt. »Knaack? Wolfram Knaack? Wer soll das sein?«
»Das frage ich Sie, Frau Gebhardt. Wann haben Sie ihn zum letzten Mal gesehen?«
Wenn sie Theater spielte, so besaß sie mehr Talent, als Zabel ihr zugetraut hätte. »Ich kenne keinen Knaack«, sagte sie seelenruhig. »Mein Mann hat den Namen nie erwähnt. Soll das ein Kollege aus der Messelektronik sein?«
»Frau Gebhardt, ich möchte Sie darauf hinweisen, dass es Ihre Pflicht ist, die Wahrheit zu sagen. Ich frage Sie deshalb bewusst nicht, in welcher Beziehung Sie zu Wolfram Knaack stehen. Ich möchte nur wissen, wann Sie ihn in den letzten Tagen gesehen haben.«
»Ich kenne keinen Knaack! Ist ja möglich, dass ich ihn mal irgendwo gesehen habe. Mein Mann hat so viele Kollegen.«
»Knaack ist kein Kollege Ihres Mannes. Das wissen Sie sehr gut.«
Was haben Sie gestern Vormittag getan, wollte er schon fragen, doch er formulierte es dann lieber so: »Wo haben Sie sich gestern Vormittag aufgehalten?«
Sie kratzte sich selbstvergessen die Schulter unter ihrer Schürze. »Ich habe lange geschlafen. Etwa bis neun. Ich

habe diese Woche Spätschicht. Und dann hatte ich einen Kosmetik-Termin.«
»Wann war dieser Termin?«
Sie blickte ihn herausfordernd an, diesmal ganz ohne Koketterie.
»Glauben Sie, ich habe das Auto mit dem Geld überfallen? Dann würde ich heute hier keinen Staub saugen. Und wäre gestern nicht brav zur Schicht erschienen.«
Das glaubte Zabel ihr aufs Wort. »Wo arbeiten Sie?«, fragte er.
»Nicht mal das haben Sie rausgekriegt?« Sie langte hinter sich auf den Tisch nach einer Zigarette. »Rauchen Sie eine mit?«
Zabel hob abwehrend die Hand.
»Wenn Sie es wirklich nicht wissen: Ich bin Kassiererin in einer Kaufhalle. Frankfurter Allee Süd. Ich bin's gewohnt, mit Geld umzugehen.« Sie rauchte lässig. »Und was ist dieser Knaack für einer?«
»Frankfurter Allee Süd? Das ist in der Nähe der John-Sieg-Straße.«
Irene Gebhardt nickte zustimmend. Sie war keine ausgesprochen schöne Frau. Dennoch bedurfte es nicht einer so leichtgeschürzten Bekleidung, damit ein Mann nach ihr guckte.
»Sie kennen Herrn Knaack also aus der Kaufhalle.«
»Ich kenne überhaupt keinen Knaack!«, entgegnete sie mit tiefer Stimme. »Und wenn er das behauptet, spinnt er.«
Zabel legte seine schmale Stirn in sorgenvolle Falten, sodass seine Augen noch dichter zusammenrückten. »Das bringt ihn ganz schön in Bedrängnis. Sie wären sozusagen sein Alibi.«
»Pech für ihn. Hat er was mit dem Überfall zu tun?«
»Frau Gebhardt!« Zabel schob seinen Block demonstrativ

von sich und sah die Frau fest an, was ihm jetzt überhaupt nicht mehr schwerfiel. »Unsere Ermittlungen beziehen sich tatsächlich auf den Raub hier in Marzahn. Und deshalb frage ich Sie noch einmal: Haben Sie Wolfram Knaack gestern gesehen?«

Frau Gebhardt rauchte ungerührt. »Ich verstehe nicht, was das mit mir zu tun haben soll. Ich kann mir schließlich nicht jeden Kaufhallenkunden merken. Und wie ich schon sagte, einen Knaack kenne ich nicht. Beweisen Sie mir mal das Gegenteil!«

»Frau Gebhardt! Normalerweise sind uns Beziehungen wie die zwischen Ihnen und Herrn Knaack höchst gleichgültig. Hier aber handelt es sich um ein schweres Verbrechen, das es aufzuklären gilt. Wenn Sie mir nicht sagen wollen, ob und wann Sie Herrn Knaack gesehen haben, zwingen Sie uns, Ihren Mann zu diesem Thema zu befragen.«

Sie kniff die Augen nur ganz wenig zusammen und drehte sich um, um den Zigarettenrest im Aschenbecher auszudrücken. »Befragen Sie ihn«, sagte sie. »Vielleicht kennt er Ihren Knaack. War das alles, was Sie wissen wollten?«

Zabel zögerte einen Augenblick. »Darf ich Ihr Telefon benutzen?«

»Bitte. Soll ich so lange rausgehen?«

Telefonische Vernehmungen sind auch bei einer Sondereinsatzgruppe nicht üblich. Es verging eine kleine Ewigkeit, bis er endlich Knaacks Stimme am anderen Ende der Leitung vernahm: »Nun, ist jetzt endlich alles klar?«

»Noch nicht ganz. Man erinnert sich hier nicht an Sie.«

Knaack atmete schwer. »Lassen Sie mich bitte mit ihr reden«, bat er.

Das ging nun wirklich zu weit. »Vielleicht können Sie mir

den Raum beschreiben, in dem ich mich im Augenblick befinde«, schlug Zabel vor.

»Hören Sie, es war zwischen ihr und mir ausgemacht, dass wir es niemals zugeben werden. Unter keinen Umständen. Sie müssen ihr klarmachen, dass es sich um eine besondere Situation handelt. Sie haben mir Diskretion zugesichert, Genosse Hauptmann!«

»Es haben sich da ganz neue Aspekte ergeben, Herr Knaack. Bis später dann.«

»Warten Sie!« Knaacks Stimme schrillte ihm ins Ohr. »Das Telefon ist himbeerrot und steht auf einer Schreibplatte in der Anbauwand. Und die Lampe über dem Clubtisch ist kanariengelb. Die Auslegware hat einen braunen Ton, und im Schlafzimmer hängt ein Renoir-Druck über den Betten. Lassen Sie mich um Gottes willen endlich mit ihr sprechen!«

»Nicht mehr nötig«, entgegnete Zabel lakonisch und legte den himbeerroten Hörer auf den himbeerroten Apparat.

»Nun?«, fragte er und schaute Irene Gebhardt erwartungsvoll an. Sie musste jedes Wort verstanden haben. Knaack hatte laut genug gesprochen.

Sie sah jetzt etwas weniger gefasst aus. »Na schön. Er war hier«, stieß sie zwischen den Zähnen hervor. »Von halb acht bis halb elf, wenn Sie es so genau wissen wollen. Und wenn es mein Mann erfährt, springe ich aus dem Fenster!« Sie tat einen Schritt auf das Fenster zu, als wolle sie ihre Absicht sofort in die Tat umsetzen.

»Es liegt ganz bei Ihnen, was Ihr Mann erfährt«, sagte Zabel mit unbewegtem Gesicht. »Vielleicht ziehen Sie sich erst einmal an.«

16

Das Wetter hatte sich nicht gehalten. Kurz vor der Autobahnauffahrt sprühte Nieselregen gegen die Windschutzscheibe. Korn störte es nicht. Er hatte Zeit. Viel Zeit. Und Hunger. Schmerzenden, stechenden Hunger.
Im Handschuhfach fand sich der Rest einer Pfeffi-Stange, vor Jahr und Tag vergessen; nur drei kantige Plättchen in ehemals grünem Papier. Für zwanzig Kilometer genügten sie, den Magen zu beruhigen, dann meldete er sich wieder. Mannhaft fuhr Korn an der Raststätte vorbei. Es fiel ihm nicht schwer, sich einzureden, dass es dort sowieso nichts Vernünftiges zu essen gab.
Dicht vor Berlin verstärkte sich der Regen, fiel in schrägen, gut sichtbaren Strichen gegen die Scheibe, als würde er gleich in Schnee übergehen. Im Wagen war es warm, und der Aschenbecher stank. Korn war so darauf versessen, ihn zu reinigen, dass er in Lindenberg halb auf den Fußweg fuhr und hielt. Er schüttete die Zigarettenreste in einen Papierkorb und ließ den leeren Behälter in der ausgestreckten Hand vom Regen berieseln.
Mindestens drei Minuten stand er so da. Was für ein Narr er doch war. Vergeudete seine Urlaubszeit mit sinnloser Herumfragerei, als sei es seine Aufgabe, die dreihundertneunzehntausend Mark wiederzufinden. Wenn dieser Fiebig sich heute Abend bei ihm melden sollte, würde er ihm rückhaltlos alles erzählen, bevor Weidner noch Schaden mit seinen Fantasien anrichten konnte. Vielleicht war die K längst in der Eichendorffstraße aufgetaucht, in dem Haus mit der Drogerie, wo Rosanke wohnte. Bei Graubaum. Dass diese goldblonde Fee einen so prosaischen Familiennamen trug!

Wenn er jetzt geradewegs durch die Greifswalder Straße fuhr und in die Wilhelm-Pieck-Straße einbog, konnte er in zwanzig Minuten dort sein. Eine kurze Straße in der Gegend um den ehemaligen Nordbahnhof, soviel wusste er. Der Stadtplan steckte in der Türtasche.
Angeekelt schwenkte er den Aschenbecher, um die Regentropfen zu entfernen. Hinter seinem Wartburg hielt eine grüne Kradstreife. »Irgendwelche Probleme?«, rief der Volkspolizist. »Nein, nein«, antwortete Korn, »war nur die Kerze.« Er hatte glatt vergessen, dass er sich auf der Protokollstrecke befand.
Die Drogerie in der Eichendorffstraße war leicht zu finden und der mattgrüne Mercedes, mit Fingerspitzengefühl zwischen einem Container mit Schutt und einem abgestellten Bauwagen geparkt, nicht zu übersehen. So ein Wagen besaß eine Lenkhilfe, was immer das sein mochte. Korn war nur an Trabant und Wartburg gewöhnt.
Die Briefkästen im düsteren Hausflur sahen aus, als habe sie jemand mit den unterschiedlichsten Werkzeugen gewaltsam zu öffnen versucht. Auf einem stand in kalligraphischer Schönschrift B. Graubaum und darunter ganz unauffällig: Rosanke. Jemand hatte mit Filzstift »Tante« vor die Namen geschrieben.
B. Graubaum. Sie hieß also nicht Nina, sondern Barbara oder Brigitte oder Beate. Namen, die nicht zu ihr passten.
Auf dem Schild an der Wohnungstür fehlte jeder Hinweis auf den Vornamen und auf Rosanke. Drinnen war es still.
Korn guckte auf die Uhr. »Nina« öffnete in frühestens drei Stunden. Wenn Rosanke sich nicht auf der Jagd nach Champignons befand, hielt er möglicherweise mit Frau Graubaum ein Nachmittagsschläfchen. Der Mercedes vor

der Tür sprach für seine Anwesenheit. Entschlossen drückte Korn auf den Klingelknopf. Ein dünnes Läuten ertönte. Eine Tür klappte. Leichte Schritte näherten sich.
Korn war darauf fixiert, im nächsten Augenblick Barbara-Brigitte-Beate Graubaum in die unergründlichen Augen zu schauen, und hatte seinen Blick auf ihre Höhe eingestellt. Doch statt des erwarteten Anblicks bot sich ihm eine nackte Jünglingsbrust in einem bis zum Nabel offen stehenden Oberhemd, auf die er einigermaßen verwirrt starrte, bis er sich endlich fasste und den Kopf hob. Vor ihm stand der hübsche junge Kellner mit dem schmalen Bärtchen auf der Oberlippe.
Der hingegen schien nicht irritiert. »Ja, bitte?«, fragte er kühl, als erwarte er die Bestellung eines weiteren Pampelmusensaftes.
»Ich möchte – Herrn Rosanke sprechen…«, sagte Korn heiser.
»Ah ja. Ich erinnere mich. Ist es so dringend?«
Korn zögerte. »Mein Gott, dringend… Ich würde gerne mit ihm reden, falls das möglich ist. Wir kennen uns von früher. Korn ist mein Name.«
Das schien B. Graubaum nicht sonderlich zu interessieren. »Wie im Taubenschlag!«, sagte er vorwurfsvoll. »Er soll viel Ruhe haben. Er ist nämlich krank.«
Und das schien tatsächlich zu stimmen. Angetan mit einem fliederfarbenen Pyjama und einem bunten Seidentuch um den Hals, lehnte er auf einer überbreiten Liegestatt in den Kissen. Bleich wie das Laken, war Korns erster Gedanke; aber das Betttuch war rosa, also Rosankes vertrautes Gesicht wohl doch nicht so weiß.
»Hallo, Hannes«, sagte Korn leise. »Es war ihm peinlich, ihn

in dieser Situation anzutreffen. Rosanke zog eine schwer deutbare Grimasse.
»Hallo, Siggi. Welch unerwarteter Besuch.«
Korn wollte ihm die Hand geben. Rosanke wehrte ab. »Es genügt, dass mich diese scheußliche Grippe erwischt hat. Bin richtiggehend aus den Pantinen gekippt. Die Ärztin meint, das kann in unserem Alter gefährlich sein.«
»Tut mir leid. Wenn ich gewusst hätte, dass du krank bist …«
»Es geht schon wieder. Dank Bernds aufopferungsvoller Pflege. Koch uns mal einen Kaffee und biete meinem alten Kumpel einen Kognak an.«
»Du sollst noch keinen Kaffee trinken«, sagte Bernd eher fürsorglich als vorwurfsvoll. »Ich mache für den Siggi und für mich einen, ja?« Und damit verschwand er.
Korn blickte ihm verblüfft hinterher. Für den Siggi und für mich. So schnell war er noch nie mit jemandem vertraut geworden.
Rosankes Blick ruhte prüfend auf ihm. »Na«, sagte er erwartungsvoll, »das hättest du mir nicht zugetraut, wie?«
Korn hob die Schultern, entschloss sich jedoch zu einer halbwegs ehrlichen Äußerung. »Nein«, sagte er. »Hätte ich nicht. Aber das ist schließlich einzig und alleine dein Bier.«
Deine Hochzeit zu sagen, empfand er denn doch als unpassend. Es war alles ein bisschen ungewohnt. Hannes, den er immer für einen Weiberhelden gehalten hatte, war sozusagen ans andere Ufer geschwommen. Oder dorthin gespült worden. Ein schlechtes Bild. Wie Strandgut sah er nicht aus. Residierte noch als Kranker wie ein König auf seinem Lotterbett, das den kleinen Raum fast ausfüllte. Das einzige Fenster war hinter einem wandbreiten pflaumenfarbenen Vorhang versteckt.

Rosanke verspürte anscheinend das Bedürfnis, sich zu erklären.
»Man kennt sich eben selber nicht genau genug. Ich war auch überrascht von mir. Und ich fühle mich jetzt wohl dabei.«
»Das ist die Hauptsache«, sagte Korn. Genau betrachtet, hatte sich Rosanke wenig verändert, schien nicht einmal an Gewicht zugelegt zu haben. Ein noch als Kranker gepflegt wirkender Mann in den besten Jahren; das volle Haar in eleganten Wellen frisiert, ein leichter Silberschein nur über den Schläfen. Und ein bisschen mehr Gold im Mund als vor fünfzehn Jahren.
»Du siehst gut aus«, sagte Korn neidlos. »Ich meine, abgesehen von deiner Grippe.«
Rosankes Gesicht wirkte nun gar nicht mehr blass. »Danke. Ich wünschte, ich könnte das auch von dir sagen.«
Korn fühlte sich unbehaglich unter Rosankes Blick.
»Ja«, gab er zu, »ich habe mich gerade entschlossen, ein bisschen was für meine Gesundheit zu tun.«
»Wenn du eine gute Ärztin brauchst – da kann ich dir helfen.«
Das war der alte Hannes Rosanke: Beziehungen & Ratschläge en gros.
»Gehst du in die Sauna?«
Korn schüttelte den Kopf. Selbst dazu reichten seine Beziehungen nicht aus.
»Massage? Jogging? Ein wenig Fitness-Training?«
»Im Sommer arbeite ich mich auf dem Grundstück aus.«
Korn kam sich ziemlich minderbemittelt vor.
»Und ansonsten sitzt du dir den Hintern auf euren zahllosen Sitzungen breit, stimmt's? Und noch immer die alten Pro-

bleme: keine Leute, keine Leute. Der Gegenplan und der Ärger mit den Stillstandszeiten. Die Kollektivarbeit und die Intensivierungskonzeption für den Perspektivzeitraum ... «

»Du bist eine ganze Weile raus. Manche Dinge heißen inzwischen anders.«

Sie grienten sich an wie in alten Tagen, bis Rosanke ernst sagte: »Im Grunde bringt so ein Laden wie ›Nina‹ kaum weniger Probleme mit sich. Das Personal, die Küche, die Hygiene. Kosten hier und Kosten da. Manchmal habe ich die Faxen ziemlich dicke. Wenn man da nicht ein wenig privaten Sonnenschein hätte ... «

Der private Sonnenschein erschien mit dem Kaffee, gerade als Korn sich entschlossen hatte, ohne weitere Umschweife auf das Thema seines Besuches zuzusteuern.

»Gestern hat jemand den Geldtransport mit unserer Jahresendprämie überfallen und ausgeraubt.«

Graubaum verteilte routiniert das Mokka-Geschirr. »Ach, euer Geld war das«, sagte er beiläufig.

Korn, der sich vorgenommen hatte, Rosanke bei der Mitteilung genau zu beobachten, starrte den jungen Mann an.

»Woher wissen Sie davon?«, entfuhr es ihm barscher als beabsichtigt.

»Mein Gott, so ein Typ hat das gestern Abend erwähnt. Wie konnte ich denn ahnen, um wessen Unternehmen es sich handelt.«

Seine Hand zitterte nicht beim Eingießen, registrierte Korn. Rosanke tätschelte sie ihm. »Stell dir vor, ich habe da auch mal gearbeitet. Und wir haben schon vor zwanzig Jahren beschlossen, uns die Jahresendprämie zu holen. Stimmt's, Siggi?«

»Das sind ja ganz neue Züge an dir!«, sagte Graubaum

geziert. »Ich mache mir nichts aus Kriminellen, das weißt du doch.«

Rosanke lachte. »Gieß uns einen Kognak ein. Auf den gelungenen Coup müssen wir trinken.«

»Ich bin mit dem Wagen«, sagte Korn ablehnend. Er war wütend. So hatte er sich die Aufnahme der Nachricht ganz und gar nicht vorgestellt.

»Dann eben einen Pampelmusensaft«, schlug Graubaum schelmisch vor.

»Pampelmusensaft?«, erkundigte sich Rosanke befremdet.

»Wir haben eben auch unsere kleinen Geheimnisse«, flötete Bernd Graubaum und huschte hinaus.

»Deswegen bist du also hier.«

Schwang da in Hannes Stimme ein besorgter Unterton mit? Nachdenklich fuhr Rosanke fort: »So was tut nur einer, dem das Wasser bis zum Halse steht. Einer, der nichts mehr zu verlieren hat. Oder schon zu viel verloren hat.«

Korn horchte auf und nippte an seinem Mokka. Schließlich sagte er: »Es ist nicht meine Idee, dass jemand von uns die Finger im Spiel haben könnte.«

Rosanke nickte bedächtig. »Dettenberg hat mich angerufen.«

Das überraschte Korn denn doch. »Und? Was wollte er von dir?«

»Ich weiß nicht.« Plötzlich griente Rosanke wieder. »Mich vor dir warnen, nehme ich an.«

Für einen Augenblick war Korn bereit, zu vergessen, dass er noch vor einer Minute Rosanke verdächtigt hatte. Vielleicht war es besser, die Sache offen anzugehen und sie nicht gar so bierernst zu nehmen. »Es ist alles ein bisschen blödsinnig. Wenn die K von unseren geistigen Jugendsünden in Mittweida erfährt, müssen wir alle mit einer Vernehmung rechnen. Darauf legt anscheinend besonders Ulf wenig Wert.«

»Sieh mal an. Und woraus schließt du, dass ich darauf brenne, von der Kripo befragt zu werden?«

»Wir können kaum etwas dagegen tun. Sie haben Weidner in Verdacht. Er war zu der fraglichen Zeit nicht im Betrieb.«

»Weidner …«, sagte Rosanke gedehnt. »Was lässt die Kripo denn sonst noch gucken?«

»Gar nichts. Jedenfalls nicht mir gegenüber. Ich war nämlich auch nicht dort.«

»Dann sind wir schon drei.« Rosanke stellte das ganz nüchtern fest. »Mit Ulf sogar vier. Nur ist Weidner natürlich in einer besonders bescheidenen Lage.«

»Er gilt als trocken, falls du das meinst.«

Rosanke schüttelte den Kopf. »Für ihn gäbe es ein Motiv. Er hat Schulden.«

»Bei wem?«, fragte Korn argwöhnisch. Es missfiel ihm entschieden, dass ausgerechnet Rosanke noch immer Dinge über einen Mitarbeiter seines Fachbereiches wusste, die ihm, dem Leiter, allenfalls gerüchteweise bekannt waren. »Was denn für Schulden?«

»Such das Glück dieser Erde auf dem Rücken der Pferde«, orakelte Rosanke. »Damit fängt es bei den meisten an. Folgen die harmlosen Spielchen vor der Rennbahn. Hast du schon mal beim Seven Eleven gewonnen?«

»Ich bin keine Spielernatur, das weißt du.«

»Es geht ein eigenartiger und nicht zu unterschätzender Reiz davon aus. Glaub mir das. Und dann wird dir eine Adresse zugeflüstert, wo viel mehr zu holen ist. Roulette oder Ähnliches, dem du nicht widerstehen kannst. Und es ist nicht einmal richtig verboten. Plötzlich ist die schönste Erbschaft futsch, und es existieren Zettelchen mit deiner Unterschrift, und da stehen Summen drauf, die keineswegs harmlos sind und die du mit deinen bei Universal erworbenen Penunzen auch nicht annähernd begleichen kannst.«

»Von mir würden diese Halunken keinen Pfennig bekommen!« Korn brauchte seine Selbstsicherheit nicht zu spielen.

»Sie würden. Verlass dich drauf. Du redest wie ein Blinder von der Farbe. Immerhin haben sie rechtsgültige Schuldscheine gegen dich in der Hand. Und zudem Methoden, um deine Zahlungsmoral zu heben. Oder wärst du interessiert, dass man im Kombinat erfährt, womit du deine Abende verbringst? Niemand hat dich gezwungen, dein vorletztes Exquisit-Hemd zu verspielen.«

Korn, keineswegs überzeugt, wandte ein: »Du vergisst die Gerichte.«

»Solche Probleme werden gewöhnlich nicht auf juristischem Wege gelöst, lass dir das sagen. Richter sind auch heute noch auf einen Kläger angewiesen. Wer sich aufs Spielen einlässt, hofft zwar zu gewinnen, weiß aber, dass er im Ernstfall – also im Normalfall – zahlen muss.«

»Du meinst wirklich, Weidner steckt immer noch in solchen Schwierigkeiten?«

Hannes Rosanke nagte nachdenklich an seiner wulstigen Unterlippe. »Frag mich lieber, wer noch von unserem Zeitvertreib in Mittweida gewusst hat. Dieser Winne beispielsweise. Mit dem hat Weidner oft genug gesoffen.«

»Sandau?«

»Genau der.«

»Der hat ein Jahr vor uns studiert.«
»Na sicher. Von ihm habe ich sämtliche Belegarbeiten und Laborberichte bezogen. Seine Nachklausuren aber hat er mit uns geschrieben. Erinnerst du dich nicht?«
Über Winfried Sandau hatte Korn bisher nicht nachgedacht, wenngleich er sich gewundert hatte, ihn ausgerechnet in der »Nina« zu treffen. War es tatsächlich möglich, dass der von dem Plan wusste? Wieso eigentlich – Plan! Ein Plan war eine auf die Verwirklichung gerichtete Vorarbeit. Zumindest theoretisch. Es hatte sich damals aber lediglich um ein Sandkastenspiel gehandelt.
»Na, meine Lieben! Der Mokka wird ja kalt!« Graubaum tänzelte ins Zimmer. Auf dem Tablett eine gewaltige Kognakglocke, deren Boden kaum bedeckt war, und ein Glas Pampelmusensaft, in dem Eis schwamm. Er setzte sich zu Rosanke und reichte ihm liebevoll den Großraumschwenker. »Einen winzigen Schluck erlaube ich dir.«
Korn guckte verlegen zum Fenster, dessen Konturen er hinter dem kunstvoll gerafften Vorhang nur ahnen konnte. Alles in dem kleinen Raum war auf blaue und violette Farbtöne abgestimmt. Nur das Telefon auf dem Bord über dem Bett war grün mit schwarzen Zifferntasten. Pflaumenblau hatte die Post anscheinend nicht einmal für Leute mit Beziehungen im Angebot.
»Wer von euch war es denn nun?«, erkundigte sich Graubaum munter. »Und wie viel bekomme ich als Mitwisser ab?«
»Ich schätze mindestens fünf Jahre«, entgegnete Korn grob. Das Getue ging ihm auf die Nerven. »Es handelt sich um dreihundertneunzehntausend Mark.«
Hannes Rosanke schnupperte genießerisch an seinem Kognak und trank.

»Durch wie viel?«, fragte er dann.
Korn verstand nicht sofort.
»An so einem Ding müssen mindestens drei, vier, fünf Leute beteiligt sein. Also maximal sechzig- bis achtzigtausend für jeden. Das ist doch keine Summe, für die man ein solches Risiko eingeht!«
Da war Korn anderer Meinung. Es kam wohl auf den Standpunkt an. Rosanke mochte für sechzigtausend Mark zu keinem Verbrechen bereit sein. Wie dachte sein junger Freund darüber?
Und Weidner erst. Oder Sandau. Den hatte er in den letzten Jahren beinahe völlig aus den Augen verloren, obwohl er ihn fast täglich sah. Oder übersah. Sandau war ihm von jeher unsympathisch gewesen, mit seinem feuchten Händedruck und seiner gewollt lässigen Ausdrucksweise. Bei den Frauen waren seine schlüpfrigen Komplimente berüchtigt. In Korns Augen war Sandau einfach ein unerträglicher Quatschkopf, der nichts lieber tat, als seinen Vorgesetzten durch sein widerborstiges Phlegma zu provozieren. Außerdem ein Dünnbrettbohrer auf seinem Fachgebiet. Korn hütete sich, da einzugreifen, solange sich der zuständige Gruppeningenieur nicht beschwerte. Hatte sich dieser Hang, nur noch das zu bemerken, was er bemerken wollte, wirklich erst allmählich in ihm ausgeprägt? Verdrängung nannten die Psychologen so etwas.
Eine Berufsgruppe, die Korn ebenso wenig mochte wie Leute von Sandaus Art.
Vielleicht hätte in der gegenwärtigen Situation ein bisschen psychologisches Einfühlungsvermögen genützt. Homosexuelle kamen bei der Weiterbildung für Leitungskader nicht vor. Blieb wieder einmal nur der direkte Weg.

»Sandau hat gestern Abend in deiner Bar auf dich gewartet.«
»Dieser Schluckspecht!« Rosanke verzog das Gesicht. »Alle naselang taucht der auf und markiert den alten Kumpel. Ich bin schon mal recht deutlich geworden.«
»Der Schwammige mit den grauen Haaren und der Brille? Der so tut, als würde er jeden kennen?«, fragte Graubaum.
»Er saß ganz rechts an der Bar, als ich ging«, sagte Korn.
»Der hat erzählt, wie der Überfall abgelaufen ist. Die Kerle sollen als Verkehrskontrolle getarnt gewesen sein und den Fahrer mit einem Spray betäubt haben.«
Korn und Rosanke sahen sich an. »Wir treffen uns alle in der Keibelstraße wieder, Siggi«, sagte Rosanke. Es klang nicht mehr heiter. »Erzähl mal weiter, Bernd.«
»Weiter nichts. Bald darauf kam ein besonders unauffälliger Mensch rein und setzte sich zu ihm, ohne etwas zu bestellen. Sie redeten ein bisschen miteinander, bevor sie gingen. In gegenseitigem Einvernehmen, wie das so heißt.«
»War der andere ein Blonder mit auffallend hellen Augen?«, wollte Korn wissen. »Oder ein Skiläufertyp mit schwarzem Haar?«
»Bedaure«, antwortete Graubaum schnippisch und nahm Rosanke den leeren Kognakschwenker aus der Hand. »Wie konnte ich denn ahnen, dass ihr mit einer so heißen Sache zu tun habt.«
»Gieß mir noch einen ein«, sagte Rosanke.
»Keinen Kaffee und keinen Alkohol«, mahnte Graubaum altklug. Unwirsch schlug Rosanke die Bettdecke zurück. »Dann muss ich eben aufstehen.«
»Gib her.« Beleidigt wollte sein Freund von dannen ziehen. Rosanke hielt ihn zurück. »Weshalb hast du diese Geschichte mit keinem Wort erwähnt?«

»Elsa, diese Plaudertasche, hätte dich am liebsten sofort angerufen. Ich bestand darauf, dass du deine Ruhe haben musst.« Er ging zur Tür. »Außerdem verschweigst du mir ja auch so allerlei.« Und raus war er.

»Schlimmer als verheiratet«, sagte Rosanke. Es sollte wohl lustig klingen. »Und du bist immer noch in den festen Händen deiner Regina?«

Darauf hätte Korn gerne etwas Schlagfertiges erwidert.

»Wir sind beide nicht von irgendwelchen Moden abhängig«, war das Beste, was ihm einfiel.

Rosanke reagierte nicht auf die Ironie. Nachdenklich sagte er: »Christa ist trotz allem ein Pfundskerl geblieben. Sie hat alles mit Fassung getragen, was ich ihr zugemutet habe.«

»Sie sieht gut aus«, sagte Korn herausfordernd.

Rosanke schien sich nicht zu wundern.

»Ich komme nämlich gerade von ihr.«

Nicht einmal das regte Rosanke auf. »Du gibst dir ganz schöne Mühe«, war alles, was er bemerkte. »Wieso habe ich die Ehre, der Letzte zu sein, den du aushorchst?«

»Du hast dich gut versteckt. Woher wusste denn Ulf, wo du zu erreichen bist?«

Rosanke bedachte ihn mit einem nachsichtigen Lächeln. »Wir waren immer mal in Verbindung. Das hat dir Christa doch bestimmt erzählt. Na, und was da sonst noch läuft, wirst du im Laufe der Jahre selbst begriffen haben.«

Korn, der nicht im Mindesten ahnte, was es da zu begreifen geben sollte, wollte nicht durch plumpe Fragen auffallen. Also nickte er wissend.

»Wie das so geht. Er vom Ehrgeiz zerfressen und das alles am Halse und die Frau seit Jahren schwer magenleidend ... Hältst du es für wahrscheinlich, dass er es war?«

Die Frage verwirrte Korn. »Ulf? Meinst du ernsthaft, er hätte Aktionen dieser Art nötig? Du solltest dich erinnern, dass für ihn schon damals andere Dinge wichtiger waren als Geld. Mensch, der schwebt inzwischen in Regionen, die ich nie erreichen werde. Und du mit deiner Kneipe auch nicht!«
Melancholisch wandte Rosanke den Blick seinem jungen Freund zu, der mit dem Kognakschwenker in der Hand hereinkam.
»Na, wenn du meinst, Siggi … Du scheinst uns ja alle voll zu durchschauen.«
Das klang so herablassend, dass Korn augenblicklich übel wurde vor Zorn. Rosanke nahm ihn nicht ernst. Er hatte nie jemanden ernst genommen. Nur sich selber. Behäbig lag er da wie ein Faun und ließ sich bedienen, griff lässig nach dem Kognakschwenker, den Graubaum diesmal fast zu einem Drittel gefüllt hatte.
Rosanke war ein Armleuchter. Korn bereute es jetzt zutiefst, als Zuschauer dieses peinlichen Schauspiels hier erschienen zu sein. Er stand auf, blickte auf Rosanke hinunter und sagte frostig: »Falls es dich beruhigt: Ulf verfügt über ein einwandfreies Alibi.«
Rosanke betrachtete ihn freundlich über den Rand seines Glases hinweg. »Du hast das wirkliche Leben nie begriffen, Siggi. Kommst hier angedackelt und glaubst, ich fange an zu zittern, weil ich dreihundert Riesen im Strumpf habe; abgestaubt nach einem Plan, den außer mir ein Dutzend Leute kennen. Ach Siegfried … « Er ließ einen Schluck Kognak auf der Zunge zerrinnen. »Du bist ein solches Schaf geblieben, dass du nicht einmal für Dettenbergs Posten taugst. Und das will was heißen. Von den richtigen Geschäften ganz zu schweigen.«

»Entschuldige, dass ich gewagt habe, dich zu belästigen«, sagte Korn steif und wandte sich zum Gehen. Graubaum hatte um den Mund einen Zug, der ihm nicht gefiel. »Du bist ja in bester Gesellschaft. Angenehmen Abend noch. Und gute Besserung.«

Hinter ihm gab Rosanke ein Geräusch von sich, als habe er sich an seinem Kognak verschluckt. Er lachte. »Setz dich wieder und lass uns vernünftig miteinander reden! Habe ich dir etwa übel genommen, dass du ausgerechnet mich verdächtigst? Na also!«

»Gehörte der junge Mann heute Vormittag nicht auch zu deinen alten Freunden aus diesem Betrieb?«, erkundigte sich Graubaum. »Was hattest du so Wichtiges mit ihm zu bereden?«

Behutsam setzte sich Korn wieder auf den Hocker, wenn auch nur auf die Kante. Was Graubaum so scheinheilig dahinplauderte, klang überaus interessant. Und es schien Rosanke wenig zu behagen. Keine Spur mehr von Influenza-Blässe; sein Gesicht färbte sich rosarot, im Farbton nicht ganz zum Laken passend.

»Wie schön, dass nur Elsa so ein Plappermaul ist!«, meinte er sarkastisch. »Also gut. Weidner war hier. Warum auch nicht.«

»Das denke ich auch«, bemerkte Graubaum naseweis. »Wir haben ein reines Gewissen. Ich spiele hier seit drei Tagen die Krankenschwester, denn Hannes hat fest gelegen.«

Diesmal griente Korn. »Kein sehr überzeugendes Alibi.«

»Wann haben die das Ding gedreht?«, fragte Graubaum in aller Unschuld. – Oder war die gespielt?

»Gestern früh zwischen neun und halb zehn etwa. Um diese Zeit kommt der Wagen gewöhnlich von der Bank zurück.«

Bernd Graubaum lächelte triumphierend. »Glück gehabt, Schatz. Um zehn war deine Ärztin hier.«
»Es war beinahe halb elf, und mein Blutdruck war viel zu hoch. Außerdem kamst du gerade erst mit dem Wagen zurück.«
»Na, wo du meinen Wagen gelassen hast, weißt du selbst am besten. Was wollte denn nun dieser Weidner?«
Was Rosanke jetzt auch immer sagen würde – die Wahrheit bestimmt nicht. Korn wartete dennoch gespannt.
»Es ging um Geld. Worum sonst. Viele erinnern sich plötzlich ihrer alten Freunde, wenn sie welches brauchen. Ich habe Weidner vor einiger Zeit eine größere Summe geliehen, damit er seine ärgsten Schulden begleichen konnte. Ich mag so etwas nicht, wollte ihm aber helfen. Er hat es pünktlich abgezahlt.«
»Oder gelegentlich etwas abgearbeitet«, warf Graubaum ein.
»Das auch.« Rosanke war ärgerlich. »Jedenfalls möchte er nicht, dass diese Angelegenheit irgendwo erwähnt wird; was wohl zu verstehen ist. Weidner hat so wenig mit der Sache zu tun wie du und ich.«
Korn nickte. »Bleibt das Problem, einen gewissen Major Fiebig von unserer Unschuld zu überzeugen.«
Rosanke, die Arme und die manikürten Hände vor sich auf der Bettdecke ausgestreckt, sah ihn an wie der Sphinx persönlich. Irgendwo hatte Korn gelesen, dieses Wüstenwunder sei ursprünglich männlichen Geschlechts gewesen.
»Muss der überhaupt etwas von unserem Studentenleben erfahren?«
Korn war um eine Antwort verlegen.
»Junge, wenn ich an der Sache beteiligt gewesen wäre, hätte

ich ein wasserdichtes Alibi!«, sagte Rosanke eindringlich. »Davon bin ich überzeugt«, entgegnete Korn, stand auf und verabschiedete sich. Diesmal endgültig. Sein Gefühl hatte ihn nicht getrogen. Hannes war ihm schon vor zwanzig Jahren überlegen gewesen.
Wahrscheinlich ist deshalb kein staatlicher Leiter aus ihm geworden, dachte Korn mit einem Anflug von Galgenhumor.

17

Die Befragung des Ingenieurs Gebhardt und die langwierige Klärung seines Umfeldes hatten Zeit gekostet, viel Zeit. Die verheißungsvolle Spur, die von Knaack über ihn direkt zum Betriebsteil IV zu führen schien, hatte sich jedoch als das erwiesen, was Wischnewski lakonisch als »Beutelstraße« bezeichnete: »auch Sackgasse genannt.«
Zabel guckte unwirsch. Peter Fiebig war ebenfalls nicht nach Scherzen zumute. Es sah ganz so aus, als sei der Lada zufällig gestohlen worden, während Knaack seine gut bezahlte Arbeitszeit unter dem Renoir-Druck in Gebhardts Schlafzimmer verbracht hatte. Gebhardt selber hatte in dieser Zeit eine Sitzung der Neuererbrigade geleitet. Er war ein nüchterner, bedachtsamer Mann, der sich das Interesse der K für seine Person und für seine Familienverhältnisse zwar nicht erklären konnte, aber dennoch willig jede Frage beantwortete.
Zufällig gestohlen! Das gefiel Fiebig nicht. Kannte jemand Knaacks Gewohnheit, ab und an vormittags auf ein Stündchen bei Irene Gebhardt aufzukreuzen? Hatte ihn jemand beobachtet und dann das Auto entwendet? Knaack war fel-

senfest überzeugt, dass niemand von seinem Besuch etwas geahnt hatte.
Es war kurz nach 16 Uhr. Für Fiebig galt es schnellstens festzulegen, wer von den Mitarbeitern im Betriebsteil IV sich noch länger zur Verfügung zu halten hatte. Seit dem Raub waren mehr als dreißig Stunden vergangen. Fiebig hatte allen Grund, unzufrieden zu sein. Weder über die Fahrzeuginsassen noch über andere Betriebsangehörige hatten sich bemerkenswerte Erkenntnisse ergeben. Vor einer Stunde war Weidners musealer Trabant in einer Nebenstraße am Bahnhof Lichtenberg gefunden worden. Von Gerd Weidner fehlte noch immer jede Spur. Das war jetzt das Hauptproblem, dem sich Zabel widmete.
Fiebig erwartete jeden Augenblick Adelheid Wagenknecht, mit der er bereits vor vier Stunden verabredet gewesen war. Dementsprechend war ihre Laune. Sie schloss geräuschvoll die Tür zu Korns Zimmer und blaffte: »Die Polizei hat offenbar vor, das Chaos hier noch ein bisschen zu steigern!«
»Setzen Sie sich bitte, Frau Wagenknecht«, entgegnete Fiebig freundlich. »Es tut mir leid, dass es so spät geworden ist. Bei den Kriminalisten geht es mitunter nicht ganz planmäßig zu, wie Sie merken. Man muss sich an eine gewisse operative Arbeitsweise gewöhnen.«
»Na, was denken Sie, was ich hier den ganzen Tag machen muss«, sagte Adelheid Wagenknecht überraschend friedfertig. »Darf ich wenigstens rauchen?«
Fiebig fasste in die Tasche und bot ihr seine eigene Packung an. Sie nahm eine Zigarette. »Ich dachte, so was tun Sie nur, um geständige Täter bei guter Laune zu halten.«
Er hielt ihr sein Feuerzeug hin. »Hätten Sie denn etwas zu gestehen?«, fragte er im gleichen Ton wie sie.

»Hören Sie bloß mit dieser Scheiß-Jahresendprämie auf! Ich hatte genug mit dem Ausrechnen zu tun. Da werde ich sie nicht auch noch klauen.«
»Das nimmt niemand an, Frau Wagenknecht … «
»Und weshalb kramen Sie dann in meinen Privatangelegenheiten herum? Glauben Sie vielleicht, Gernot Rudolf und ich haben uns zu einer Gang von Werktätigen im höheren Lebensalter zusammengetan, um es dem Hadank mal so richtig zu zeigen? Verdient hätte er es! Die Vorschriften über den Geldtransport sind nicht die einzigen, die hier nicht strikt eingehalten werden. Nach solchen Dingen fragt anscheinend kein Bericht für das Ministerium. Und nur die zählen bei unserer Obrigkeit.«
Sie sprach in gleichbleibend ärgerlichem Tonfall, und es war schwer zu sagen, ob sie sich wirklich aufregte. Ein ideales Modell für eine Bronzestatue: Die große Beleidigte, dachte Fiebig.
»Frau Wagenknecht, das Problem besteht darin, dass ursprünglich nur Sie und der Bereichsleiter Korn von dem veränderten Zahlungstermin gewusst haben. Da die Täter es offensichtlich auf die für RIF fällige Jahresendprämie abgesehen hatten, müssen sie also über den neuen Termin informiert gewesen sein.«
Ihr Gesicht blieb ausdruckslos.
»Verstehen wir uns, Frau Wagenknecht?«
»Ich bin ja nicht blöd!«, grollte sie. »Meine Gedanken kreisen wie ein Hamster im Laufrad.«
Fiebig ließ ihr Zeit und kontrollierte sicherheitshalber das Aufnahmegerät. Adelheid sog nachdenklich an ihrer Zigarette. »Ich will nichts von mir abwälzen«, sagte sie endlich. »Haben Sie den Siegfried Korn richtig ausgequetscht? Der

hat ein Gedächtnis wie ein Sieb, was solche Dinge angeht. Ich kann ein Lied davon singen. Und er quatscht mit jedem rum, der ihm über den Weg läuft, wenn es nicht gerade Androsch ist. Er hat so einen Flitz, er könne als hochnäsig gelten. Also redet er mit Gott und der Welt über dieses und jenes. Weshalb nicht über den Zahlungstermin? Vertraulichkeit war nicht angesagt und auch gar nicht notwendig. Freudige Ereignisse sprechen sich nur ein bisschen langsamer herum als die üblichen. Aus dem Zahlungstermin der Jahresendprämie ist jedenfalls noch nie ein Geheimnis gemacht worden.«

»Und doch haben Sie ausgesagt, es sei für Sie selbstverständlich gewesen, mit niemandem darüber zu sprechen.«

»Das gilt für alle betrieblichen Angelegenheiten. Wo kämen wir denn da hin, wenn ich auch noch alles herumerzähle! Sie können Gernot von Ihrer Checkliste streichen. Wenn er es gewusst hat, dann jedenfalls nicht von mir.«

Fiebig hegte keinen Zweifel, dass sie die Wahrheit sprach. Dennoch konnte sie die Schlüsselfigur sein. Sie – oder Korn. Wahrscheinlich war es ein Fehler gewesen, dem so wenig Aufmerksamkeit zu schenken.

»Wie sieht es mit Sandau aus? Könnte der den Termin erfahren haben?«

Ihr bronzener Teint wurde noch einen Schein dunkler. Über ihrer Adlernase stand eine senkrechte Falte, und ohne unter dem forschenden Blick des Majors auch nur mit einer Wimper zu zucken, fuhr sie ihn an: »Ich weigere mich entschieden, hier rein private Angelegenheiten breitzutreten, die zehn und mehr Jahre zurückliegen!«

»Frau Wagenknecht, es geht mir doch nicht um Ihre persönlichen Beziehungen oder Nichtbeziehungen zu Herrn

Sandau. Er gehört nun einmal zu dem Personenkreis, der uns besonders interessiert.«

»Deswegen?«, fragte sie in normalem Tonfall und hob die Linke, als hielte sie ein Glas. »Um das zu finanzieren, braucht der sich nicht auf einen Raub einzulassen. Er hat bis jetzt immer eine gefunden, die für ihn zahlt.«

»Wie ist denn das Verhältnis zwischen Sandau und Korn?«

»Verhältnis?« Sie dachte nach. »Sie haben überhaupt keins, würde ich sagen. Aber da Sie mich danach fragen, fällt mir auf, dass die beiden sich aus dem Weg gehen. So sieht das jedenfalls für mich aus.«

»Und Weidner? Geht Korn dem auch aus dem Weg?«

Sie schwieg. Dann sagte sie: »Jetzt dämmert's mir allmählich! Sandau, dieses Aalauge, hat euch da was gesteckt. Ich erinnere mich, er hat schon damals gerne damit renommiert. Und inzwischen hat er es höchstens zwei- oder dreitausend Leuten in der Kneipe erzählt.«

»Frau Wagenknecht«, bat Fiebig mit dem ganzen Charme, den er aufzubringen vermochte, »erzählen Sie mir die Geschichte trotzdem.«

»Dass die in ihrer Studentenzeit darüber schwadroniert haben, wie leicht das Auto mit dem Geld zu überfallen ist? So etwas kann sich nur in Sandaus Suffkopp alkoholkonserviert haben. Alle anderen haben das längst vergessen, davon bin ich überzeugt. Fragen Sie mal Korn danach. Der wird gar nicht wissen, wovon Sie sprechen.«

»Das werde ich ganz bestimmt tun«, sagte Fiebig und schielte nach der Kassette im Gerät. Dass Weidner ein Fernstudium abgebrochen hatte, wusste er aus der Personalakte. Auf den Zusammenhang mit Sandau und Korn war bisher niemand gestoßen.

So haarsträubend die Angelegenheit auch klang, sie ließ sich nicht einfach übergehen. Drei Namen waren da genannt, die bereits in anderem Zusammenhang aufgefallen waren. Von Adelheid Wagenknecht mit deutlichem Unmut beobachtet, wechselte er die Kassette.

»Also, Korn, Weidner und Sandau haben damals die Möglichkeit eines Geldraubes in Erwägung gezogen.«

»Machen Sie sich nicht lächerlich!«, fuhr die Frau ihn an. »Das ist ein halbes Menschenleben her! Und außerdem war das eine ganze Truppe. Fernstudium war damals große Mode.«

»Wer aus dieser Gruppe ist denn noch im Betrieb tätig?«

»Was weiß ich. Damals war ich noch bei Arbeit und Löhne und habe selbst studiert. Einer hat inzwischen am Prenzelberg eine zwielichtige Destille eröffnet, und ein anderer sitzt mit dem Feuerhaken in der Hand im obersten Leitungsbereich.«

»Mit dem Feuerhaken?«, erkundigte sich der Major mit professioneller Wissbegier.

»Um den Papierkrieg zu schüren! Überprüfen Sie mal, was wir denen da oben monatlich an Statistik und Maßnahmeplänen und wissenschaftlich verbrämtem Schnickschnack liefern müssen! Das sind die wirklichen Probleme hier und nicht die lumpigen dreihunderttausend Mark. Entschuldigen Sie.« Sie merkte selbst, dass sie zu weit gegangen war, und gab ihrem rauen Ton einen Schimmer von Verbindlichkeit. »Wenn man täglich mit den Planzahlen und Investsummen zu tun hat, sind dreihunderttausend Mark wirklich nicht viel Geld. Bar und noch dazu auf einen Hieb geklaut, ist das natürlich etwas anderes. Vor allem für Sie.«

Darauf ging Fiebig nicht ein. »Erzählen Sie mir noch etwas

über diese ehemaligen Studenten.« Sie schüttelte den Kopf. »Lieber nicht. Wenn man einunddreißig Jahre im Kombinat arbeitet, weiß man über jeden etwas. Und man glaubt immer, die anderen wüssten nichts über einen selber.«

Wie Fiebig es auch anging, mehr war aus Adelheid Wagenknecht nicht herauszuholen. Nicht über Sandau und Weidner und schon gar nicht über Korn.

»Lassen Sie den Siggi um Gottes willen in Ruhe seinen Urlaub machen. Der wird hier früh genug wieder durch die Mühle gedreht!«

»Sie selbst haben mir geraten, ihn gehörig auszuquetschen. Mir wird nichts anderes übrig bleiben, als mich an diesen Ratschlag zu halten.«

Eine steile Falte kerbte ihre Stirn. »Vielleicht ist das gar nicht nötig…«, sagte sie. »Mir ist nämlich etwas eingefallen.« Geduldig wartete Fiebig.

»Das mit dem Dienstag-Termin habe ich dem Albrecht selber mitgeteilt. Niemand war dabei. Aber pingelig, wie der ist, hat er mich nachmittags noch einmal wegen der Stückelung gemahnt; also wie viel Hunderter und Zehner und so weiter. Und während ich mit ihm telefonierte, kam jemand ins Zimmer… Ich habe so etwas gesagt wie: Bis Dienstag werden die auf der Bank ihre Scheine wohl sortiert kriegen, und habe mir dann wieder mal Albrechts Sermon anhören müssen, was nie unter zehn Minuten abgeht. Sie hat mir indessen die grünen Ungeheuer hingelegt.«

»Wer?«, fragte Fiebig. Die grünen Ungeheuer ließen sich später klären.

Adelheid blickte demonstrativ zur Tür. »Hat sie Ihnen das nicht erzählt? Das muss am Donnerstag gewesen sein. Ich habe die Aussonderungsbelege am Freitag in die Post getan.«

»Sie meinen also, Frau Landgraf hat durch Sie von der Terminänderung erfahren.«
»Ja!«, sagte Adelheid Wagenknecht ungeduldig. »Habe ich mich irgendwie nicht klar ausgedrückt?«
»Und das ist Ihnen erst jetzt eingefallen?«
»Sie haben gefragt und gefragt und mich ja überhaupt nicht nachdenken lassen.« Immerhin schien sie ihm zu verzeihen. »Auf Cordula haben Sie mich dennoch gebracht. Sie hat mich damals mit Sandau im Wörlitzer Park gesehen. Aber sie war auch in Begleitung.«
»Und mit wem war sie in Wörlitz?«
»Danach müssen Sie sie schon selber fragen. Sie hatte ja die Auswahl. Verrückt waren die alle nach ihr, und das wusste sie. Sie wurde dann ja auch bald Mutter.«
»War sie mit Korn in Wörlitz?«, fragte Fiebig aufs Geratewohl.
Adelheid lachte rau. »Sie schätzen ihn ganz falsch ein. Das hätte sich der Siggi nie getraut.« Sie guckte auf ihre Armbanduhr. »Um sieben fängt meine Gymnastik an. Sind Sie jetzt mit mir fertig?«
»Vorerst ja«, sagte Fiebig. »Nur das Protokoll … «
Adelheid Wagenknecht schnaufte hörbar.

18

Der Gedanke, einen kleinen Umweg zu fahren, kam Korn noch vor Rosankes Haustür. Oder vielmehr vor Graubaums, als er über die günstigste Fahrtroute nach Hause nachdachte. Dort klingelte sich wahrscheinlich inzwischen das Telefon heiser. Oder der Major wartete persönlich auf ihn. Die Vorstellung, diesen hellen, wachsamen Augen ausgesetzt zu sein, ohne selbst genau zu wissen, was sich da eigentlich seit gestern früh abgespielt hatte, bereitete ihm Unbehagen. Er war es gewohnt, sich vor jedem wichtigen Gespräch einen gewissen Informationsvorlauf zu verschaffen. Erfolge in der Praxis hatten die Zweckmäßigkeit dieser Methode bestätigt. Überdies musste der Major annehmen, dass er inzwischen mit Hinz und Kunz oder wenigstens mit Hadank und Androsch telefoniert hatte, um etwas über den Stand der Angelegenheit in Erfahrung zu bringen. Nur für einen Augenblick verspürte Korn ein schlechtes Gewissen, weil er das nicht getan hatte und stattdessen in der Republik herumgefahren war, einer dubiosen Ahnung folgend, was nichts weiter erbracht hatte, als dass er nun über Rosankes veränderten Sexualhabitus informiert war.

Früher hatten sie über die gleichen Witze gelacht und in Mittweida nebeneinander in Ehebetten geschlafen, ohne dass ihm an Hannes jemals eine besondere Neigung aufgefallen war. Der Gedanke daran entlockte ihm jetzt unwillkürlich ein Grienen.

Der Major würde sich gut ausnehmen in Graubaums pflaumenblauem Schlafzimmer. Und lange konnte es nicht mehr dauern, bis er dort auftauchte. Denn wenn auch Weidner – aus nahe liegenden Gründen – sich hüten würde zu plaudern, dann war da immer noch Sandau, der sich gerne wichtig tat. Falls der wirklich etwas wusste. Und er selbst würde sich Fiebigs bohrende Frage gefallen lassen müssen: Weshalb haben Sie diese Angelegenheit verschwiegen, Korn? Eine Erklärung musste ebenso umständlich wie unwahrscheinlich klingen. Die schob er also besser noch auf.

Korn startete den Wartburg und fuhr in nördlicher Richtung auf die Invalidenstraße zu. Er kannte sich nicht gut aus in diesem Teil der Stadt, und es herrschte bereits reger Feierabendverkehr, der seine Aufmerksamkeit forderte. Dennoch ging ihm im Kopf die Frage herum, von wem er erfahren konnte, was seit gestern bei RIF tatsächlich los war? Von Androsch gewiss ebenso wenig wie von Hadank. Die saßen vermutlich als permanent tagender Krisenstab in Undanks Büro beisammen und vermissten ihn. Und Adelheid hatte der Major dieser dämlichen Terminänderung wegen im Visier.

Scherbarth fiel ihm ein. Dessen Adresse kannte er nicht. Er konnte schließlich nicht Weidner auf die Bude rücken. Oder Sandau. Der hockte in diesem Augenblick womöglich vor Fiebig und erklärte dem, was er von einem Leiter wie Korn hielt. Oder sie hatten Weidner schon wieder in der Mangel.

Die Sache stank. Irgendwie musste herauszukriegen sein, wer es auf das Geld abgesehen hatte. Sosehr der Gedanke auch schmerzte: Der Schlüssel für den Raubüberfall konnte nur bei RIF liegen; nicht bei Graubaum oder Rosanke. Oder bei Ulf Dettenberg. Den Morgenbesuch hätte er sich schenken können. Eine Schnapsidee, Ulf mit einer solchen Räuberpistole zu überfallen. Kein Wunder, dass der sich beunruhigt fühlte.

Und dann kam ihm Cordula Landgraf in den Sinn. Die Sekretärinnen sind die wahre Macht in jedem funktionierenden Betrieb. Diese unstrittige Weisheit stammte wahrscheinlich noch aus Rosankes Repertoire. Die guten Leiter und Ingenieure versuchen lediglich, die lästigen Details des Produktionsprozesses zu regeln. Die schlechten pfuschen den Sekretärinnen ins organisatorische Handwerk und ziehen sich deren Zorn zu. Aus einem Androsch konnte schon deshalb nie etwas Gescheites werden.

Das Haus, in dem Cordula Landgraf wohnte, fand Korn wieder, obwohl eine Haustür in der Straßenzeile aussah wie die andere und es bereits dunkelte. Zwei-, dreimal war er bei ihr gewesen, um dringende Arbeiten zu bringen oder abzuholen, wenn Cordulas Tochter krank war. Das lag Jahre zurück. Und vor beinahe ebenso langer Zeit, nach einem Kollektiv-Abend in einer Pankower Schwesterrestauration der »Nina«, hatte er vor dieser Haustür ein halbes Stündchen mit Cordula gestanden und sich schließlich mit einem züchtigen Wangenkuss von ihr verabschiedet.

Er mochte sie, das gab er unumwunden zu. Nur hatte ihn noch nie jemand danach gefragt. Seltsamerweise nicht einmal Regina, die früher gelegentlich Regungen von Eifersucht gezeigt hatte.

Cordula schien gerade gebadet oder geduscht zu haben. Ihr Teint sah noch rosiger aus als sonst, und sie trug einen weiten Bademantel, den sie erst im Zimmer zuband. Über den Sessel verstreut lagen ihr Pullover und ihre Unterwäsche. Auf der breiten Liege war das Bettzeug in eine Decke gerollt, davor ein Stapel Wäsche, die Cordula anscheinend von der Leine genommen hatte.

»Entschuldige bitte, wie es hier aussieht. Ich bin nämlich

allein. Ulrike ist noch im Schwimmlager.« Sie räumte den Sessel frei und entfernte unauffällig ein halb geleertes Glas Rotwein vom Tisch. Korn fühlte sich wie ein Voyeur.

Die Abwesenheit der Tochter irritierte ihn. Er kannte Ulrike: ein langbeiniges und wenig anmutiges Kind, das alljährlich bei der Maidemonstration still neben Cordula hertrottete. An der Wand über der Liege war sie in allen Lebenslagen und Lebensaltern zu besichtigen. Aus einem Porträt blickten ihn Cordulas wache Augen an. So schien es ihm jedenfalls. Ein vertrautes Gesicht. Dabei war Ulrike kurzhaarig und blond. Und ihre Lippen besaßen einen anderen Schwung als die ihrer Mutter. Über den Vater gab es damals mancherlei Gerüchte.

Korn forschte unter den Bildern an der Wand nach einer männlichen Person, entdeckte aber nur Cordula in einem knappen Badeanzug und ein älteres Ehepaar zusammen mit Ulrike. Die Großeltern wahrscheinlich.

»Mach es dir bequem«, sagte Cordula. Korn fühlte sich ertappt.

Sie duzten sich seit langem. Er hatte sie schon in ihrer Lehrzeit gekannt, und da war es ihm so wenig wie den anderen eingefallen, sie Fräulein Landgraf zu nennen. Als sie die Planstelle bei RIF übernommen hatte, bot er ihr sofort das Du an, ohne auf die übliche Brüderschaftsmasche bei der nächsten Kollektivfete zu warten.

Sie war schon ein patentes Mädel, die Cordula. Nahm die Dinge so selbstverständlich, wie sie kamen; war ordentlich und ungeheuer zuverlässig, ab und zu mal beleidigt, meistens jedoch freundlich und aufgeschlossen, solange es nicht galt, unerwünschte Besucher abzuschrecken oder für mehr als drei Gäste Kaffee zu kochen.

»Ich brühe dir erst einmal einen Kaffee«, sagte sie und verstand natürlich nicht, weshalb er lachte.
»Ich habe gerade einen Mokka getrunken. Erinnerst du dich an Rosanke? Hannes Rosanke?«
»Dunkel«, sagte sie.
»Sein Verlobter hat mir einen echten Mokka serviert. Er ist gelernter Kellner.«
»Was wolltest du bei Rosanke? Hat der nicht irgend so eine Bar?«
»Das ist eine lange Geschichte ... «
»Kann ich dir gar nichts anbieten? Vielleicht einen Juice?«
»Oransch«, sagte Korn und lachte wieder. »Nein, nein. Wenn du mir durchaus etwas anbieten willst, dann eine Scheibe Schwarzbrot, bitte. Ohne Butter. Einfach nur Brot.«
»Bist du neuerdings Diabetiker?«
»Ich habe vor abzunehmen.«
Sie musterte ihn kritisch. »Du siehst schlecht aus«, stellte sie fest. »Du rauchst zu viel. Das ist dein Problem.«
In diesem Ton sprach sie im Betrieb niemals zu ihm. Korn sagte stolz: »Ich rauche gar nicht mehr.«
Sie würdigte es nicht recht, weil das Telefon läutete.
»Ja?«, meldete sie sich, und Korn fiel wieder einmal auf, wie angenehm ihre Stimme klang. Ein Versprechen schien darin mitzuschwingen. Für wen?
Ihr Gesprächspartner redete lange auf sie ein. Sie setzte sich auf die Kante der Liege. Ihr Gesichtsausdruck veränderte sich nicht. Sie hörte zu, die kleine Hand fest um die Hörkapsel geschlossen.
Korn machte Anstalten, das Zimmer zu verlassen. Sie hob die Augenbrauen und schüttelte leicht den Kopf.
»Ich muss nach meinem Badewasser gucken«, sagte sie.

»Dann also heute nicht.«
Die Stimme im Hörer drang bis an Korns Ohr.
»Nein, nein. Natürlich habe ich Verständnis«, sagte Cordula.
Wieder eine heftige und unverständliche Lautattacke.
»Tschüs denn. Ich warte auf deinen Anruf.«
Das klang nicht mehr nach zärtlichem Versprechen. Sie legte auf und sah Korn fröhlich an. »Meine Freundin. Sie wollte heute Abend kommen. Hat mal wieder eine Ausrede.«
Korn lächelte verlegen. Er war sicher, eine Männerstimme erkannt zu haben. Doch das ging ihn überhaupt nichts an.
»Ich werde dich nicht länger stören«, sagte er.
»Wie kommst du darauf? Erzähle mal, was los ist.«
»Das würde ich gern von dir erfahren. Deshalb bin ich hier.«
»Weil unsere Jahresendprämie verschwunden ist, fängst du plötzlich an zu hungern und gewöhnst dir das Rauchen ab? Ich sehe da keinen Zusammenhang.«
Sie hatte also aufgepasst wie immer.
»Es besteht auch keiner. Ich hatte mich gerade zu einer gesunden Lebensweise durchgerungen, als mich die Freudenbotschaft erreichte.«
»Na ja. Andere renovieren die Wohnung oder gehen fremd, während ihre Frauen zur Kur sind. Du bereitest ihr eben diese Überraschung.«
Sie kannte ihn lange genug, um zu wissen, dass er seiner Frau nichts über seine Absichten mitgeteilt hatte. Er liebte Überraschungen. Selbst die Aktivistenvorschläge galten bei RIF bis zum Tage der Auszeichnung als vertrauliche Dienstsache.
Sie erhob sich, um ihm die Scheibe Brot zu holen. »Möchtest du nicht wenigstens ein Glas Rotwein dazu? Oder bist du auch Antialkoholiker geworden?«

»Ich bin mit dem Wagen …«, sagte Korn matt.
Sie zuckte die Schultern. »Na, wenn du es so eilig hast …«
Die Gelassenheit, mit der sie einen ungebetenen Gast behandelte, der noch dazu ihr Chef war, beeindruckte Korn.
»Nur einen winzigen Schluck«, rief er ihr hinterher. Er hatte es ja wirklich nicht eilig.
Sie brachte ihm den Wein in einem geschliffenen Römer.
»Auf den seltenen Besuch«, sagte sie und hob ihr Glas, das sie aufgefüllt hatte. »Da muss erst die Jahresendprämie flöten gehen, bevor du dich mal wieder hierher wagst.«
»Meine war ja schon flöten«, sagte Korn und stieß vorsichtig mit ihr an.
Sie verhielt sich so ganz anders, als er es erwartet hatte.
Er aß die Scheibe Vollkornbrot und trank einen kleinen Schluck Wein. Das passte gut zueinander.
»Erzähle mal, was eigentlich passiert ist«, bat er.
»Hast du nicht mit Hadank gesprochen?«
Er schüttelte den Kopf.
»Gratuliere. Du scheinst dich ernsthaft zu ändern.«
Ihr Bericht fiel kurz aus. Etwas Neues erfuhr Korn nicht.
»Sie haben alle in Verdacht, die zwischen acht und zehn nicht im Betrieb waren«, endete sie. »Ich gehöre auch dazu.«
»Ich auch«, sagte Korn. »Hoffentlich beobachtet mich niemand.«
Cordula trank einen Schluck Wein und sagte dann: »Die konzentrieren sich anscheinend auf Sandau und Weidner. Zum Schluss hatten sie heute Adelheid vor. Und mittags den alten Rudolf, falls dir der Zusammenhang etwas sagt.«
»Womit du wieder einmal recht behalten hast.« Cordula hatte vor Monaten mit einer spitzen Bemerkung anklingen lassen, dass zwischen den beiden etwas sei. »Dennoch ist

das eine abstruse Idee: Rudolf als Straßenräuber! Den bläst doch der Fahrtwind um.«
»Vielleicht hat denen jemand erzählt, dass Rudolf beim Pferderennen ziemlich hoch verloren hat.«
Wieder einmal war Korn überrascht, wie viel Cordula über die Kollegen wusste.
»Das war doch damals eine ganze Korona ... «, sagte er, und ihm fiel ein, dass zu dieser Korona einstmals auch Weidner gehört hatte. Und Rosanke, wenn auch nicht als Verlierer. Sogar Dettenberg. Korn erinnerte sich an den einzigen gemeinsamen Besuch in Hoppegarten. Das Idiom der Wettlustigen war ihm eine Fremdsprache geblieben, bis auf den heutigen Tag. Die anderen hatten ihn nie wieder aufgefordert mitzukommen.
So viel wie in den letzten vierundzwanzig Stunden hatte er in all den Jahren seit dem Studium nicht über die vergangenen Zeiten nachgedacht. Merkwürdig, wie oft dieselben Namen auftauchten. Sandau war auch einer der Turffreunde gewesen. Dem war wirklich allerhand zuzutrauen. Aber die Teilnahme an einem solchen Raubzug wohl kaum.
»Wie sind die ausgerechnet auf Sandau gekommen?«, fragte er.
»Sie haben herausgefunden, dass er trotz Führerscheinentzug mit dem Golf zur Arbeit gefahren ist. Was er jeden Tag tut, um sich während der stillen Vormittagsstunden in genau diesem Auto einen anzutrinken. Wusstest du nichts davon?«
Korn sah sie an, als betrachte er sie zum ersten Mal: eine hübsche junge Frau mit tiefbraunen Augen, die kunstvoll aufgetürmte Frisur noch eine Spur unordentlicher als gewöhnlich, bekleidet mit einem nachlässig geschlossenen

Bademantel, die nackten kleinen Füße unter sich auf den Sitz des Sessels gezogen.

»Allmählich wirst du mir unheimlich«, sagte er. »Woher weißt du immer alles?«

»Ich habe Augen im Kopf. Und ich habe wahrscheinlich mehr Gelegenheit, mich für die Leute zu interessieren, als du zwischen all deinen Sitzungen, die nichts ändern. Ob Sandau die Kolleginnen mit unsittlichen Anträgen belegt oder in seinem Wagen säuft, kümmert keinen Menschen.«

Bei jedem anderen Gesprächspartner hätte Korn aufbegehrt. Doch Cordula, fand er, hatte eine besondere Art, die Dinge zu durchschauen und auf den Punkt zu bringen.

Oder stimmte ihn nur der Rotwein so friedlich, der ihm warm durch die Glieder rann? Er seufzte. »Um Weidner habe ich mich zu wenig gekümmert.«

»Weidner ist verschwunden. Sie suchen ihn.«

»Scheibenhonig!«, entfuhr es Korn. Er wollte aufstehen. Der leere Römer auf dem Tisch erinnerte ihn daran, dass er nicht sofort nach Hause oder zu Fiebig fahren konnte. Er hieß nicht Sandau.

»Was regt dich so auf?«, wollte Cordula wissen.

»Durch eine dumme Andeutung von mir kannte Weidner wahrscheinlich den veränderten Auszahlungstermin. Wenn sie ihn festnehmen, erzählt er denen womöglich eine Geschichte, die dieser Major besser von mir hören sollte.«

»Was ist das für eine Geschichte?«

»Nein, nein. Ich denke, ich habe dir lange genug den Abend verdorben.«

»Wann kommen wir schon mal dazu, miteinander zu reden.«

Sie hatte recht. Wie fast immer. Sie sahen sich jeden Tag, saßen acht-Komma-fünfundsiebzig Stunden lang nur durch eine Papptür voneinander getrennt, die offen stand, wenn Korn da war und keine Sitzung abhielt und ihn niemand belagerte: kein Unterschriftheischender, kein Beschwerdeführer, kein Ratsuchender, kein Androsch. Hadank verirrte sich selten in die Niederungen von RIF. Und Korn saß selten an seinem Schreibtisch. Cordulas Morgenkaffee goss er brühheiß in sich hinein, zwischen zwei Telefonaten und drei Terminvertröstungen. Oft stand die Tasse noch am frühen Nachmittag neben dem Stapel der ungelesenen Brigadebücher. Korn trank auch kalten Kaffee, wenn er zwischen einem Feuerwehreinsatz an der Basis, der Arbeitsschutzbegehung und der nächsten Beratung für eine Zigarettenlänge auf seinen Stuhl zurückkehrte. Wann blieb da Zeit für ein richtiges Gespräch.

»Möchtest du wirklich über Weidner mit mir reden?«, fragte er.

»Du meinst, weil ich vor Zeiten mal etwas mit ihm gehabt haben soll? Hat sich bei dir schon mal jemand erkundigt, mit welchen Frauen du es gemacht hast oder nicht?«

Ihr unverblümter Ton schockierte Korn; wohl auch, weil er sich durchschaut fühlte.

»Du weißt, dass mir solches Gerede gleichgültig ist.«

»Dann lass uns über Weidner sprechen. Glaubst du wirklich, er hat mit der Sache zu tun? Ich würde viel eher auf einen Jüngeren tippen. Oder auf Sandau.«

»Sandau ist gestern Abend in Rosankes Bar verhaftet worden.«

Cordula starrte ihn an, als erwache sie aus einem Traum, in dem Sandau als Gespenst aufgetreten war. »Er saß heute Mittag in der Kantine am Nebentisch.«

»Ich muss unbedingt los.« Korn raffte sich auf. Es wurde

höchste Zeit für ihn, bei Fiebig zu erscheinen. »Es war ja nur ein Glas Wein. Vielleicht hast du ein Lorbeerblatt. Das mildert den Geruch ein bisschen.«

»Von Rotwein hat man keine Fahne.« Sie stand vor ihm, reichte ihm gerade bis ans Kinn. »Hauch mich mal an.«

Er beugte sich zu ihr und atmete vorsichtig aus. Sie hielt sich an seinen Schultern fest und blickte ihm aufmerksam in die Augen. Auf seinen Atem schien sie nicht zu achten.

»Mädchen«, sagte er beklommen, »das geht doch nicht … «

Es ging aber doch. Ihr Mund war unglaublich weich. Alles an ihr war weich und nachgiebig.

Irgendwann verfingen sich seine Finger zwischen den Spangen und Kämmen in ihrem Haar.

»Lass doch«, flüsterte sie mit ihrer tiefen Altstimme, und sie ließ keinen Zweifel daran, wem das Versprechen diesmal galt. Für eine kleine Ewigkeit vergaß Korn die Spangen und Kämme und all das, worüber er in den letzten beiden Tagen nachgedacht hatte.

Als er einmal aufblickte, beobachteten ihn von der Wand her Cordulas Augen aus dem Porträt ihrer Tochter. Der Mund glich einem sanft geschwungenen Bogen.

19

Seit ungefähr dreißig Sekunden versuchte Peter Fiebig, sich mit Hilfe der Grundregeln des autogenen Trainings zu entspannen. Der Abend konnte noch lang werden. Nicht, dass ihn das störte. So ging es nun einmal zu in diesem Beruf, den er mit stiller Beharrlichkeit gewählt hatte. Einen anderen versuchte er sich gar nicht vorzustellen. Und eine Familie, die auf ihn wartete, gab es nicht. Nicht mehr. Fiebig war seit acht Jahren geschieden. Sein Beruf hatte bei dieser Scheidung die geringste Rolle gespielt. Angeblich.
Vor drei Jahren hatte er eine Frau kennen gelernt, mit der er seitdem seine Freizeit verbrachte. Wenn er wollte. In letzter Zeit spürte er den Drang dazu ziemlich häufig. Sie hatten darüber gesprochen, ob es besser sei, zu heiraten, und sich entschieden, ihr Verhältnis zu belassen, wie es war.
Er erkannte Wischnewskis Schritt und korrigierte seine lockere Sitzposition hinter dem Schreibtisch.
»Weidner ist noch immer nicht zu Hause aufgetaucht!«, verkündete der Oberleutnant, als er ins Zimmer trat. »Aber ich habe interessante Einzelheiten erfahren.«
»Schieß los«, sagte Fiebig.
»Zunächst mal das Allgemeine.« Der Oberleutnant blätterte in seinem Notizblock. »Mutter, Schwester, geschiedene Frau, Lebensgefährtin. Angeblich keine Freunde. Nur Leute, für die er privat gearbeitet hat. Vielleicht auch ehemalige Saufkumpane. Da ist nämlich von alten Schulden die Rede. Näher will sich seine Lebensgefährtin dazu nicht äußern. Ich habe festes Vertrauen zu Gerd, erklärt sie. Ich nicht, wenn du mich fragst. Sie gibt vor, keine Ahnung zu haben, wo er sich aufhält und weshalb er nicht nach Hause kommt.

Er hat ihr weder etwas von dem Raub noch von unserer Befragung erzählt, obwohl sie – und nun halte dich fest – gestern Abend zur Feier der Jahresendprämie gemeinsam essen gehen wollten! Darauf freute sie sich schon seit dem Wochenende. Er kam jedoch viel später von der Arbeit als gewöhnlich, murmelte etwas von einer unerwarteten Terminverschiebung bei der Auszahlung, verschwand wieder und kehrte erst spät in der Nacht nach Hause zurück. Heute Morgen fuhr er pünktlich zur Arbeit, ohne etwas von abzubummelnden Überstunden auch nur anzudeuten.«
»Und seitdem ist er verschwunden.«
»Das ist noch nicht alles. Als Entschuldigung für sein gestriges Zuspätkommen von der Arbeit hat er wörtlich geäußert: Ich musste bei Korn vorbeifahren!«
Er verzog viel sagend sein rundes Gesicht und schabte mit Daumen und Zeigefinger auf seinen Bartstoppeln herum. Selbst wenn er sich dreimal am Tag rasierte, stachen die rötlichen Sprossen binnen einer Stunde wieder aus ihren Wurzeln.
Fiebigs helle Augen glänzten. »Das heißt erstens: Weidner kannte den veränderten Termin. Zweitens: Weidner glaubte, Korn informieren zu müssen. Worüber? Oder war es üblich, dass er Korn besuchte?«
»Die Freundin sagt, Weidner habe oft von Korn gesprochen. Und davon, dass der ihm vielleicht helfen würde. Bei seinen finanziellen Problemen offensichtlich. Wirklich zu Korn gegangen aber ist er nie, soweit sie das weiß.«
Nachdenklich starrte Fiebig vor sich hin. »Wahrscheinlich war es ein Fehler, Korn aus den Augen zu lassen. Der hatte den ganzen Tag Zeit, sich unbeobachtet zu bewegen. Und er meldet sich noch immer nicht am Telefon. Gerade ist

Zabel los, um ihn aufzutreiben. Er setzt Annette bei Frau Landgraf ab. Mal sehen, was das ergibt.«

»Viel lieber hätte ich den Weidner«, sagte Wischnewski. »Nehmen wir einmal an, hinter diesem Studentenjux, von dem Frau Wagenknecht sprach, steckt mehr. Dann stellt sich die Frage: Weshalb haben weder Korn noch Weidner auch nur die geringste Andeutung darüber gemacht? Sandau hat uns immerhin einen Hinweis gegeben, den wir nur nicht sofort verstanden haben.«

»Andererseits haben gerade diese drei keine besondere Mühe aufgewendet, um sich ein einigermaßen glaubhaftes Alibi zusammenzuzimmern«, wandte Wischnewski ein. »Den Tätern musste klar sein, dass wir zuerst bei den Betriebsangehörigen einhaken, die zur Tatzeit nicht am Arbeitsplatz waren.«

»Es kommt ein weiterer Aspekt hinzu: Alle drei sind im Betrieb gut bekannt. Der Kraftfahrer Pohl, das schwangere Fräulein Opitz, Rothärmel und Albrecht – jeder würde sie wiedererkennen, auch mit Bart und Brille.«

Wischnewski war mit seinen dicken Fingern bei den Schläfenhaaren angelangt. »Wir sollten schnellstens herausfinden, wer alles von diesem genialen Plan wusste.«

»Das wirst du morgen früh als Erstes in Angriff nehmen. Mit der Kaderleiterin bist du ja inzwischen bestens bekannt.«

»Die geht im Juli auf Rente und schwärmt nur von den alten Zeiten, als die Kriminalität bei uns am Aussterben war.«

»Wunderbar. Dann ist sie lange genug im Betrieb, um zu wissen, wer möglicherweise zu der Studiengruppe von Korn und Weidner …«

Jemand klopfte militärisch kurz und fordernd an die Tür.

Es war Hauptmann Merz, ein drahtiger kleiner Mann mit spärlichen Haarflusen auf dem Kopf, von respektlosen Kriminalisten wie Wischnewski deshalb »Fusselbirne« genannt. Obwohl Merz Tag für Tag nichts anderes tat, als in Papieren und Akten zu wühlen, war er keineswegs ein zerstreuter Professor. Fiebig wartete mit einiger Spannung auf dessen unvermeidliche Einleitung: Mir ist da etwas aufgefallen.

Aufgefallen war ihm ein Name aus dem Kreis der jugendlichen Straftäter um den Kraftfahrer Jens Pohl.

»Harald Büttner. Sechsundzwanzig Jahre alt. Mehrfach vorbestraft. Unbefugte Fahrzeugbenutzung. Kfz-Diebstahl, Diebstahl in schwerem Fall. Deswegen zuletzt zu einer zweijährigen Freiheitsstrafe verurteilt. Seit der Amnestie auf freiem Fuß und wie vorher beim Kombinat Stadtwirtschaft tätig. Dort hat auch Pohl vor drei Jahren gearbeitet, bevor er zu Universal überwechselte.«

Merz blickte von der Akte auf. »Diesem Büttner ist nach seiner Entlassung eine Wohnung in der Gleimstraße zugewiesen worden. Seine Mutter wohnt in Marzahn. Und zwar im Nebenhaus eurer Irene Gebhardt.«

Merz sah Fiebig, der ihm aufmerksam zugehört hatte, und dann Wischnewski eindringlich an. »Bitte keinen Satz, in dem das Wort Zufall vorkommt!«

»Im Gegenteil!« Wischnewski stieß seinen knubbeligen Zeigefinger in die Luft. »Das ergibt zumindest eine plausible Erklärung, weshalb ausgerechnet Knaacks Wagen benutzt wurde.«

Da Fiebig noch immer schwieg, fuhr er fort, seine Ansicht zu diesem Teil des Falls darzulegen. »Täter, die ein solches Verbrechen langfristig planen – und sei es seit Jahrzehnten ... «

Merz wollte aufbegehren, doch Fiebig hob begütigend die Hand.

»... derartige Täter überlassen auch die Auswahl des Fluchtfahrzeugs keinem Zufall. Da wir jetzt davon ausgehen können, dass der Lada ohne Knaacks Wissen entwendet wurde, kommt als Täter nur jemand in Frage, der Knaacks Gewohnheiten, also dessen Beziehung zu Irene Gebhardt, kennt und weiß, dass Knaack sich lange genug in der Gebhardtschen Wohnung aufhalten wird, um das Fehlen des Fahrzeugs nicht sofort zu bemerken. Das aber kann nur jemand aus der unmittelbaren Umgebung Knaacks oder Irene Gebhardts sein, auch wenn beide beteuern, dass niemand etwas von ihrer Beziehung geahnt habe.«

»Richtig«, bestätigte Fiebig. »Diesem Punkt haben wir bei der Vernehmung der beiden die größte Aufmerksamkeit gewidmet. Ihre Verabredungen erfolgten nach keinem festen Schema. Wenn sich für ihn unvorhergesehen eine günstige Gelegenheit ergab, rief er sie an und blieb dann manchmal nur eine halbe Stunde. Das Treffen am gestrigen Dienstagvormittag aber war angeblich seit mehr als vierzehn Tagen geplant. Korn hat sich jedoch erst am vergangenen Donnerstag entschlossen, die Jahresendprämie zwei Tage früher als vorgesehen auszahlen zu lassen.«

»Möglicherweise entschied Büttner sich kurzfristig für Knaacks Wagen.« Merz blätterte in den Unterlagen. »Er scheint eine Art Spezialist für das Knacken von Fahrzeugen zu sein.«

»Der Bursche, den Knaack auf dem Parkplatz gesehen haben will!«, sagte Wischnewski triumphierend. »Von Zufall kann gar keine Rede sein.«

Der Major reagierte weniger euphorisch. »Wir werden

uns mit diesem Büttner befassen. Am besten noch heute Abend. Nicht wahr, Martin?«
Wischnewski erhob sich. Es bedurfte keiner weiteren Worte. »Verständigst du den Staatsanwalt?«, fragte er nur.
Merz schob den Aktendeckel über Fiebigs Schreibtisch. »Ich lasse dir den Vorgang hier«, sagte er zufrieden. Im Hinausgehen versuchte er, seine Haarflusen zu ordnen.
Peter Fiebig dachte nicht mehr daran, autogene Meditation zu betreiben. Geschäftig begann er sich Notizen zu machen. Das Telefon läutete. Annette Wellsand. Sie war kaum zu verstehen. »Wessen Wagen?«, fragte Fiebig, vielmehr schrie er in die Sprechmuschel, um die Sperrfeuergarbe in der Telefonleitung zu übertönen. Endlich begriff er, welche Sensation ihm Leutnant Wellsand mitzuteilen hatte: »Es handelt sich eindeutig um den Wagen des Siegfried K., sagt Zabel: Sollen wir die beiden mitbringen?«
Fiebig guckte auf die Uhr. 20 Uhr 23.
»Nein«, entschied er. »Dazu ist immer noch Zeit. Bleiben Sie vorläufig vor Ort.«
Wischnewski steckte den Kopf zur Tür herein. »Sollte jemand von uns nicht auch gleich den Jens Pohl holen? Vielleicht Zabel, wenn er Korn erreicht hat?«
Fiebigs Augen verengten sich ein wenig. »Zabel fährt zur Gleimstraße.« Das galt sowohl Wischnewski als auch Leutnant Wellsand am anderen Ende der Leitung. »Ecke Schönhauser. Martin liest ihn dort auf. Ende.«
»Und Korn?«, fragte der Oberleutnant.
»Korn hält sich zur Zeit in der Wohnung von Frau Landgraf auf.«
Wischnewski spitzte die Lippen, pfiff jedoch nicht. »Wie im Fernsehen. Der Chef mit der Sekretärin. Geradezu trivial.«

Immerhin, einen guten Geschmack hat dieser Korn, dachte er und sagte: »Könnte dennoch harmlos sein. Sie hat eine dreizehnjährige Tochter. Und wenn Korn zum Kreis der Täter gehört, war er auf einen Informanten nicht angewiesen.«
»Möglich«, bestätigte Fiebig knapp. »Ob wir Pohl und Korn brauchen, wird sich herausstellen. Jetzt holt ihr erst mal diesen Harald Büttner.«

In dem Haus in der Gleimstraße fand sich keine Spur von Harald Büttner. Die Nachbarin wollte ihn dort noch nie gesehen haben.
So fuhren Zabel und Wischnewski nach Marzahn und standen gegen 22 Uhr endlich vor dem Haus mit der Nummer 135. Der Hauptmann blickte an der zweifarbigen Kachelfassade empor. »Im achten?«, vergewisserte er sich.
»Achte Etage, links«, bestätigte Wischnewski, während er sich am Türschloss zu schaffen machte. »Die Klingeln sind überall nach dem gleichen System geordnet.«
»Bei Gebhardts im Nebenaufgang brennt noch Licht«, stellte Zabel fest. »Ebenfalls im achten. Rechts.«
Wischnewski zog die Tür auf. »Dann wollen wir mal unser Glück versuchen.«
In der achten Etage öffnete auf ihr Klingeln hin eine kugelige Frau in einem grellbunten Morgenrock, den Kopf voller Lockenwickler.
»Frau Büttner?«, erkundigte sich Zabel und klappte seinen Ausweis auf. »Wir hätten gerne Ihren Sohn Harald gesprochen.«
Ihre dunklen Pupillen begannen zu flackern. »Harald?«, fragte sie mit vor Aufregung schriller Stimme. »Der ist nicht hier!«

»Davon würden wir uns gerne selbst überzeugen«, sagte Wischnewski.

Aus dem Fernseher im Wohnzimmer drang ein Jubelschrei: »Tooor!«

Für einen Moment schien es, als wolle sich die kleine Frau noch breiter machen, als sie ohnehin war, um dem Oberleutnant den Weg zu versperren. Dann sagte sie resignierend: »Wird einem denn nicht einmal in der Nacht seine Ruhe gegönnt?«

Wischnewski stand schon in der offenen Zimmertür. Der ältere Mann, der, kaum zwei Meter von dem Fernsehgerät entfernt, in einem Sessel mehr lag als saß, in Turnhemd und Trainingshose, eine Bierflasche in der Hand, bemerkte ihn gar nicht. Nur allmählich verebbte das Gebrüll der Fußballzuschauer.

»Ich sage Ihnen doch: Der Junge wohnt nicht mehr hier!«, wiederholte die Frau.

Der Mann, ein ausgemergeltes Kerlchen, das aussah, als sei ihm die eigene Haut zu weit, blickte erstaunt durch seine dicken Brillengläser auf die Szene in der Wohnzimmertür.

Frau Büttner deutete mit einer Handbewegung an, er solle sich nicht stören lassen, und schloss die Tür. »Harald kann gar nicht hier sein«, erklärte sie dann. »Er hat in dieser Woche Spätschicht.« Und plötzlich war es mit ihrer Fassung vorbei. »Er hat es mir hoch und heilig versprochen: keine krummen Touren mehr!« Sie schniefte und wandte sich hilfesuchend an Zabel. »Er ist ein guter Junge. Glauben Sie mir! Erst im Gefängnis ist er mit all diesen Ganoven zusammengekommen.«

Der Hauptmann versuchte, sie zu beruhigen. »Wir haben vorerst nur einige Fragen an Ihren Sohn. Wissen Sie, wo er sich gestern Vormittag aufgehalten hat?«

Sie schüttelte den Kopf. »Und dann darf ich ihn wieder alle vier Wochen besuchen. Darauf läuft es doch hinaus. Dass der nie vernünftig wird! Aber diesmal nicht, das können Sie ihm bestellen. Bei mir ist endgültig Schluss. Und meinen Wohnungsschlüssel will ich auch wiederhaben.«

Harald Büttner hatte tatsächlich Spätschicht und war mit einem Räumfahrzeug in der Stadt unterwegs. Auf dem Betriebshof erfuhren sie seine Fahrtroute. Nach einer halben Stunde hatten sie ihn kurz vor dem Leninplatz endlich im Visier: einen langbeinigen jungen Mann, der behände die Abfallbehälter leerte und sich keine Pause gönnte.

Wischnewski ging auf ihn zu und hielt ihm seinen Ausweis hin.

»Keine Zeit für so was.« Büttner versuchte, an dem Oberleutnant vorbeizukommen. »Sie sehen doch, ich bin im Dienst.«

»Wir auch, Herr Büttner.«

Der blickte auf die ausgestreckte Hand des Oberleutnants und dann hinüber zu Zabel, der am Wagen stand. »Scheiße«, sagte Harald Büttner böse. »Ich wusste gleich, dass mich der dusselige Pohl wiedererkannt hat.«

20

Der heiße Schreck fuhr Korn bis in die Zehenspitzen. Etwas war nicht in Ordnung. Er brauchte einige Zeit, um sich zu orientieren. Alles, was ihn umgab, war fremd: der Raum, erhellt vom rötlichen Licht der Bogenlampe vor dem Haus, das durch die geschlossenen Vorhänge schimmerte, die aufdringlichen Geräusche, die von der Straße hereindrangen. Sogar die Luft roch fremd.
Er war also doch eingeschlafen.
Der Körper der Frau, warm und eng an ihn geschmiegt, hatte auf sein Zusammenzucken mit einer weichen Bewegung reagiert. Ihr Kopf lag in seiner Armbeuge. Die langen Haarsträhnen strömten diesen fremden Duft aus. Vorsichtig begann Korn, seine Lage zu verändern. Endlich lag er flach auf dem Rücken und schob sich das rechte Handgelenk unter den Kopf. Sie kuschelte sich an ihn.
Er mochte jetzt nicht darüber nachdenken, worauf er sich da eingelassen hatte. Es war nicht seine Art, Katzenjammer zu empfinden. Für Selbstvorwürfe war es zu spät. Eigentlich auch zu schön. Zu ändern war ohnehin nichts mehr.
Nein, er bereute es nicht. War das der zweite Frühling, den man den Fünfzigjährigen prophezeite? Er war erst sechsundvierzig, und Cordula hatte ihn spüren lassen, dass er ein Mann in den besten Jahren war. Sie hatte es ihm leichtgemacht, und er war ihr dankbar.
Er fühlte sich matt und hungrig. Und zufrieden. Nur eine Zigarette fehlte ihm.
Cordula bewegte den Kopf. »Denkst du an deine Frau?«, fragte sie mit einer Stimme, die nicht anders klang als morgens im Büro.

Er wandte sich ihr zu und spürte ihre Brüste an seinen Rippen. »Das ist vielleicht nicht der passende Augenblick dafür«, flüsterte er.

Sie rieb ihre Wange an seinem Oberarm. »Geht dir das Geld nicht aus dem Sinn?«

Er lachte. »Hältst du mich für pervers? Woran denkst du denn in dieser Situation – oder an wen?«

»Männer sind mit den Gedanken gewöhnlich ganz woanders.«

»Jedenfalls nicht bei dem Scheiß-Geld«, widersprach er und ließ seine Hand sanft über ihre Haut gleiten.

»Gut«, sagte sie leise. Ihre Lippen berührten sein Schlüsselbein.

Erschüttert von seinem gegenwärtigen Glück, fragte Korn: »Wie kommt es, dass du einen wie mich nimmst? Die Kerle müssten doch Schlange stehen vor deiner Tür.«

»Müssten sie?« Ihr Mund war unermüdlich. »Wenn ich einen will, dann habe ich ihn ja ... «

Nach wahrer Seligkeit klang das nicht. Selbstlos sagte Korn, und er meinte es ernst: »Dir würde ich einen richtig guten Mann wünschen. Du hättest es verdient.«

»Einen, der nicht verheiratet ist? Zu spät.« Sie rückte ein Stückchen von ihm ab. »Du wolltest mir eine Geschichte erzählen.«

Ernüchtert erinnerte sich Korn an den ursprünglichen Grund seines Hierseins. »Müssen wir ausgerechnet jetzt über RIF und die Jahresendprämie reden?«, fragte er träge.

Sie stützte sich mit ihrem Ellbogen auf seine Brust. Es tat weh. »Warum nicht?«

Korn richtete sich auf. Ihr Gesicht und ihre Schultern schimmerten rötlich in dem schwachen Licht.

Ihre Hand fuhr über seine behaarte Brust. »Was ist das für eine Geschichte, die du mir so hartnäckig verschweigst?«
Korn setzte sich auf und lehnte sich mit dem Rücken gegen die kalte Wand. Er war jetzt völlig munter. Lange konnte er nicht geschlafen haben. Seine Uhr lag irgendwo im Zimmer. Weshalb sollte er ihr nicht alles erzählen?
»Weidner und ich, wir waren während des Fernstudiums in einer Seminargruppe, zusammen mit Hannes Rosanke und Ulf Dettenberg.«
»Dettenberg?«
»Ja. Der ist später noch etliche Male bei uns aufgetaucht. Du kennst ihn sicherlich. Wir vier haben bei den Konsultationen in einem Internatszimmer gewohnt, manchmal auch im Hotel. Überall haben wir gemeinsam gehockt: bei den Vorlesungen, im Labor, in der Mensa, abends in den Kneipen. Anscheinend verfallen Männer bei solchen Gelegenheiten auf die kindischsten Ideen. Den einarmigen Hausmeister im Internat nannten wir Kimbell, nach so einer Verfolgungsserie im Fernsehen. Wahrscheinlich hätten wir Indianer gespielt, wenn das Wetter danach gewesen wäre. Jedenfalls beschäftigte uns der für künftige Leiter nahe liegende Gedanke, wie man schnell zu Geld gelangen könnte. Könnte, verstehst du. Es war ein Gedankenspiel, nichts weiter. Und irgendwann fiel uns die Jahresendprämie ein, die Albrecht damals mit einem klapprigen Moskwitsch heranholte. Ich weiß nicht, weshalb wir uns so intensiv damit befasst haben. Wahrscheinlich, weil wir alle plötzlich weniger verdienten als in der Produktion. Dieser englische Postraub lag damals noch nicht lange zurück. Oder der Film lief im Fernsehen. Was weiß ich. Wir entwickelten einen Plan mit allen Details: weiße Wachstuchmäntel, um als

Verkehrspolizisten verkleidet den Moskwitsch zu stoppen, Funksprechgeräte zur gegenseitigen Verständigung, ein unauffälliges Fluchtauto ...«

»So ähnlich muss es gestern abgelaufen sein. Du meinst, einer von euch ... ?«

»Das ist Weidners Version. Kannst du dir vorstellen, was bei der K losgeht, wenn er die Geschichte dort auftischt?«

Cordula schwieg lange. Schließlich sagte sie: »Rosanke besitzt eine Prunkvilla an der Ostsee ...«

Auch das wusste sie also. Korn wunderte sich nicht einmal mehr. »In dem Haus war ich heute Vormittag. Und nachmittags bei Rosanke. Gerd Weidner war vor mir dort ...«

Sie zog ihre schmale Hand unter seinen Fingern hervor und fragte leise: »Hast du bei Rosanke etwas herausbekommen?«

»Ich weiß nicht ... Angenommen, er hätte etwas mit dem Raub zu tun – dann müsste es einen Mittelsmann bei RIF geben, von dem er den veränderten Auszahlungstermin erfahren hat.«

Cordula schwieg, schließlich schlüpfte sie unter der Decke hervor und griff nach ihrem Bademantel.

Zwischen Korns Schulterblättern breitete sich allmählich die Kälte der Wand aus. Er zog die Beine an und bemerkte erst jetzt, dass er noch Socken trug. »Es könnte Sandau gewesen sein ...«, sagte er nachdenklich.

Sie band den Bademantel fest mit einer Schleife zu und sah ihn wortlos an.

»Vielleicht ist es besser, wenn ich jetzt gehe«, meinte Korn.

Sie widersprach ihm nicht.

21

Im Vernehmungsraum, spät in dieser Nacht, zeigte sich Harald Büttner weit weniger gesprächig als bei seiner vorläufigen Festnahme.

»Ihr könnt mir nichts weiter anhängen. Unbefugte Fahrzeugbenutzung. Paragraph zweihunderteins. Bewährung oder Freiheitsstrafe bis zu einem Jahr.« Das war alles, was er von sich gab. Sein Grienen sollte wohl siegessicher wirken. Fiebig tat, als habe er nichts gehört, und sortierte seelenruhig ein Schlüsselbund aus dem Wirrwarr von Büttners Tascheninhalt. »Sind das die Schlüssel für die Wohnung in der Gleimstraße?«

»Kalt. Ganz kalt.« Büttner mimte den ausgebufften Profi. »In der Hütte bin ich seit Wochen nicht gewesen. Stehe nicht auf Kohlenschleppen.«

»Wir werden uns dort ebenso wie bei Ihrer Mutter umsehen.« Fiebig reichte Wischnewski die Schlüssel.

»Okay, okay. Ihr lasst euch ja doch nichts sagen. Ihr findet nirgends eine Puseratze. Nicht mal Flaschenpfand.«

»Nur die vierhundertfünfzig Mark hinter der aufgetrennten Naht Ihrer Jackentasche.« Fiebig blätterte die Scheine auseinander.

Büttner verdrehte die Augen. »Mein ureigenstes Eigentum«, erklärte er mürrisch. »Was anderes müsst ihr mir erst mal beweisen. Ich bin ein werktätiger Mensch mit einem ehrlichen Einkommen.«

»Ihre Ehrlichkeit lassen wir jetzt mal aus dem Spiel, Herr Büttner. Handelt es sich bei dieser Summe hier um eine Anzahlung?«

Harald Büttner schien nachzudenken. Sah man über den

schiefgezogenen Mund hinweg, der offenbar Gleichmütigkeit ausdrücken sollte, dann wirkte sein grobes Gesicht nicht einmal unsympathisch.

»Anzahlung wofür?«

»Herr Büttner! Nennen wir es: für Ihre tätige Mithilfe. Für den Diebstahl des Lada mit dem Kennzeichen ILN 4-75.«

»Diebstahl ist nicht!«, begehrte Büttner auf. »Nur unbefugte Benutzung. Davon gehe ich nicht ab.«

»Meinetwegen«, sagte Fiebig großzügig. »Jedenfalls haben Sie den Wagen für die geplante Straftat beschafft.«

»Davon war nie die Rede. Ein Wagen für zwei, drei Stunden. Weiter nichts. Was die damit vorhatten, haben sie mir nicht auf die Nase gebunden.«

»Wer – die?«

Büttner verzog den Mund noch mehr. Die habt ihr also noch nicht, dachte er anscheinend und sagte: »Büttner scheißt keinen an.«

»Nobel. Sehr nobel. Die anderen drehen das große Ding. Büttner besorgt das Auto und spielt den Verkehrsposten, übernimmt den Abtransport – und sitzt anschließend ungefähr acht, neun Jahre ein. Den offenen Rest vom letzten Mal nicht gerechnet. Und das alles für vierhundertfünfzig Mark.«

»Acht Jahre?« Büttner beugte sich vor und starrte Fiebig ungläubig an. »Okay, ich bin blöd«, sagte er schließlich. »Ich mache immer die gleiche Tour, und ihr habt mich. Juckt mich eben in den Fingern, ein Auto zu knacken. Bei mir geht nicht mal was kaputt. Von Rechts wegen nicht mehr als ’ne Ordnungswidrigkeit.«

Fiebig ließ sich seine Ungeduld nicht anmerken. »Jetzt wollen wir mal vernünftig miteinander reden, Büttner. Es handelt sich um einen schweren Raub und damit um ein Verbrechen im Sinne des Paragraphen hundertachtundzwanzig. Freiheitsstrafe bis zu zehn Jahren, wenn die Tat von mehreren Personen gemeinschaftlich verübt und eine schwere Schädigung des sozialistischen Eigentums verursacht wurde und wenn die Tat unter Verwendung von Waffen oder von als Waffe missbrauchten Gegenständen begangen wurde.«

»Moment, Moment. Seit wann ist ’ne Spraydose ’ne Waffe? Und ich habe nicht mal draufgedrückt.«

»Und das Messer?«

»Scheiße!« Büttner erregte sich zusehends. »Das hat der gar nicht rausgezogen. Weil ich ihm nämlich geflüstert habe: Keine nassen Sachen, Opa! Da hat er es schön steckenlassen.«

»Wie heißt denn der Opa, der so gut auf Sie hört?«

Büttner bewegte seinen Kopf wie ein störrisches Pferd. »Überhaupt, schwere Schädigung! Wie viel Mäuse sind’s denn gewesen?«

Der Major ließ sich Zeit mit der Antwort. War Büttner bei dem ganzen Unternehmen wirklich der Dumme, oder spielte er ihn nur?

Langsam, ja geradezu genüsslich sprach er die Summe aus: »Dreihundertneunzehntausendzweihundertundeinundachtzig Mark.«

Fiebig beobachtete Büttner zufrieden. Dessen Miene verriet ihm – sie hatten das richtige Ende in der Hand. Früher oder später würde der alles sagen, was er wusste. Im Moment verzog er das Gesicht, als blase ihm der Wind Sandkörner in die Augen.

»Dreihundertneunzehntausend? Ich lasse mir von euch

doch nicht die Taschen vollhauen. Von mir kein Wort mehr!«
»Von wie viel war denn die Rede?«
Büttners Mundwinkel zuckten.
»Von zweihunderttausend? Oder noch weniger?«
»Ich weiß überhaupt nichts. Mir hat kein Mensch gesagt, wozu das Auto gebraucht wird. Erst als ich aussteigen wollte, hieß es plötzlich: Du machst mit.«
»Wer hat das gesagt?«
»Wer! Wer! Weiß ich doch nicht. Der Alte, der in den Lada einstieg, an der verabredeten Ecke. Mit Schnauzbart und Brille. Und für mich hatte er auch so was. Kam mir vor wie beim Zirkus!«
Es wurde dann ja auch eine besonders nette Vorstellung, dachte Fiebig. »Erzählen Sie weiter«, forderte er.
»Weiter nichts. Ich bin in den Barkas umgestiegen und mitgefahren.«
»Mit wem?«
»Mit dem anderen. Trug auch Bart und Brille und sah aus damit wie ’ne Eule.«
»Wer war dieser andere? Woher kannten Sie ihn?«
Büttner hatte auch den letzten Rest seiner vorgeblichen Gelassenheit verloren. Wurde ihm tatsächlich erst jetzt bewusst, wie tief er sich verstrickt und wie viel er schon zugegeben hatte? »Hören Sie«, sagte er gepresst. »Ich habe wirklich nicht die Bohne gewusst, was die vorhatten. Ich war auf keinen Raub aus!«
»Wer war der Mann in dem Barkas?«, fragte Fiebig noch einmal.
»Sie glauben mir ja doch nicht. Kenne ich nur so vom Sehen. Aus dem ›Hackepeter‹ oder so. Hat beim Zocken immer ’ne

glückliche Hand, der Junge. Wahrscheinlich nennen sie ihn deswegen Nulle. Ziemlich unangenehmer Kunde. Macht gelegentlich den Pusher bei denen.«

»Den Pusher?«

»Sie setzen ihn an, wenn einer nicht zahlt.«

»Und sein wirklicher Name?«

Kopfschütteln.

»Personenbeschreibung?«

»So um die Fünfunddreißig. Blond. Mit ziemlich offener Stirn. Deshalb sah er ja mit dem Schnauzbart so dämlich aus. Und dann noch die beknackte Tschapka und der Wachstuchmantel.«

Fiebig sah zur Seite. Zabel verstand ihn und verließ den Raum.

»Von wem stammte der Auftrag, den Lada zu besorgen?«

»Von Nulle. Sagte ich doch.«

»Wo haben Sie ihn getroffen?«

»Wo! Wo trifft man schon Leute. Beim Bier. Oder sonst irgendwo. Wo ein Spielchen gemacht wird beispielsweise. Bin da nur mal aus Interesse mit. Ich bin kein Spieler. Ich kenne nämlich die meisten Tricks, die da so üblich sind.«

»Wo haben Sie Nulle getroffen?«, beharrte Fiebig.

»In so 'ner Wohnung. Weiß ich glücklicherweise wirklich nicht, wie die Straße hieß. Irgendwo in der Stadt. In der Nähe von dem Wasserturm.«

»Von wem stammte der Tipp für diese Wohnung?«

Büttner griente zur Abwechslung mal wieder. »Ich werde vorschlagen, dass da wie bei eurer Firma Klappkarten ausgegeben werden und jeder sich künftig mit seinem Dienstrang vorstellt.«

An Fiebigs steinerner Miene merkte er wohl, dass es bes-

ser war, den Bogen nicht zu überspannen. »Okay, okay!« Er hob beschwichtigend die Hände. »Ich weiß echt keinen Namen. Jedenfalls habe ich da den Nulle wiedergetroffen. Das muss so vor vier, fünf Wochen gewesen sein. An dem Abend schien ihm die glückliche Hand zu fehlen. Und ich hatte nicht genug bei mir, um wenigstens das Übliche abzusahnen. Als ich gehen wollte, hat er dann was gucken lassen, von wegen Auto. So was sei doch meine Spezialstrecke und so. Konnte ich nicht mal abstreiten. Bedingung: viertürig und nicht in der Fahndung oder sonst irgendwie auffällig.«
»Weiter, Herr Büttner.«
»Weiter nichts. Den genauen Termin sollte ich erst erfahren, wenn's so weit ist.«
»Auf welchem Wege teilte man Ihnen diesen Termin mit?«
»Ich habe ihm die Nummer vom Betriebshof gegeben, aber er wollte nicht anrufen. Er wollte mich irgendwo unterwegs treffen, bei der Schicht. Anfang voriger Woche kam er angerauscht. Nächsten Donnerstag um acht, hat er gesagt. Kaufhalle Otto-Winzer-Straße. Okay, habe ich gesagt, dann rück erst mal 'ne kleine Anzahlung raus. War aber nicht. Nur zwanzig Mark. Angeblich war er abgebrannt. Fünfhundert, wenn ich den Wagen bringe, und fünfhundert, wenn ich ihn wieder in Empfang nehme. Und keine auffälligen Ausgaben. So haben wir das ausgemacht.«
»Mit welcher Art Fahrzeug kam denn Ihr Freund Nulle angerauscht?«
»Na, mit dem Barkas. Ein grauer B Tausend. Irgendwas von Bau stand da dran. Gestern war das dann überklebt, mit Abreibebuchstaben drüber. War todsicher der gleiche Wagen.«
»Gestern«, sagte Fiebig. »Ausgemacht war aber Donnerstag.«

Büttner nickte. »Eben. Montagabend lauerte er in der Prenzlauer auf mich. Schien ziemlich aufgeregt und sagte: Die Aktion läuft schon morgen früh! Du spinnst wohl, habe ich ihm geantwortet. Wo soll ich so schnell eine einwandfreie Karre hernehmen? Aber das war ihm natürlich egal. Und plötzlich hatte er auch Geld. Drückte mir fünfhundert in die Hand und tat besonders geheimnisvoll. Morgen um acht an der verabredeten Stelle. Wir verlassen uns auf dich. Und weg war er.« Er blickte auf die Scheine, die noch immer vor dem Major auf dem Tisch lagen. »Stimmt das wirklich mit den dreihundertneunzehntausend?«

»Ja«, bestätigte Fiebig. »Ihr Freund Nulle hat Sie ganz schön ausgetrickst. Kam er wieder mit dem Barkas?«

»Nee. Habe ich diesmal jedenfalls nicht gesehen. Er verschwand in eine Seitenstraße. Hab mich nicht weiter dafür interessiert. Ich hatte meine eigenen Probleme. Wenn man so rumfährt, fallen einem ja immer Autos auf, die für Wochen irgendwo abgestellt sind. Man will schließlich kein unnötiges Risiko eingehen. In der Hufelandstraße beispielsweise hatte ich mir schon einen Sechzehnhunderter ausgeguckt. Lada ist mein Spezialfall. Ich bin gleich vorbeigefahren; da stand er drei Häuser weiter. War also jemand damit gefahren, und ich musste notgedrungen einen anderen aufreißen.«

»In Marzahn«, sagte Fiebig, um Büttners Redefluss in Gang zu halten.

»In Marzahn. Das war wahrscheinlich der nächste Fehler. Die Karre stand da schon den halben Winter. Die Batterie total runter und ich keine Zeit. Und dann kam da einer mit einem Lada angefahren.« Er sah Fiebig ins Gesicht, und zum ersten Mal wirkte sein Grienen ganz natürlich. »Hat der Kunde etwa Anzeige erstattet?«

»Der Besitzer des Lada? Selbstverständlich.«
»Hätte ich nicht gedacht. Hat er zugegeben, bei wem er inzwischen war?«
»Woher wussten Sie, zu wem er ging?«
»Mit seinem Schrippennetz und dem klammheimlichen Blick über die Schulter? Den kannte ich. Der fuhr bei uns nebenan in den achten. Und kam so schnell nicht wieder, nach dem Frühstück. Muss man ja verstehen. Die Frau sieht wirklich nach was aus. Im Sommer sonnt sie sich manchmal auf dem Balkon … «
Er schien vergessen zu haben, weshalb er hier saß.
»Sie haben Ihre Nachbarin beobachtet?«
»Was heißt: beobachtet. So eine Frau fällt einem doch auf, wenn sie jahrelang neben einem wohnt, Balkon an Balkon, und der Alte ist so ein Stockfisch. Nie dringt ein Sterbenswort durch die Wand. Dann erscheint einer mit Lada und James-Bond-Köfferchen auf der Bildfläche, und plötzlich wackelt nebenan die Heide! Da müsste man ja taub sein, um so was nicht mitzukriegen. Ganz ehrlich: Ich hätte dem am liebsten die frischen Schrippen abgenommen und wäre selber rauf zu ihr … Hätte ich wohl besser machen sollen … «, setzte er nach einer gedankenvollen Pause hinzu.
»Ja«, bestätigte Fiebig. Allmählich spürte er Müdigkeit.
Aber er hatte erreicht, dass Büttner redete. Bis jetzt passte alles ins Bild.
»Nun nehmen Sie mal Ihren Grips zusammen, Büttner, und erzählen uns alles über Ihre Mittäter. Das ist jetzt das Beste für Sie.«
»Verstehe schon. Tätige Reue. Stimmt's?«
Das Grienen war ihm vergangen. Auch er schien abgespannt.

»Ich hätte nie mitgemacht. Die haben mich glatt überfahren. Ist das Auto sauber?, hat er mich gefragt. So sauber wie Ihr Oberhemd, habe ich geantwortet. Der trug nämlich ein blaues Oberhemd. Er hat gleich die Jacke zugeknöpft. Bei der Gelegenheit sah ich das Käsemesser und habe gemurrt.«

»Sie haben mitgemacht, Büttner! Wie lief das nun ab?«

»Vom Treffpunkt ist der mit dem Lada los, wahrscheinlich dem Wartburg hinterher. Und wir sind mit dem Barkas zu einer Baustelle, wo wir ihn dann in einem Seitenweg abgestellt haben. Weit und breit kein Mensch außer uns. Nulle hat mir eine Kellnerjacke angedreht und erklärt, wie es ablaufen soll. Ich sollte den Wartburg anhalten, und er und der andere wollten sich um die Kohlen kümmern. Verständigung vorher über Funk. Das Gerät hatte Nulle im Wagen. Ich hatte bloß noch die Kette festzumachen. Weiter nichts. Ich habe trotzdem gesagt: Das Ding ist mir zu heiß. – Das sei ein todsicherer Plan! Der Kumpel habe alles säuberlich ausgetüftelt: die Zeit, den leeren Parkplatz, sogar die Kette läge schon unter dem Bauwagen versteckt. – Solche todsicheren Pläne hat die Olsen-Bande auch immer, habe ich gesagt und dann gefragt: Wer weiß denn noch alles von dem Plan? – Das ist ja das Einmalige daran, hat Nulle gejubelt, mindestens fünfzig Mann in der Bude. Der Überfall auf einen Geldtransport scheint dort so eine Art Betriebshobby zu sein.«

»Der Mann im Lada war also aus dem Betrieb.«

Büttner hob müde die Schultern. »Keine Ahnung. Ich wusste ja nicht mal, dass der Pohl da als Kraftfahrer arbeitet. Als ich dem in das Mondgesicht guckte, hätte ich die Kette am liebsten fallen gelassen und wäre getürmt. Und dann wurde das Mädchen auch noch ohnmächtig von dem Fuß-Spray.«

»Bleiben wir bei dem Mann, von dem der Plan stammte. Wie groß war der?«

»Mittelgroß?«, antwortete Büttner unsicher.

»Und wie alt ungefähr?« Büttner zuckte mit den Achseln.

»Vielleicht Mitte fünfzig … «

»Ihnen ist nichts an ihm aufgefallen?«

»Nein. Er hat die Stimme verstellt, würde ich denken.«

»Kannten Sie ihn? Möglicherweise von irgendwelchen Glücksspielen her?«

»Nicht dass ich wüsste. Ich würde ihn auch nicht wiedererkennen.«

Fiebig drehte sich um. Annette Wellsand hatte den Raum betreten. Sie legte einen Zettel vor Fiebig auf den Tisch und wartete.

»Einfach ein alter Mann«, sagte Büttner plötzlich widerspenstig. Die Ablenkung schien ihm willkommen. »Noch ganz gut beieinander. Im Gegensatz zu mir. Ich bin nämlich todmüde.«

»Wir sind noch nicht fertig, Herr Büttner.«

»Ich schon. Das muss ich sowieso alles noch tausendmal erzählen. Ich möchte schlafen.«

»Sie können Ihre Lage nur durch ein umfassendes Geständnis verbessern.«

Büttner hob den Kopf und sagte düster: »Was soll an meiner Lage zu verbessern sein? Dreihundertneunzehntausend! Ich habe die Knete nicht mal zu sehen gekriegt!«

»Wann sollten Sie Ihren Anteil bekommen?«

»Anteil! Fünftausend hat Nulle versprochen. Ich habe gerochen, dass da mehr drin ist. Zehn habe ich Dussel gesagt.«

»Zu wem?«

»Zu dem Chef. Über Funk, als der den Wartburg gemeldet hat und Nulle in seinem Schwanenkostüm los wollte.«
»Wann und wo sollte die Auszahlung erfolgen?«
Büttner tat, als sei er nicht mehr ansprechbar. Fiebig wiederholte seine Frage.
»In kleinen Raten. Da ist nichts für euch zu holen.«
»Und darauf haben Sie sich eingelassen?«
»Die Spieler mögen ja Ganoven sein. Wenn es ums Bezahlen geht, wissen die, gibt es kein Pardon.«
Der Major sah endlich auf den Zettel. Gespannt wartete Annette Wellsand auf seine Reaktion.
»Wir machen eine Pause«, entschied er. »Herr Büttner kann auch einen Kaffee vertragen.«

22

Korn fuhr den Mercedes in einer halsbrecherischen Kurve auf die Halle zu. Am Tor erwartete ihn Hadank, hämisch die gelben Zähne bleckend. Oder war es Rosanke? Die Schutzschaltung!, sagte jemand. Hörst du das nicht?
Er hörte es ganz deutlich, das schnarrende Geräusch in regelmäßigen Intervallen, wieder und wieder, und er brauchte lange Minuten, um zu erkennen, was da schnarrte: das Telefon. Auf nackten Sohlen tappte er hinüber ins Wohnzimmer.
»Ja?«, meldete er sich schlaftrunken. Wer um alles in der Welt rief ihn mitten in der Nacht an.
Eine tränenerstickte Frauenstimme sagte etwas, was er nicht verstand. »Cordula?« Was war geschehen? Hatte es seinetwegen Ärger gegeben? Mit Ulrikes Vater? Bis in die frühen Morgenstunden hatte Korn wach gelegen. Die abenteuerlichsten Gedanken waren ihm durch den Kopf gegangen. Immer wieder. Über Cordula. Und über den Kindesvater.
»Nein«, antwortete die Frau. Es überlief Korn siedend heiß. Aber Regina war es auch nicht. Bei ihr war er mit der anderen Hälfte seiner Gedanken gewesen. Er hatte Regina nie betrogen. Jedenfalls nicht in den letzten Jahrzehnten. Und vorher – mein Gott, das war verjährt. Sturm und Drang. Nicht mehr als eine lässliche Sünde. War sie nicht selbst einmal vorzeitig von einer Faschingsfeier verschwunden, und nicht allein!
Korn öffnete die Augen und fühlte sich geblendet. Es musste schon Tag sein. Donnerstag.
»Ich bin Gerd Weidners Frau. Entschuldigen Sie, dass ich Sie so früh störe. Die Polizei war gerade da …«
Korn vernahm ihr Schluchzen. Weidner also!, dachte er

und erwachte allmählich. Jetzt sah er, woher die Helligkeit rührte. Es war Schnee gefallen. Viel Schnee, soweit er das erkennen konnte. Und es schneite immer noch. Hadanks siebenter Winter. Ihn fröstelte.
»Hat die Polizei ihn mitgenommen?« Er versuchte, seiner Stimme einen beruhigenden Tonfall zu verleihen.
»Ich weiß es nicht!«, antwortete sie verzweifelt. »Sie haben nur gesagt, er sei verunglückt.« Ihre Stimme hallte. Anscheinend sprach sie aus einer Telefonzelle.
»Verunglückt?« Korn war jetzt hellwach. »Wann soll das passiert sein?«
»Heute Nacht. Irgendwo hinter Fürstenwalde. Ich kann mir gar nicht vorstellen, was er dort gemacht hat …« Wieder ein Schluchzen. »Bitte entschuldigen Sie. Mir ist kein anderer eingefallen. Bei Ihnen war er doch zuletzt …«
Der Mercedes und die enge Kurve. War der Traum noch nicht zu Ende? Es gab keine Vorahnungen. Er sah Weidners Gesicht vor sich, dann die Treppe zu dessen Wohnung. Nur einmal war er dort gewesen, um die Vorladung zu einem Disziplinarverfahren selbst zu überbringen. Das lag Jahre zurück. Alles lag Jahre zurück, was ihn in den vergangenen zwei Tagen beschäftigt hatte.
»Was hat die Polizei noch gesagt?«
»Nichts … Ich bekäme weiteren Bescheid. Ich wusste gleich, dass er tot ist.« Sie weinte.
»Beruhigen Sie sich«, sagte Korn mit belegter Stimme. Ihm war elend zumute. »Ich komme zu Ihnen. Warten Sie auf mich.«
»Ja«, sagte sie folgsam. Ihre Stimme klang dünn und zaghaft. »Verzeihen Sie. Ich musste mit jemandem reden.« Sie hängte ein.

Korn starrte nach draußen. Vor dem Fenster wirbelten dicke Flocken. Am liebsten hätte er seine brennenden Augen geschlossen und seinen bleischweren Kopf auf die Schreibplatte neben dem Telefon gelegt. Weidner war tot.
Eine ältere, dick vermummte Frau in blaugrauer Uniform, die Korn noch nie gesehen hatte, steckte gerade die letzten Zeitungen in die Hausbriefkästen, als er die Treppe herunterkam. »Guten Morgen«, grüßte sie fröhlich und verließ eilig den Hausflur, bevor Korn ihren Gruß zu erwidern vermochte.
Im Kasten steckten die beiden Tageszeitungen. Er nahm sie heraus. Eine Karte fiel zu Boden: vier Ansichten von Bad Liebenstein. Korn hob sie auf und legte sie in den Kasten zurück. Er war jetzt nicht in der Stimmung, Reginas Post zu lesen. Außerdem hatte er die Brille oben liegen lassen.
Als er den Briefkasten schließen wollte, bemerkte er darin einen Zettel. Achtlos wollte Korn ihn zu den Zeitungen in die Tasche schieben, als sein weitsichtiger Blick an zwei Blockbuchstaben hängen blieb: DU …
Der weitere Text, in einer ausgeschriebenen, ein wenig nach rechts geneigten Schrift, den Korn mit einiger Mühe entzifferte, lautete: … bist auf der richtigen Fährte. Darunter eine Buchstabenkombination, die nur GW bedeuten konnte. Noch vor zwei Tagen hätte Korn lange daran herumgerätselt. Jetzt erkannte er Gerd Weidners Schrift sofort. Auf Weidners Aufzeichnungen hatte man sich während der Vorlesungen immer verlassen können. Und oft genug hatte er bei Klausuren auf dessen Blatt geschielt, und nicht immer nur zur Kontrolle der eigenen Ergebnisse.
Seit wann lag dieser Zettel im Kasten? Konnte mit der »richtigen Fährte« sein Besuch in der »Nina« gemeint sein? Korn

überdachte die Ereignisse des Vortages. Er war am Vormittag bei Dettenberg aufgekreuzt – nach Weidner – und dann an die Ostsee gefahren; dorthin konnte ihm Gerd kaum gefolgt sein. Blieb der Besuch in Graubaums Wohnung. Aber Weidner war auch dort vorher gewesen. Weshalb hatte er die Nachricht nicht einfach unter den Scheibenwischer geklemmt, wenn er das Haus ohnehin beobachtete?

Oder war er ihm gefolgt – bis zu Cordula?

Korn unterdrückte sein Unbehagen, verwahrte den Zettel sorgfältig in der Brusttasche und ging zu seinem Wagen. Weidner hatte also etwas herausgefunden. Und nun lebte er nicht mehr. Das wollte Korn noch immer nicht in den Kopf. In Gedanken versunken fegte er die dicke Schneeschicht von der Motorhaube. Als plötzlich eine schleppende Stimme hinter ihm sagte: »Hatte ich mir ausgerechnet, dass du jetzt losbrausen musst«, zuckte er zusammen und fuhr herum.

Da stand Winfried Sandau, mit offenem Mantel, Haar und Brille vom Schnee überpudert, die Wurstfinger blaugefroren.

»Was willst du denn hier?«, herrschte Korn ihn an.

»War zufällig in der Gegend.« Achtlos streifte Sandau den Schnee ab, den Korn mit dem Handfeger gegen ihn schleuderte. »Hast neulich Abend Schwein gehabt. Wie immer. Du warst keine halbe Stunde weg, da kam der Kumpel rein …« Die gekrümmt emporgereckten Zeigefinger sollten wohl ein männliches Rind darstellen. »Haben mich glatt hochgezogen, die Jungs.«

Korn, beim Fegen inzwischen an der Kofferklappe angekommen, fragte über den Wagen hinweg: »Was willst du von mir? Ich habe es eilig.«

»Das ist ja nichts Besonderes bei dir. Ich dachte, du nimmst mich vielleicht mit und wir reden ein bisschen …«
»Ich habe Urlaub. Ich fahre nicht zum Betrieb.«
Diese Auskunft schien Sandau ein wenig aus dem Gleichgewicht zu bringen. Er trat einen schwankenden Schritt auf den Wagen zu. »Dafür stehst du aber verdammt früh auf.«
Korn antwortete nicht. Er riss die linke Tür auf und warf den Handfeger unter den Sitz. Sandau kam um das Auto herum und mit ihm eine Spritfahne.
Korn verzog angewidert das Gesicht. »Wie lange stehst du hier schon?«
»Ich wollte mit dir reden. Wegen der Sache mit Rosanke …«
»Was für eine Sache mit Rosanke?«, fragte Korn barsch, sah dann jedoch ein, dass es sinnlos war, Sandau jetzt noch auszuweichen, wo der ihn in der »Nina« gesehen hatte. Er überwand sich. »Was wollten sie von dir wissen?«
»Hör zu!«, sagte Sandau selbstgefällig. »Ich bin im Bilde, was da gelaufen ist.« Er war nicht der ewig schuldbewusste Trinkertyp wie Weidner. Nur durch die offene Wagentür getrennt, die keinen Schutz vor Sandaus Atem bot, standen sie sich gegenüber. »Ich kann mich sehr deutlich an Mittweida erinnern. Verstehst du?«
»Du sprichst ja laut genug.«
»Als ich dazukam, habt ihr davon gesprochen, das Geld auf Eis zu legen. Oder in den Sand. Er wüsste da eine Dünenlandschaft, hat ein gewisser Eisverkäufer gesagt. Weißt du das noch?«
»Du kannst ja die Dünen umgraben«, sagte Korn leichthin. »Wird sich Frau Rosanke freuen.« Er beugte sich in den Wagen, um den Schlüssel ins Zündschloss zu stecken. Sandau war ihm einfach widerwärtig.

»Weiß sie, dass unser Freund Hannes jetzt mit kleinen Jungs fummelt?«
Korn richtete sich auf und versetzte Sandau mit der Tür einen Stoß, dass der zurücktaumelte. »Jetzt hör mal zu!« Er versuchte, seiner Stimme einen eisigen Tonfall zu geben. »Ich bin ein mildtätiger Mensch. Ich nehme dich mit bis zur S-Bahn, und du fährst nach Hause. In deinem Zustand betrittst du den Betrieb nicht. Verstanden?«
»Geht klar.« Sandau grinste und hob beide Hände, als würde er mit einer Waffe bedroht. »Keine Angst vor Winne. Winne hält das Maul. Kein Wort von Mittweida und von der ganzen ehrenwerten Gesellschaft.«
Das klang wie Mafia und war wohl auch so gemeint.
»Hast du schon mal versucht, mit dem Saufen aufzuhören?«, erkundigte sich Korn in normalem Tonfall.
»Zu spät, Siggi.« Resigniert ließ Sandau die Hände sinken. »Das Schlimme ist: Es schmeckt mir. Was hätte ich jetzt noch davon, aufzuhören?«
»Gerd Weidner hat auch aufgehört.« Das war das schlechteste aller denkbaren Beispiele. Korn wusste es im gleichen Augenblick.
»Und? Was hat er davon? Die Bullen sind hinter ihm her!« Sandaus Finger umklammerten den Türrahmen; er versuchte, möglichst dicht an den zurückweichenden Korn heranzukommen, und fragte vertraulich: »Meinst du auch, dass er es war?«
»Du bist ein Arschloch, Sandau!«, entgegnete Korn, und er sagte es aus tiefstem Herzen.
Sandau hauchte auf seine blauweißen Fingerkuppen und griente freudig. »Endlich redest du wie ein Mensch. Obwohl ich mir das von dir als Leiter nicht bieten lassen müsste,

wenn du im Dienst wärst!« Er lachte rau. Korn schloss die Wagentür und trat auf Sandau zu. »Weidner ist tot«, sagte er leise, und er war sicher, dass Trauer in seiner Stimme lag. Sandau taumelte zwei Schritte zurück und glotzte ihn an wie das Kalb seinen Schächer. »Also war es doch einer von euch«, sagte er so klar und fest, wie man es in seinem Zustand nicht vermutet hätte. Er drehte sich um und stapfte quer über die vom Schnee bedeckte Grünfläche davon. Korn rief ihn nicht zurück.

23

Die Nachricht von Weidners Tod erreichte Fiebig erst gegen 6 Uhr 50. Von der Verkehrsunfallbereitschaft in Fürstenwalde erfuhr er, dass die dortige K die Ermittlungen aufgenommen hatte. Zeugen für den Hergang des Unfalls gab es nicht. Der Fahrer eines Milchzuges hatte die Unfallstelle anscheinend unmittelbar nachdem das Unglück geschehen war, passiert und den Verletzten mit einiger Mühe aus dem roten Škoda geborgen. Als nach mehr als einer halben Stunde das nächste Fahrzeug vorbeikam, zufällig der Tierarzt der Gegend, konnte der nur den Tod des Mannes feststellen.

»Ich schicke euch jemanden von uns«, sagte Fiebig kurz entschlossen.

»Ist nicht nötig. Die Genossen sind unterwegs zur Unfallstelle.«

»Besser ist besser«, meinte Fiebig und legte auf.

Annette Wellsand fühlte sich angesprochen. »Ich fahre. Meinen Sie, er hatte vielleicht das Geld …«

Fiebigs Blick ließ sie verstummen. »Ich möchte nicht, dass etwas übersehen wird. Und ich möchte wissen, was Weidner in der Gegend gesucht hat.«

»Mitten in der Nacht und in einem fremden Fahrzeug«, fügte Zabel hinzu. »Und bei dem Wetter …« Er wusste, dass Annette Wellsand keine begeisterte Autofahrerin war. Sie besaß ihren Führerschein erst seit einem halben Jahr.

Fiebig verstand ihn. »Dann übernimmst du das«, entschied er. »Leutnant Wellsand fährt mit zwei Mann von der Fahndung zum VEB Baumechanik.«

Im VEB Baumechanik arbeitete ein Kraftfahrer namens

Herbert Kaminski. Achtunddreißig Jahre alt. In der Spielerszene als Nulle bekannt, vor Jahren einmal wegen schwerer Körperverletzung und Nötigung vorbestraft. Harald Büttner hatte einen eher widerwilligen Blick auf das Foto geworfen, das einen kalt blickenden Mann mit beginnender Stirnglatze und schmalen Lippen zeigte. Der ist inzwischen 'n paar Jahre älter, war alles, was er dazu bemerkte.
Kaminski wohnte angeblich seit über einem Jahr nicht mehr unter der beim Meldewesen bekannten Adresse. Und ich bin froh darüber, hatte die aus dem Schlaf aufgeschreckte Frau Hauptmann Zabel erklärt. Eines Tages musste das ja schiefgehen mit Herbert. Was da schiefgehen musste, wollte sie nicht erklären. Und wo ihr geschiedener Mann sich aufhielt, wusste sie nicht. Interessiert mich auch nicht, sagte sie. Das Geld für die Kinder beziehe ich per Lohnpfändung vom VEB Baumechanik.
»Soll ich das nicht lieber erledigen?«, erkundigte sich Wischnewski.
»Du fährst wie vorgesehen zum Betriebsteil vier und bearbeitest weiter, was da draußen anliegt. Ich muss mit dem Staatsanwalt reden. Ein Wunder, dass der noch nicht hier ist. Und um acht Uhr dreißig ist Rapport beim Oberst.«
»Was wird mit Korn?«, fragte Annette Wellsand, die ihren Beobachtungsposten vor Cordula Landgrafs Haustür erst nach 22 Uhr auf Fiebigs Weisung verlassen hatte.
Fiebig sagte: »Vielleicht ist der inzwischen ins traute Heim zurückgekehrt. Ich kann ihn ja zur Abwechslung mal wieder anrufen.«

»Ich frage mich, wie du das fertiggebracht hast!«, tobte der aufgeregte kleine Mann und wischte mit dem Finger über das verstümmelte Betriebsemblem auf der Fahrzeugtür. »Auf beiden Seiten dasselbe! Hast du versucht, durch 'n Schlüsselloch zu fahren?«

»Hab dich nicht so!«, knurrte der Kraftfahrer. »Wirst ja noch so 'n Abziehbild in deinem Lager haben.«

Mit wachem Misstrauen beobachtete er die drei Betriebsfremden, die da unter dem Schleppdach auf sie zukamen.

»Abziehbild!« Der Mann in dem blauen Kittel lief rot an. »Und der Lack?« Sein öliger Finger fuhr über die graue Fläche, unter der die Grundierung in Flecken sichtbar war. »Zu dämlich, 'n Eimer Wasser umzuschmeißen! Das kostet dich 'ne Kleinigkeit. Bleib hier!«

Er wandte sich um und bemerkte, dass er Zuhörer hatte; eine Frau und zwei Männer. »Was wollen Sie denn hier?«, fuhr er sie an. »Im Fuhrpark ist der Zutritt verboten.«

»Wir möchten Herrn Kaminski sprechen«, entgegnete die Frau sanft. »Kriminalpolizei. Leutnant Wellsand.«

Kaminskis Blick irrte von einem zum anderen. Dann besann er sich und schaute aufreizend gleichmütig über die Köpfe hinweg hinaus auf den verschneiten Hof.

Der Meister beobachtete ihn. »Was wollen die von dir?« Kaminski antwortete nicht.

»Im Grunde möchten wir das Gleiche wissen wie Sie.« Leutnant Wellsand trat an den B 1000 heran und betrachtete die Lackschäden.

»Sie ziehen sich bitte um«, forderte einer der beiden Männer Kaminski auf.

»Der muss raus nach Wilhelmsruh!«, sagte der Meister aufgebracht. »Ich habe keinen anderen Fahrer für den Wagen.«

Annette Wellsand schenkte ihm ihr nettestes Lächeln. »Das Fahrzeug müssen wir leider ebenfalls mitnehmen.«

»Ihr habt mir noch gefehlt in meiner Raupensammlung!«
Der Meister sah seinem Kraftfahrer nach, der in Begleitung der beiden Kriminalisten hinüber zum Werkstattgebäude ging.
»Was hat er denn ausgefressen?«
»Es scheint, als habe jemand eine Folie über die Wagentür geklebt, und als er sie wieder entfernt hat, wurde dabei auch die Farbe abgerissen.«
Verblüfft betrachtete der Meister die Fahrzeugtür und dann ein wenig misstrauisch die Kriminalistin. »Schräge Touren sind bei uns nicht üblich. Er ist ja ’n ziemlich ekelhafter Kunde, manchmal. Aber seine Arbeit macht er. Einwandfrei. Keine Klagen.«
»Dafür nimmt er das Fahrzeug öfter mal mit nach Hause.«
»Mann!«, sagte er verlegen, obwohl es sich bei seiner Gesprächspartnerin augenscheinlich um eine Frau handelte. »Wenn die von der Baustelle kommen, ist der Laden hier meistens dicht. Wer will das alles kontrollieren.«
»Sie verwenden in Ihrem Betrieb auch Funkgeräte. Hat Kaminski Zugang dazu?«
»Funkgeräte? Sie meinen diese Walkie-Talkies für die Kräne?« Er blickte sich misstrauisch um. »Glaube ich nicht. Aber der kennt Gott und die Welt und hat überall die Finger drin.«
»Danke. Würden Sie mir bitte die Fahrzeugpapiere, das Fahrtenbuch und Ihre diesbezüglichen Unterlagen aushändigen.«
Der Meister kratzte sich sorgenvoll seine eisengrauen Haarstoppeln. »Das muss ich erst mal der Leitung melden …«

24

In Weidners Haus roch es, als habe ein Zigarrenraucher seine Wohnung gerade zum Flur hin gelüftet. Korns Magen krampfte sich zusammen. Der Geruch verursachte ihm Übelkeit.

Eine unscheinbare junge Frau, blass und mit verquollenen Augen, öffnete die Wohnungstür, bevor er noch klingeln konnte, und bat ihn flüsternd herein. »Sie hätten sich nicht extra bemühen müssen.«

Korn drückte ihre kalte Hand viel länger, als er das normalerweise getan hätte. Statt ihr sein Beileid auszusprechen, sagte er: »Ich kann es noch gar nicht glauben«, und das war keine Floskel. Auf dem Weg hierher hatte er ernsthaft darüber nachgedacht, ob er diesen Anruf nicht nur geträumt hatte.

Die Zimmertür öffnete sich. Ein Kind in einem Schlafanzug mit zu kurzen Hosenbeinen schlüpfte in den Flur. »Ist das schon wieder die Polizei?«, erkundigte es sich altklug.

»Patrick! Zieh dich endlich an und lauf nicht barfuß herum. Das ist Papas Chef.«

»Und wann kommt Papa?«

Sie blickte Korn hilflos an. Der ließ sich in die Hocke nieder. »Hör mal«, sagte er, »du bist doch schon ein großer Junge. Du ziehst dich jetzt an, und ich fahre dich mit dem Auto zur Schule. Einverstanden?«

Der Kleine sah ihn ernst und nicht ohne Misstrauen an. »Ich gehe in die zweite Gruppe«, sagte er. »Bei Frau Marx. Kennst du die?«

Korn strich ihm über das strubbelige Haar. Es war schon zu lange her, dass seine Kinder so klein gewesen waren.

»Ich dachte, du bist mindestens in der zweiten Klasse.« Er schob ihn sanft in das Zimmer zurück. »In der Schule sind jetzt Ferien«, sagte Patrick noch.
»Er weiß nicht, dass Gerd – nicht sein Vater ist…« Die Frau sprach leise und stockend. »Nicht sein Vater *war.*« Sie unterdrückte ein Schluchzen. »Ich kann es ihm nicht sagen.« Korn legte seinen Arm um ihre schmale Schulter. »Das hat ja Zeit«, sagte er beruhigend. »Können Sie darüber sprechen, wie es passiert ist?«
»Ich weiß gar nichts«, sagte sie, den Tränen immer noch nahe. »Möchten Sie einen Kaffee?«
»Nein, danke. Das ist nicht nötig.«
»Ich brauche auch einen. Am besten mit einem Kognak.« Sofort fiel Korn ein, was er von ihr und Weidner wusste. Wenig genug. »Gut, ich trinke einen Kaffee mit. Aber für beide ohne Kognak. Einverstanden?«
»Er hat Ihnen alles erzählt«, stellte sie fest und öffnete die Küchentür. »Wir haben gar keinen Alkohol im Haus.«
Die Küche wirkte sehr sauber und aufgeräumt. Korn setzte sich auf einen der drei Stühle am Tisch vor dem Fenster. An der Wand ihm gegenüber hing ein Vogelbauer, in dem ein Wellensittich rappelte.
»Wohin wollte Gerd gestern Abend?«
»Ich habe ihn seit gestern früh nicht gesehen. Er war da erst in der Nacht zurückgekommen und wirkte ziemlich aufgeregt. Er hat uns aber wie jeden Morgen zum Kindergarten gefahren…« Sie senkte den Kopf und hantierte mit dem Teekessel. »Wir haben uns nicht mal einen Abschiedskuss gegeben.«
Korn ließ einige Zeit verstreichen, bevor er fragte: »War vielleicht irgendetwas mit dem Auto nicht in Ordnung?

Gerd war doch ein sicherer Fahrer.«
Sie stellte die geöffnete Kaffeebüchse auf den Tisch neben Korn und sah ihn an. »Das ist ja das Seltsame. Er ist gar nicht mit unserem Auto unterwegs gewesen. Ein Škoda, hat der Polizist gesagt. Ich habe schon darüber nachgedacht. Ich glaube, Gerd hat am Wochenende etwas an einem Škoda geschweißt und wollte ihn lackieren.«
»War denn der Polizist heute Morgen nicht von der Kriminalpolizei?«
»Nein. Die war gestern Abend hier.« Sie sah Korn fest an. »Was hat Gerd getan? Sagen Sie es mir wenigstens!«
»Nichts«, entgegnete Korn. »Er hat nichts Unrechtes getan. Da bin ich ziemlich sicher.«
»Er hatte so viel Vertrauen zu Ihnen. Der Siegfried, wenn ich mit dem reden könnte ... Gestern war er bei Ihnen?«
»Vorgestern.« Und ich habe ihn nicht verstehen wollen, dachte Korn. Er fühlte sich schlaff und mutlos. »War sonst niemand hier?«, fragte er.
Sie nahm die Kaffeebüchse und ging damit zum Schrank. »Doch«, sagte sie gepresst. Jemand, der Gerd unbedingt sprechen wollte.«
»Können Sie mir sagen, wer es war?«
Sie wandte sich um und war feuerrot im Gesicht. »Angeblich ein alter Freund! Ich habe ihn nicht reingelassen. Ein ganz unmöglicher Mensch! Er roch nach Alkohol und redete schreckliches Zeug ... «
»Grauhaarig, mit Brille?«
Sie nickte.
»Und was wollte er von Gerd?«
»Er sagte, er habe Gerd nur warnen wollen.« Ihre Hand zitterte, als sie ihm den Kaffeetopf reichte.

Unten auf der Straße war die Stadt zum Leben erwacht. Der Schnee dämpfte die Geräusche. Eine Straßenbahn rollte vorbei und klingelte warnend.
»Sie können das wahrscheinlich nicht verstehen, was es für Gerd bedeutet hat, dass er trocken war. Ich bin da nur so reingerutscht, durch meinen ersten Mann, und bin schnell davon wieder losgekommen. Aber Gerd war richtig krank. Alkoholkrank. Er durfte nie wieder einen Tropfen trinken.«
Korn wärmte sich die Finger an dem heißen Kaffeetopf. Er hielt ihn umklammert, bis der Schmerz endlich sein Hirn erreichte. »Ich bin ein Hornochse«, sagte er. »Ich hätte ihm helfen müssen.«
In ihrem Gesicht konnte er lesen, dass auch sie dieser Meinung war. »Ich glaube, er hat nur unseretwegen durchgehalten. Er mochte Patrick. Seinen Großen hat er ja nicht mehr sehen dürfen. Der hatte vor zwei Jahren Jugendweihe. Die Mutter hat das Geschenk zurückgeschickt.«
»Wie hoch waren Gerds Schulden?«
Sie sah ihn betroffen an, dann ließ sie hilflos die Schultern sinken. »Das hat er mir nie gesagt. Sehr hoch. Er hat ängstlich darauf geachtet, dass alles Geld auf mein Konto eingezahlt wurde. Ich habe ihm immer geraten: Sprich mit jemandem darüber! Es muss doch einen Weg geben, da rauszukommen! Manchmal hat er wohl darüber nachgedacht. Er war so eigensinnig und hat gemeint: Ich habe mir das alleine eingebrockt – also werde ich die Suppe auslöffeln.«
»Wissen Sie, an wen er gezahlt hat?«
»Nein. Das liegt alles lange zurück. Er war da so reingeschlittert. Anfangs hat er auch gewonnen. Und dann ist nach und nach die Erbschaft draufgegangen. Er war anfäl-

lig für solche Dinge wie Alkohol oder Glücksspiele. Das hat er erst während der Zeit im Griesinger-Krankenhaus wirklich begriffen. Und draußen haben die mit den Schuldscheinen auf ihn gewartet … «

Der Junge polterte in die Küche, bereits mit Stiefeln und einer Pudelmütze bekleidet. Unter dem Pullover hingen die Hosenträger hervor. »Es hat geschneit!«, rief er begeistert. »Nimmst du meinen Schlitten mit in deinem Auto?«

»Du hast noch nicht gefrühstückt.« Die Mutter zog ihm die Mütze vom Kopf und nestelte an den Trägern herum. »So viel Zeit hat der Herr Korn gar nicht.«

»Doch«, sagte Korn. »Versprochen ist versprochen.« Mit einem Freudenschrei verschwand der Junge.

»Haben Sie das alles auch der Kriminalpolizei erzählt?«, erkundigte sich Korn.

»Ich hatte Gerd versprochen, niemals auch nur ein Wort darüber zu reden. Die haben mir ja nicht einmal gesagt, was sie von ihm wollen.«

Korn verstand sie, dennoch empfahl er ihr: »Wenn die wiederkommen, erzählen Sie denen alles. Auch die geringste Kleinigkeit. Es kann sehr wichtig sein.«

Sie sah ihn ungläubig an. »Sie meinen – das hat etwas mit dem Unfall zu tun?«

»Ich weiß nicht«, sagte Korn unzufrieden. Genau darüber versuchte er sich klar zu werden. »Wir waren einmal richtige Freunde, der Gerd und ich. Und noch zwei andere … « Er spürte, dass er seine Stimme nicht mehr beherrschte, und räusperte sich. »Er war der jüngste von uns.«

»Würden Sie – ich meine, bei der Beisetzung … Es muss doch jemand ein paar Worte sagen … «

Korn stützte seinen Kopf in die Hände und presste die

Daumen gegen die Kiefergelenke, bis es schmerzte. »Natürlich ... «, sagte er müde.
»Sie kennen doch alle im Betrieb. Gibt es da einen Blaubaum oder so ähnlich ... ?«
»Graubaum!« Fast wäre Korn aufgesprungen. »Was ist mit dem?«
»Ja, Graubaum. Dem gehört wahrscheinlich der Škoda . Der Polizist hat mich gefragt, ob ich den Fahrzeughalter kenne ... «

25

Nach fast zwei Jahrzehnten die Namen einer bestimmten Gruppe von Fernstudenten zu ermitteln erwies sich als nicht ganz problemlos. Sämtliche Unterlagen befanden sich längst im Archiv im Stammbetrieb des Kombinats. Falls sie überhaupt noch vorhanden waren.
»Rufen Sie einfach Siegfried Korn an«, schlug die Kaderleiterin vor. »Oder soll ich es für Sie versuchen?«
Wischnewski winkte entschieden ab. Genau das wollte er nicht.
»Ich werde Sandau befragen«, sagte er.
Dessen Arbeitsplatz, an einem mit Messgeräten überladenen Tisch im Erdgeschoss, war unbesetzt. Von Sandau keine Spur.
»Der weiß doch gar nicht, wie man mit der Straßenbahn hierherkommt«, spottete Daniel Schmidt vorwitzig und blinzelte dem Oberleutnant durch seine Kassenbrille zu. »Meinen Sie, der ist es gewesen?«
Ärgerlich stapfte Wischnewski hinauf in Korns Büro.

Im Vorzimmer stand Cordula Landgraf mit dem Telefonhörer in der Hand. Halb erschrocken, halb flehend sah sie Wischnewski an.
»Für mich?«, fragte er.
Sie reichte ihm hastig den Hörer.
»Hier ist Korn!«, sagte eine Frauenstimme. »Ich möchte meinen Mann sprechen!«
»Der ist im Augenblick nicht hier.«
»Das merke ich. Sind Sie das, Herr Androsch?«
»Nein. Mein Name ist Wischnewski. Von wo rufen Sie an?«
Über Korns Frau hatte er sich bisher keine Gedanken gemacht.
»Aus Bad Liebenstein.« Ihre Stimme verriet, dass sie beunruhigt war. »Ich versuche seit gestern vergeblich, meinen Mann zu erreichen. Irgendwo im Betrieb muss er doch auffindbar sein!«
»Haben Sie es zu Hause versucht? Hier hat ihn heute noch niemand gesehen.« Wischnewski schaute dabei zu Cordula Landgraf, die emsig im Posteingangsbuch blätterte.
»Dann geben Sie mir noch mal Frau Landgraf!«, forderte Frau Korn ungeduldig.
Wischnewski hielt Cordula den Hörer hin. Die schüttelte abwehrend den Kopf.
»Tut mir leid«, sagte Wischnewski. »Im Augenblick kann ich Ihnen nicht helfen.«
Er legte auf und wies einladend auf Korns Büro. »Nun wollen wir uns mal ein bisschen unterhalten, Frau Landgraf.«
Sie nahm am Schreibtisch Platz und beschäftigte sich damit, den Stenoblock und drei sorgfältig gespitzte Bleistifte vor sich auf dem Tisch zu richten. Wischnewski betrachtete sie in aller Ruhe. In ihrer sanften Miene lag ein Schimmer von müder Melancholie.

Sein ausdauernder Blick bereitete ihr offensichtlich Unbehagen. »Ich wusste wirklich nicht, was ich der Frau sagen sollte«, versuchte sie sich zu entschuldigen.
Wischnewski ging nicht darauf ein. »Frau Landgraf«, begann er gemessen, »Sie haben am Dienstagvormittag zu Hause auf Ihre Möbel gewartet, obwohl Sie wussten, dass hier die Jahresendprämie zur Auszahlung anstand.«
Es schien, als habe sie ihn nicht gehört. Ihre großen braunen Augen unter den hohen Brauenbögen blickten irgendwohin in die Weite des Raumes.
»Es war vom Donnerstag die Rede«, sagte sie schließlich leise.
»Frau Landgraf! Es ist doch ganz unwahrscheinlich, dass Ihr Chef eine so wichtige und, wie ich inzwischen erfahren habe, auch aufwendige Veränderung nicht wenigstens mit Ihnen abgesprochen hat.«
Sie wandte ihm ihr Gesicht zu. Alles Sanfte war daraus entschwunden. »Sie kennen den Kollegen Korn nicht. Über seinen Urlaub beispielsweise hat er weder mit mir noch mit seiner Frau gesprochen, wie Sie soeben bemerken konnten.« Und wie um die Schroffheit dieses Vorwurfs zu mildern, setzte sie hinzu: »Hier ist das auch gar nicht nötig. Bei uns läuft so etwas ohne viele Worte.«
»Er hat Ihnen am Freitag nicht mitgeteilt, dass er seinen Urlaub antritt?«
»Der Freitag war mein Haushaltstag. Und von seinem Urlaub war seit Oktober öfter die Rede.«
»Der Freitag war Ihr Haushaltstag …« Wischnewski dehnte die Worte, als stecke ein tiefer Sinn dahinter. »Und am Dienstag haben Sie dann Ihre Möbel bekommen …«
»Die Möbel für das Zimmer meiner Tochter. Das war mit

dem Kollegen Korn vereinbart. Ich hatte noch Plusstunden, von der Jahresabrechnung her.«

Wischnewski nickte verstehend. »Das mit den Plusstunden höre ich hier nicht zum ersten Mal. Vielleicht kann ich meinen Vorgesetzten auch mal von einer solchen Regelung überzeugen.«

Er lächelte ihr zu. Sie reagierte nicht darauf, klimperte nur angelegentlich mit ihrem Halsschmuck.

»Korn hat Ihnen also am Donnerstag nichts über die Veränderung mitgeteilt, und am Freitag haben Sie ihn nicht gesehen. Möglicherweise haben Sie am Wochenende etwas von ihm gehört?«

Auch diese Frage ließ sie einige Zeit unbeantwortet. »Ich habe viel für meine Arbeit übrig«, sagte sie endlich. »Nur nicht am Wochenende. Das respektiert der Kollege Korn.«

Wischnewski gebärdete sich so friedfertig wie eine Katze, die eine Maus beobachtet. »Dennoch wäre es möglich, dass er über etwas so Wichtiges auch außerhalb der Arbeitszeit mit Ihnen spricht. Wie gestern Abend beispielsweise … «

Ihr Gesicht blieb unbewegt. Ihre Stimme aber klang nicht mehr ganz so fest wie vorher. »Hat er Ihnen das erzählt?«

»Möglicherweise haben Sie nicht ausschließlich über betriebliche Belange miteinander gesprochen … «

Sie sah etliche Sekunden geradeaus, an Wischnewski vorbei, ehe sie sagte: »Kollege Korn kam aus rein privaten Gründen zu mir.« Und dann fügte sie herausfordernd hinzu: »Ich habe mit ihm geschlafen, falls Sie das interessiert.«

Wischnewski zögerte. »Eigentlich nicht. Allerdings wäre es schon recht ungewöhnlich, wenn Sie darüber hinaus nicht über ein gewisses Ereignis miteinander gesprochen hätten, das mich im Augenblick vordringlich beschäftigt.«

Das war keine Frage, und sie erwiderte auch nichts.
»Hat Korn eventuell irgendeinen Namen erwähnt? Weidner vielleicht?«
Sie hielt den Kopf gesenkt. Als der Oberleutnant keine Antwort mehr erwartete, sagte sie: »Er schien ein bisschen unglücklich darüber, dass ausgerechnet Weidner durch ihn von der Terminänderung erfahren hat.«
»Er hat mit Weidner darüber gesprochen?« Endlich ein Fingerzeig. Oder ein Ablenkungsmanöver?
»Und Sie selbst haben vor dem Dienstag nichts von dem veränderten Termin gewusst?«
»So ist es.«
»Frau Wagenknecht ist anderer Ansicht.«
»Es wäre nicht das erste Mal, dass sich die Kollegin Wagenknecht irrt, wenn es um meine Person geht.«
Korns Telefon summte anhaltend.
Die Kaderleiterin teilte Wischnewski mit: »Unser Direktorat für Weiterbildung hat sich an die Prämien erinnert, die wir beim Studienabschluss gewöhnlich überreichen. Wir haben die entsprechende Aufstellung gefunden.«
»Ich höre.«
»Da waren in dem Jahr zuerst zwei Absolventinnen der Fachschule in Gotha … «
»Die nicht«, sagte Wischnewski ungeduldig.
»In Mittweida haben damals nur drei Kollegen abgeschlossen: Ulf Dettenberg, Siegfried Korn, Johannes Rosanke.«
»Rosanke?«, vergewisserte sich Wischnewski. Er hatte den Namen nicht genau verstanden. »Sind die alle noch im Kombinat tätig?«
»Nein. Nur Siegfried Korn. Ulf Dettenberg bekleidet eine

leitende Stellung im Bereich unseres zuständigen übergeordneten Organs. Rosanke ist in die Gastronomie abgewandert, so viel mir bekannt ist.«

»Ich danke Ihnen!«, sagte Wischnewski ein wenig überschwänglich. »Ich hoffe, das hilft uns weiter.«

Cordula Landgraf vermochte ihr Interesse an dem Inhalt des Telefongesprächs nur schlecht zu verhehlen..

Wischnewski fragte geradezu: »Sind Ihnen die Namen Dettenberg und Rosanke geläufig?«

Sie gab sich alle Mühe, unbefangen zu wirken. »Ich habe gehört, in Rosankes Gaststätte soll vorgestern Abend Sandau festgenommen worden sein.«

»Sie meinen, in der ›Nina‹?« Wischnewski war tatsächlich verblüfft. »Von wem wissen Sie das?«

»Siegfried Korn erwähnte es.«

Sie war kein bisschen verlegen. Wahrscheinlich gefiel es ihr, dass sie ihn aus dem Konzept gebracht hatte.

»Und woher hat Korn diese Information?«

»Ich habe ihn nicht danach gefragt«, erwiderte sie kurz, als täte es ihr nun leid, überhaupt etwas gesagt zu haben.

»Hat Herr Korn erwähnt, ob er mit Weidner Kontakt hatte? Ich meine, nach der Tat?«

»Weshalb fragen Sie nicht Weidner? Haben Sie den immer noch nicht gefunden?«

Wischnewski holte tief Luft. Das führte alles zu keinem greifbaren Ergebnis. »Herr Weidner ist heute Nacht in der Gegend vor Fürstenwalde ums Leben gekommen«, sagte er knapp.

Mit Cordula Landgraf ging eine erstaunliche Wandlung vor.

»Sie lügen!«, stieß sie hervor. Und noch einmal: »Sie lügen!«

Ihre bebenden Lippen kündigten Tränen an.

Wischnewski war einigermaßen überrascht von ihrem Aus-

bruch. Sie hob die Hände vor ihr Gesicht und schluchzte unterdrückt. Er ließ ihr Zeit.
Sie saß noch in der gleichen Haltung, als kräftig an die Tür geklopft wurde und Adelheid Wagenknecht den Raum betrat. Cordula nahm keine Notiz von ihr.
»Bleiben Sie bei ihr«, bat Wischnewski. »Ich muss erst einmal mit meiner Dienststelle telefonieren.«
»Hatte ich also doch recht«, sagte Adelheid mütterlich und legte ihre Hand auf Cordulas Schulter. Die schüttelte sie unwillig ab.

26

Fröstelnd zog Korn seinen Mantel enger um sich herum. Noch immer fielen nasse Flocken vom bleigrauen Himmel. Er strich mit der Hand über das feuchte Haar. Er bedauerte jetzt, dass er keinen Hut trug; er besaß nicht mal einen. Er hätte ihn abnehmen können. Einfach so, als eine Geste für Weidner, den ehemaligen Freund, den er zu früh aufgegeben hatte. Doch diese Einsicht kam zu spät.
Schwerfällig stapfte Korn durch den Schnee zu seinem Wagen zurück. Er hatte die junge Frau bis vor das Bürogebäude in der Storkower Straße begleitet, sie immer wieder gefragt, ob er nichts für sie tun könne. Wahrscheinlich weil er nicht wusste, was er nun tun sollte. Er dachte daran, Fiebig anzurufen, ihm zu sagen: Diesen Unfall müssen Sie genau untersuchen! Er sah die hellen Augen des Majors vor sich, und diese Vorstellung missfiel ihm. Es wäre unklug, befand er, sich den Kriminalisten in der gegenwärtigen Situation mit ungebetenen Ratschlägen aufzudrängen. Das Beste war, nach Hause zu fahren, ein heißes Bad zu nehmen und in Ruhe auf den Mann mit dem Hans-Albers-Blick oder auf den Skiläufer zu warten. – Ob ein unterlassener Hinweis strafbar im Sinne des Gesetzes war? Über die moralische Schuldfrage gab er sich keiner Illusion hin. Hadank würde ein Machtwort sprechen. Korn fühlte sich erschöpft und hilflos. Er spürte keinen Hunger und keinen Durst. Nicht einmal die Kälte, als er seine Finger tief in den frischen Schnee am Straßenrand schob und eine Hand voll aufhob, um damit sein Gesicht zu kühlen. Das tat gut. Er sah sich um, ob ihn vielleicht jemand beobachtete. Es war niemand da. Ihm schien, als sei es totenstill. Er guckte auf die Uhr: zehn Minuten vor acht.

Seine Hände zitterten, als er das Auto aufschloss. Mechanisch suchte er die Taschen nach Zigaretten ab, bis ihm einfiel, dass er nicht mehr rauchte. Und gegessen hatte er noch viel weniger, als er sich vorgenommen hatte. Fühlte er sich – nur deshalb so schlecht?
Er war lange genug in seiner Funktion, um nüchtern einschätzen zu können, was er getan und was er unterlassen hatte: der Kripo wichtige Fakten vorenthalten, sich in einer kritischen Situation nicht um den ihm anvertrauten Fachbereich gekümmert. Er war herumgegondelt, hatte alle Verdächtigen aufgescheucht und zu allem Überfluss auch noch mit Cordula geschlafen. Und inzwischen war Weidner gestorben. Verunglückt. In einem Škoda, der Graubaum gehörte. Wie konnte es dazu gekommen sein? War die Nachricht im Briefkasten ein Hilferuf gewesen? Zum x-ten Mal dachte Korn über den Text nach.
Jetzt zur Eichendorffstraße zu fahren erschien ihm sinnlos. Der Major hatte das Pärchen in dem pflaumenblauen Schlafzimmer wahrscheinlich längst aufgespürt. Alles war klar. Jedenfalls das meiste. Rosanke würde seine gutgespielte Überlegenheit aufgeben, früher oder später.
Und ihm stand bevor, seine eigenen Angelegenheiten zu ordnen. An Regina wagte er noch gar nicht zu denken. Aber Hadank – mit dem musste er reden. Dem endlich ein paar Wahrheiten ins Gesicht sagen, die ihm schon lange Gallenstechen bereiteten. Nur war das jetzt vielleicht nicht der glücklichste Zeitpunkt für eine solche Auseinandersetzung. Hadank hatte alle Trümpfe in der Hand.
Und wenn schon. Er hatte sich die längste Zeit als Leiter geplagt.
Korn überdachte diesen Satz mehrmals. Das erwartete

Gefühl der Erleichterung wollte sich nicht einstellen. Er schloss die Augen und massierte sich die Schläfen; sein Schädel dröhnte. Sandau kam ihm in den Sinn; der würde sich die Hände reiben. Und der wäre nicht der Einzige, der triumphieren würde.

Warum machte er sich eigentlich Gedanken darüber? Auf das, was geredet wurde, hatte er nie etwas gegeben, und er war gut dabei gefahren. Bis heute. Denn wenn diese halbe Nacht mit Cordula ans Licht kam …

Worauf hatte er sich da eingelassen? Nie wieder würde er sein eigenes Büro mit einem unbefangenen Guten Morgen, Schneckchen, auf den Lippen betreten können. Er würde überhaupt nie wieder etwas zu Cordula sagen können, ohne dass jeder einen doppelten Sinn dahinter vermuten würde. Und selbst wenn sie sich alle Mühe gäben, die Affäre geheimzuhalten, Adelheids Adleraugen würden die Farce mit einem Blick durchschauen. Dessen war sich Korn sicher, und für einen Moment tat ihm Adelheid leid. Mit Androsch würde sie nie klarkommen. Und Cordula ebenso wenig.

Es war nicht damit getan, dass er sang- und klanglos von seinem Posten verschwand. Andere hatten auch mit dieser üblen Geschichte fertig zu werden. Vielleicht sollte er Dettenberg anrufen und ihn über die überraschende Wendung informieren. Hineingezogen wurden sie ja nun doch alle. Eine einfache Zeugenaussage konnte den Auslandseinsatz kaum gefährden. Das war eine der üblichen Dettenbergschen Übertreibungen.

Er war Ulf nichts schuldig, schon gar nicht nach diesem missglückten Gespräch gestern früh. Andererseits hatte dieses Institut schon manchem Weggelobten einen ruhigen Platz geboten. Irgendeine konzeptionelle Forschungsaufgabe, die ihren Mann bis zur Rente beschäftigte. Das waren bei ihm noch neunzehn Jahre …

Korn fuhr aus der Parklücke. Es wurde Zeit, dass er etwas Richtiges aß und sich endlich ausschlief. An seine Rente hatte er noch nie gedacht. Er war nicht der Mann, einfach wegzulaufen, wenn es brenzlig wurde. Und es war nicht seine Art, bei jemandem als Bittsteller anzutreten, schon gar nicht bei Dettenberg. Er würde ihm sagen, wie sich die Dinge entwickelt hatten, weiter nichts. Das Institut lag ohnehin auf dem Weg nach Hause.

Diesmal hatte der Pförtner seinen wachsamen Moment. Korn war schon am Paternoster, da wurde er energisch zurückgerufen. »Augenblick mal! Wo wollen wir denn hin?«

»Büro Dettenberg«, sagte Korn knapp.

Der Pförtner nahm ihm den Ausweis aus der Hand und beäugte ihn gewissenhaft. »Sind Sie bestellt?«

»Selbstverständlich.«

Der Mann blickte misstrauisch über seine Brille hinweg und griff zum Telefonverzeichnis.

27

Die Landstraße wand sich in einer weiten Schleife um den Wald herum und verschwand in einer steil abfallenden Geraden zwischen Kiefern. Zabel drosselte die Geschwindigkeit und tippte mehrmals die Bremse an. Dennoch rollte er schneller in den Talgrund hinein, als er wollte. Jetzt sah er den Škoda. Links, am Eingang der Kurve, die jenseits der Brücke den Hang hinaufführte, war er in den Graben gerutscht, ganz harmlos, wie es schien. Das vom Schnee bedeckte Fahrzeug stand mit dem Heck zur Fahrbahn mindestens fünfzehn Meter vom nächsten Baum entfernt, so als sei es bei geringer Geschwindigkeit sacht aus der beginnenden Kurve getragen worden.

Zwei Gestalten gingen vor dem Škoda auf und ab. Vorsichtig manövrierte Zabel seinen Wartburg neben einen B 1000 der Fürstenwalder K und stieg aus. Der Schnee lag mindestens zwölf Zentimeter hoch und war nass und pappig. Kein Schnee zum Skilaufen. Er begrüßte die beiden Kriminaltechniker und wandte sich dann dem Unfallwagen zu. Die linke Tür stand offen, der Fahrersitz schien unversehrt. Die Frontscheibe fehlte bis auf einige undurchsichtige Reste des Sicherheitsglases. Jetzt erkannte Zabel, dass der Wagen frontal gegen ein Hindernis geprallt sein musste. Er sah sich um. In der regelmäßigen Reihe der grob behauenen Begrenzungssteine der Straße fehlte einer. Vermutlich lag er unter dem Schnee im Graben. Aus der Schneedecke, die sich bis zum Fließ erstreckte, ragten nur die abgestorbenen Halme des Schilfgrases. Am anderen Ufer wuchsen Weiden. Die Brücke war eigentlich nur eine Überfahrt über ein Betonrohr.

»Könnt ihr schon etwas sagen?«, fragte Zabel.
»Nullwetter. Keine Bremsspuren, nichts. Siehst du ja«, sagte der größere der beiden Kriminaltechniker und steckte gedankenverloren das Streichholz, mit dem er sich eine Zigarette angezündet hatte, in die Schachtel zurück. »Der ist im Leerlauf hier runter.«
»Oder der Gang ist rausgesprungen bei dem Aufprall«, meinte der andere, ein untersetzter Griesgram. »Das müssen die Sachverständigen rausfinden.«
»Jedenfalls ist er mit dem Kopf durch die Scheibe. Er war nicht mal angeschnallt.«
Zabel blickte die lange Gerade bis zum Wald hinauf. »Wenn jemand ein Fahrzeug von dort oben im Leerlauf herunterrollen lässt, kann er ziemlich sicher sein, dass es hier unten so ausgeht«, überlegte er laut.
Der Griesgram wurde munter. »Weshalb hattet ihr ihn denn auf dem Kieker?«
»Das hängt mit einem Raub zusammen …«
»Mit dem in Marzahn?«
Bis Fürstenwalde hatte sich das also schon herumgesprochen. Zabel nickte.
»Dann habe ich was für dich!« Der Griesgrämige hatte plötzlich Lachfältchen in den Augenwinkeln. »Hier: die Auflistung der irdischen Besitztümer des Verblichenen und des Wageninhalts.« Zabel faltete das Durchschlagpapier auseinander. Die letzte Position sprang ihm sofort ins Auge: 1 Geldbanderole der Sparkasse der Stadt Berlin.
»Das ist ein Ding!«, sagte er und war schon unterwegs zu seinem Wartburg.
»Wenn du Berlin über Funk erreichen willst, musst du aber wenigstens aus der Senke und aus dem Wald raus«, rief der Untersetzte ihm hinterher.

»Die Liste hätten wir denen auch am Telefon vorlesen können«, sagte der andere.
Zabel gab so viel Gas, dass der Schnee aufstob.

Major Peter Fiebig hatte etwas Ungewöhnliches erreicht: In Anbetracht des Standes der laufenden Ermittlungen hatte der Oberst den angesetzten Rapport verschoben. Fiebig, den es kaum hinter seinem Schreibtisch hielt, ließ sich zur Funkzentrale durchschalten, erreichte Zabel jedoch nicht. Wahrscheinlich war die Entfernung zu groß.
Er überflog noch einmal Wischnewskis Angaben und beauftragte Annette Wellsand, sich um den Škoda-Eigentümer zu kümmern, bevor er mit dem Paternoster hinunter zum Vernehmungsraum fuhr.
»Wenn die Fotos komplett sind, meldet mir das bitte.«
Nulle Kaminski blickte nicht auf, als Fiebig eintrat. Blieb stumm wie bisher. Nicht mal seine Personalien bestätigte er. Saß einfach nur da und guckte mit seinen eisgrauen Fischaugen auf die Tischkante. Die Finger der rechten Hand strichen unablässig über die Knöchel der linken, die leichte Schürfwunden trugen.
Fiebig war ein geübter Untersuchungsführer und wusste durchaus, wie man selbst bei einem so hartnäckigen Schweiger zum Ziel gelangte. Gegen solche Leute kam man nur mit Geduld an. Mit mehr Geduld, als er im Augenblick aufzubringen bereit war. Er brannte darauf, zu erfahren, wer der Mann mit dem Kontakt zum Betriebsteil IV und zu RIF war. Und er brannte darauf, das Geld zu finden.
Also schob er alle taktischen Erwägungen beiseite. »Wir kennen den Tatablauf und Ihren Anteil an der Vorbereitung, Kaminski. Sie haben die Fahrzeuge und die Funk-

geräte beschafft und dabei genügend Spuren hinterlassen. Der Rest ist nur eine Frage von Stunden. Das muss Ihnen doch klar sein. Also wer ist der Mann, von dem der Plan stammte?«

Kaminski starrte weiter auf die Tischkante.

»Der Mann, der wusste, dass an diesem Dienstag über dreihundertneunzehntausend Mark zu holen waren?«

Kaminski hob für einen Moment den Blick, und es schien Fiebig, als höre auch der diese Summe zum ersten Mal.

»Dreihundertneunzehntausend«, wiederholte er. »Und dann ist da noch der Tote in dem roten Škoda ... «

Das Telefon summte. »Jetzt sind alle Fotos da«, meldete Annette Wellsand.

»Danke«, sagte Fiebig und zu Kaminski: »Einen Augenblick noch.«

»Keinen Augenblick mehr!«, stieß Kaminski heftig hervor. »Solche alten Tricks nicht mit mir! Niemand ist tot. Und Namen weiß ich sowieso keine. Gott sei Dank nicht.«

Fiebig holte wortlos die Fotos herein. Säuberlich reihte er die acht eilends angefertigten Vergrößerungen normaler Passbilder an der Tischkante auf, die Gesichter der Männer Kaminski zugewandt.

»Für Leute, die sich keine Namen merken können.«

Kaminski betrachtete die Fotos, ohne seine Haltung zu verändern.

Gespannt beobachtete Fiebig ihn. Wenn der Gesuchte nicht darunter war – würde Kaminski ihn diesen Triumph spüren lassen?

»Das musste ja schiefgehen mit solchen Luschen«, sagte Kaminski unbeteiligt.

War es ein Zufall, dass er dabei Weidners Bild fixierte?

»Kennen Sie diesen Mann?« Fiebig deutete auf Weidners Foto.
Keine Antwort.
»Wann haben Sie ihn zuletzt gesehen?«
Lange Pause, dann: »Vor drei, vier Jahren.«
»Danach nicht wieder?«
Kaminski hob die rechte Schulter. »Kann sein … «
»Gestern Abend?«
Die eisgrauen Augen Kaminskis blickten jetzt wachsam. »In der Nähe von Fürstenwalde?«
»Ich weiß nicht, wovon Sie reden.«
Fiebig hatte im Verlauf seiner Dienstjahre einige hundert Menschen vernommen. Sich an diesem Punkt festzubeißen lohnte nicht.
»Mit Ihrem Alibi für den gestrigen Abend beschäftigen wir uns noch«, versprach er. »Im Augenblick bleiben wir bei den Bildern.«
Er zog Weidners Bild zu sich heran, sortierte dann das Gernot Rudolfs und die der beiden willkürlich gewählten Personen aus.
»Verstehen wir uns jetzt besser?«
Kaminski schaute auf Sandaus Foto. Ein spöttischer Zug lag um seinen Mund. Über Korns Bild glitt sein Blick achtlos hinweg. Auf den Konterfeis von Ulf Dettenberg und Hannes Rosanke ruhte er lange.
Der Major wartete.
Schließlich hob Kaminski den Kopf. »Ich würde gerne noch mal die Summe hören«, sagte er langsam.
Fiebig erfüllte ihm diese Bitte gern: »Dreihundertneunzehntausendzweihunderteinundachtzig Mark. Wie hoch war denn Ihr Anteil?«

Kaminski blickte düster auf die Fotosammlung. »Zu klein.« Seine Finger spielten an der Tischkante Klavier. Mit der Spitze des Zeigefingers gab er schließlich einem der Bilder einen winzigen Schubs. »Ich merke mir ungerne Gesichter«, sagte er, und es sollte wohl gefährlich klingen. »Manche vergesse ich mein Lebtag nicht.«

Wieder summte das Telefon. Über das Rauschen hinweg vernahm Fiebig Zabels Stimme: »Bei dem Unfall gibt es einige Auffälligkeiten. Aber das ist nicht das Wichtigste ...«

»Sondern?«

»In dem Škoda wurde eine Geldbanderole gefunden.«

Fiebig schwieg und nahm ganz automatisch Weidners Foto vom Tisch.

»Du kommst sofort zurück«, sagte er zu Zabel und legte auf.

Kaminski saß in stoischer Ruhe vor ihm. Fiebig schob ihm Weidners Foto zu. »Sind Sie ganz sicher, dass Sie diesen Mann in den letzten Tagen nicht gesehen haben?« Kaminski hielt lange Pausen anscheinend für besonders wirkungsvoll. Endlich sagte er mürrisch: »Na schön, ist ja auch egal. Ich hatte mit dem nichts am Hut ...«

»Wann?«

»Dienstagabend ist er aufgetaucht. Tat, als wolle er spielen. Dabei weiß er, dass man ihn nicht mal beim Klammerjass mitmachen lassen würde.«

»Was glauben Sie, was er wirklich wollte?«

Wieder hob Kaminski nur seine rechte Schulter, als sei er zu faul, für eine so läppische Frage mehr Kraft aufzuwenden. »Er hat sich so unauffällig benommen, dass man denken konnte, ihr hättet ihn geschickt.«

28

Fast eine halbe Stunde schon saß Korn in dem Besuchersessel; Dettenberg ließ ihn schmoren. Schließlich stand Korn auf, murmelte: »Ist doch gestattet?« und griff sich das für Dettenberg bestimmte ND, ohne den entrüsteten Blick des vollschlanken Vorzimmer-Mädchens zu beachten. Es war kurz vor neun, und er saß wahrscheinlich auf ihrem Frühstücksplatz. Wäre er in besserer Stimmung gewesen, hätte er seinen Spaß daran gehabt, wie sie ihren Arbeitseifer hervorkehrte, Aktenordner aus dem Schrank zerrte und Papiere sortierte. Indessen blätterte er grämlich das Zentralorgan durch. Starke Impulse für feste Freundschaft stand da an der Spitze; und auf der letzten Seite auch keine Sensationen: Wunschbriefkasten in der Kaufhalle, Diebe auf frischer Tat ertappt. Kleine Einbrecher nur, keine Geldräuber. Darunter zwei Todesanzeigen. Plötzlich und unerwartet ... Er musste mit Hadank sprechen. Eine allerletzte Würdigung hatte Gerd Weidner alle Mal verdient.

Endlich ließ Dettenberg bitten.

Er blickte von dem vor ihm liegenden Bericht auf, als habe er tatsächlich bis zu diesem Moment darin gelesen, und maß Korn mit einem spöttischen Blick. »Willst du mir künftig jeden Morgen einen Besuch abstatten?«, erkundigte er sich gallig. In seiner Stimme war Müdigkeit.

Ob Dettenberg heute besser oder schlechter aussah als gestern, vermochte Korn nicht zu erkennen, denn dessen Gesicht hob sich von dem unwirklichen Grau des Schneelichts, das durch die kupfervioletten Thermoscheiben gefiltert hereindrang, nur als Kontur ab. Auf jeden Fall trug er eine Brille.

Für eine Sekunde überlegte Korn, ob er auf Dettenbergs Ton eingehen sollte, mit einer Anspielung auf einen künftigen Posten in diesem Haus etwa, doch hatten ihm die Rangelei mit dem Pförtner und die verlorene Zeit in Dettenbergs Vorzimmer jegliche Lust dazu genommen.
Er setzte sich umständlich und sagte gelassen: »Ich habe dir eine unerfreuliche Mitteilung zu machen.«
Dettenberg nahm schweigend seine randlose Brille ab und legte sie auf die hellgrüne Schreibtischplatte neben das aufgeschlagene Manuskript.
Korn holte tief Luft und sagte: »Gerd Weidner ist tot.«
Von Dettenberg kam lange keine Reaktion, dann fragte er: »Wie ist das passiert?«
»Ein Autounfall.«
Dettenberg nickte ganz leicht und sagte nachdenklich: »Bei dem Wetter … Da passiert schneller etwas, als mancher denkt. War er betrunken?«
»Ich sagte dir bereits: Er war trocken!«, entgegnete Korn gereizt und fügte dann ruhiger hinzu: »Möglicherweise hat jemand bei dem Unfall nachgeholfen.«
Er konnte Dettenbergs Augen zwar nicht gut erkennen, aber er war sicher, dass die erstaunt blickten.
»Die Geschichte bekommt dir nicht«, meinte Dettenberg kühl. »Du fängst an, Gespenster zu sehen. So weit ich mich an Weidner erinnere, war er immer ein bisschen unbeherrscht und leichtsinnig. Ein Škoda ist ein empfindliches Auto bei solchen Straßenverhältnissen.«
Gerd war ein versierter Fahrer, wollte Korn einwenden – da fiel ihm auf, was Dettenberg gesagt hatte.
»Wann hast du ihn in einem Škoda gesehen?«, fragte er gepresst. Dettenberg zuckte die Achseln. »Als ob das jetzt wichtig wäre … «

»Es ist wichtig! Gerd fuhr normalerweise einen Trabant.« Korn spürte, wie sein hohltönendes Herz das Blut in hörbaren Stößen in die Halsschlagader pumpte.
»Also, wann hast du Gerd in einem Škoda gesehen?«, wiederholte er.
»Überhaupt nicht.« Dettenberg schlug leicht mit der flachen Hand auf das Papier. »Weder in einem Trabant noch in einem Škoda. Was soll dieses alberne Verhör?«
Korn zwang sich zur Ruhe. »Hast du heute Morgen schon mit jemandem über Weidner gesprochen? Vielleicht mit Hannes Rosanke?«
Dettenberg griff nach seiner Brille. »Ich habe noch andere Aufgaben wahrzunehmen, als mir Sorgen um trunksüchtige Kraftfahrer zu machen«, sagte er, setzte seine Brille auf und blickte Korn an. Wahrscheinlich vorwurfsvoll. Hinter den Gläsern waren seine Augen noch weniger zu erkennen. Seine Mundwinkel jedenfalls waren weit nach unten gezogen. Korn kämpfte mit einem starken Schwindelgefühl in seinem, wie ihm schien, blutleeren Schädel. Und dann hatte er plötzlich Bilder vor Augen, so deutlich, als liefe ein Film ab. Er erinnerte sich an eine Radtour, die er mit Ralf gemacht hatte. Der Junge war höchstens sieben oder acht gewesen. Hinter einer abschüssigen Kurve waren sie in den Wald eingebogen und lange am Hang entlanggefahren. Die Badestelle mit dem glasklaren Wasser lockte sie. Zwischen den Büschen hatte ein Auto gestanden, das Korn kannte. Also waren sie den steilen Hang hinaufgekraxelt. Er hatte den Bungalow, an dem er selbst mitgebaut hatte, sofort erkannt. Ein Mann war gerade aus dem Haus gekommen und zur Pumpe gegangen und hatte gerufen:« Bleib drin, Schatz. Ich bringe Wasser mit.« Instinktiv war Korn mit dem Jun-

gen im Gebüsch stehen geblieben, als wären sie es, die man bei etwas Unrechtem ertappte. Wortlos waren sie den Hang wieder hinuntergestiegen. Ralf hatte keine Fragen gestellt. Sie waren zur Badestelle gefahren; das Wasser war so trübe gewesen wie der Müggelsee.

Erinnerte er sich wirklich so genau daran, oder wollte er das alles nur so sehen jetzt, wo der Mann, der damals zur Pumpe gegangen war, ihm gegenübersaß, den Mund verzogen zu einem umgekehrten U. Korn sah immer nur diesen Mund an. Alles verstand sich plötzlich wie von selbst.

Kurzatmig, als hätte er den Hang gerade eben erklommen, sagte Korn: »Du bist es also gewesen …«

Dettenberg stützte sich mit den Händen auf der Schreibtischplatte ab, als wolle er sich erheben und diesen lästigen Besucher endlich des Raumes verweisen. »Du hast schon damals zu viel Fantasie entwickelt«, sagte er abfällig. »Jetzt tickst du anscheinend vollends im roten Bereich.«

Korn fühlte sich keinen Augenblick unsicher. Es konnte gar nicht anders sein. Er war eiskalt. Nur seine Stirn glühte. Er stand auf und schaltete das Licht ein. Eine der Leuchtstoffröhren flackerte.

Dettenberg kniff die Augenlider zusammen. Sein Gesicht wirkte aschfahl. »Ich bin dir keinerlei Rechenschaft schuldig«, sagte er monoton. »Falls du es in deinem blindwütigen Eifer übersehen hast: Ich besitze ein Alibi für den Dienstagvormittag.«

»Das wirst du brauchen.« Korn zog seinen Stuhl dicht an Dettenbergs Schreibtisch heran und setzte sich auf die Kante. Er fühlte sich schwach wie nach einer langen Krankheit.

»Sie werden jede Minute deines so genannten Alibis überprüfen!«

Er sprach leise und drohend. Der Ton gelang ihm gut. Das dicke Mädchen da draußen würde früh genug erfahren, worum es hier ging. Dettenberg lehnte sich in seinen Metallrohrsessel zurück, kreuzte die Arme herausfordernd vor der Brust und sagte verächtlich: »Du bist verrückt, Korn!«
Eine heiße Welle durchflutete Korns Brust. »Ich war verrückt«, erwiderte er. Seine Kehle war trocken, und er hatte das Gefühl, als sei seine Zunge gelähmt. Sein Verstand aber arbeitete so klar wie selten. Immer neue Details fielen ihm ein, die verblüffend zueinander passten. »Womit hast du sie über all die Jahre geködert? Doch nicht nur mit einem gelegentlichen Urlaub in Rosankes Ostseevilla! Habt ihr auch von so einer Nobelhütte geträumt? Oder stand dir das Wasser bis zum Hals, wie Hannes vermutet?«
Dettenberg tat, als höre er nicht zu. In sein Gesicht kehrte allmählich Farbe zurück. Er sah an Korn vorbei in die Tiefe des Raums auf das Bild, das dort hing.
Korn schlug mit der Faust kurz und hart auf die Tischplatte. »Durch wie viel musstest du denn teilen? Hast du wenigstens ihren Anteil erhöht, wo sie dir so prompt die Terminänderung gemeldet hat? Das wäre doch sonst eine schöne Pleite geworden … «
Wie in Zeitlupe wandte Dettenberg den Kopf. »Halt dein Maul!«, flüsterte er.
Korn schüttelte den Kopf. Niemals hätte er geglaubt, dass ein Gespräch ihn körperlich derartig anstrengen könnte. Weshalb ging er nicht. Es war nicht seine Aufgabe, Dettenberg zu überführen. Aber was auszusprechen war, musste ausgesprochen werden. Er wollte jetzt nicht zurück.
»Wusstest du, dass ich gestern Abend bei ihr war, als du anriefst?«, fragte er.

Dettenberg starrte ihn an.
»Hast du sie beauftragt, mit mir zu schlafen und mich auszuhorchen?«
Es sah aus, als quollen Dettenbergs Basedow-Augen noch weiter aus ihren Höhlen. Er schluckte krampfhaft. »Du Scheißkerl!«, quetschte er schließlich hervor. »Du glaubst wohl, du kriegst mich mit solchen dreckigen Verleumdungen!«
Kalt antwortete Korn: »Ich habe dich längst. Waren es bei dir auch Spielschulden? Musste Gerd sterben, weil er zu viel über dich wusste?« Er dachte an den Zettel in seiner Brusttasche. Das erste Wort war in Blockbuchstaben geschrieben: Du. Weshalb hatte er das nicht gleich verstanden.
»Gerd hat mir eine Nachricht hinterlassen«, sagte er. »Du bist auf der richtigen Fährte. Er muss mich gestern früh hier beobachtet haben.«
Dettenberg schwieg.
»Er war hinter dir her, und du hast es bemerkt. Es war sehr unklug, ihn in der Gegend deines Grundstückes verunglücken zu lassen. In einem Škoda, den Weidner gestern wahrscheinlich nur benutzt hat, um dich und die Polizei irrezuführen. Weißt du, wem der gehörte? Rosankes Freund. Weidner hat ihn geklempnert.«
Er musterte den Mann, der wie Weidner einmal sein Freund gewesen war.
»Gib auf«, sagte Korn hart. »Du kannst uns nicht alle umbringen: mich und Rosanke. Und Sandau. Den hast du vermutlich übersehen. Und ob Cordula hartgesotten genug ist...«
Auf Dettenbergs Gesicht zeichneten sich ungesunde rote

Flecken ab. Der bogenförmige Mund stand offen, als bekomme er nicht genügend Luft. Es schien, als stünde er kurz vor einem Schlaganfall.
Wortlos langte Korn über den Tisch und zog das Telefon zu sich heran. Es war die gleiche Anlage wie in seinem Büro.
»Warte«, bat Dettenberg resigniert.
Korn hob den Hörer ab und drückte die grüne Leuchttaste.
»Cordula hat nichts von alledem geahnt!«
Gleichförmig tutete das Freizeichen. Korn wählte die Null.
»Sie hat die Terminänderung nur ganz zufällig erwähnt … «
»Das kannst du alles dem Ermittler erzählen«, unterbrach ihn Korn müde. »An euch beiden sind glänzende Schauspieler verlorengegangen.« Aller Jagdeifer war verflogen. Was kümmerten ihn diese miesen Leute? Er wusste nicht einmal, wo er eigentlich anrufen sollte. Einfach die Hundertzehn? Er konnte sich von Dettenberg nicht das Telefonbuch geben lassen. Also legte er den Hörer zurück und stand auf. »Komm«, sagte er.
»Ich bringe dich hin. Das macht es vielleicht einfacher.«
»Was verstehst du davon«, sagte Dettenberg bitter. »Hast du schon mal vierundachtzigtausend Mark Schulden gehabt?«
Ich habe nicht mal meine Möbel auf Abzahlung gekauft, hätte Korn antworten können. Doch er schwieg.
Dettenberg wirkte wie in Trance. »Das ist wie ein Kreis … «, sprach er vor sich hin. »Man kommt da nicht mehr raus. Verstehst du? Da gehen Summen über den Spieltisch, die außerhalb deiner Vorstellungskraft liegen … Und wenn du da einmal drinsteckst – dann greifst du zum Schluss nach jedem Strohhalm … «
»Und dir ist nichts Intelligenteres eingefallen als unser blöder Plan, von dem ein Dutzend Leute wussten?«

»Der Plan war gut!« Dettenberg schien aus seiner Lethargie zu erwachen. »Der ist auch jetzt noch gut, Siggi!«, fügte er beschwörend hinzu. »Niemand außer dir … «
» … weiß, weshalb du Gerd Weidner umgebracht hast?«, unterbrach Korn ihn schroff. Was für ein jämmerlicher Kerl, dachte er und wartete vergeblich darauf, dass sich sein Zorn wieder einstellen würde. In ihm regte sich nichts. »Du hattest das Geld auf der Datsche, und Gerd hat dich dort überrascht.«
Dettenberg verzerrte plötzlich das Gesicht. Seine rechte Hand fuhr in sein Jackett; eine Bewegung, die Korn mit einer gewissen Faszination verfolgte. In jedem amerikanischen Kriminalfilm hätte der entlarvte Gangster jetzt einen Smith & Wesson gezückt. Dettenberg jedoch ächzte leise und massierte seine linke Seite. »Ich habe ihm Geld angeboten, er hat es nicht genommen … « Er sprach stockend und atmete schwer.
Schauspielerte er? Die Färbung seines Gesichts sprach dagegen. Korn betrachtete ihn nicht ohne Sorge.
»Dann ist Weidner gefahren. Es hat geschneit. Wahrscheinlich fuhr er viel zu schnell … «
Korn hatte es jetzt satt. »Das ist doch alles Schnee!«, sagte er grob. »Vielleicht glaubt dir das deine Frau; die hast du ja jahrelang hinters Licht geführt.«
Er ging um den Schreibtisch herum und griff nach Dettenbergs Schulter. »Los! Um so früher hast du es hinter dir.« Dettenberg sah flehend zu ihm auf. So aus der Nähe betrachtet, waren seine Augäpfel von einem scheußlichen Gelb. »Ich – überlebe das nicht, Siegfried … «
»Dann geht es dir wie Gerd«, entgegnete Korn sarkastisch, um seine eigene Hilflosigkeit zu überspielen.

Dettenberg wackelte mit dem Kopf wie ein Greis. »Mir blieb keine andere Wahl … Ich habe die Nerven verloren.« Ein hämisches Lächeln glitt über sein Gesicht.
»Beweisen werden sie mir das niemals. Ich kenne einen guten Anwalt … «
Korn schob seinen Arm unter Dettenbergs Achsel. »Komm jetzt!«
»Na, meine Herren. In trautem Zwiegespräch miteinander?«
Korn brauchte sich nicht umzudrehen, um diese Stimme zu erkennen. Er ließ Dettenberg los. Der sank in seinen Sessel zurück.
»Wird Zeit, dass Sie kommen«, sagte Korn dumpf und wandte sich nun doch um. Fiebigs durchdringender Blick wirkte so unangenehm, wie er ihn in Erinnerung hatte.
»Sonst haben Sie mir nichts zu sagen, Herr Korn?«
»Eine Menge«, sagte Korn bedächtig. Und er hätte gerne hinzugefügt: obwohl man mir gerade meinen vorlauten Mund mit Geld stopfen wollte. – Der Major war vermutlich nicht in der Stimmung, sich an so viel Schlagfertigkeit zu erfreuen.

29

Vier Stunden Vernehmung hatte Korn hinter sich. Zeugenvernehmung, wie Zabel zu betonen nicht vergaß. Allerdings erst gegen Schluss. Nun saß Korn seit geraumer Zeit in einem graugetünchten Raum, halb Wartezimmer, halb Zelle, jedenfalls mit Gittern vor den beiden Fenstern. Die gut gemeinten Ratschläge zur Erhöhung von Sicherheit und Ordnung hatte er an der Wandzeitung bereits viermal gelesen. War das hier der passende Ort für solche Hinweise?
Er war ein Zeuge. Als Untersuchungshäftling hätte ihm vermutlich eine karge Mittagsmahlzeit zugestanden. Zeugen fütterte man nicht. Er verspürte ein schmerzhaftes Ziehen im Leib. Sehnsucht selbst nach seiner faden Gemüsebrühe schlich sich in Korns Gemüt. Draußen begann es zu dunkeln. Er lehnte sich bequem zurück, soweit der spinnenbeinige Metallstuhl das zuließ, und legte den schmerzenden Kopf gegen die kühle Wand. Hin und wieder klang Getrappel vom Gang her an sein Ohr, dann riss eine Stimme ihn aus seinen Gedanken. Oder hatte er geschlafen?
»Nun kommen Sie bitte«, sagte die junge Frau in der Tür mit Nachdruck, wohl schon zum zweiten Mal.
Auch der Major hatte an Frische eingebüßt in diesen zwei Tagen. Seine hellen Augen waren nur noch Schlitze in einem müden Gesicht. Dennoch schien er guter Laune zu sein.
»Setzen Sie sich«, forderte er Korn jovial auf.
Korn ließ sich schwer auf dem Stuhl nieder. »Ich habe alles falsch gemacht. Wie immer. Ihr Hauptmann hat mir die Leviten gelesen. Und Hadank wird nur darauf warten, mir eins überzubraten. Ich verdiene es.«
Fiebig betrachtete ihn so interessiert, als sei er ein Wunder

der Natur. »Sie haben das noch gelernt mit der Selbstkritik«, stellte er anzüglich fest. »Das war mal große Mode, wie?«
»So alt bin ich nun auch wieder nicht«, brummelte Korn und konnte ein leichtes Lächeln nicht unterdrücken.
Der Major griente zurück. So wie der da hinter seinem Schreibtisch saß, den Kragen gelockert, die Hemdsärmel zweimal umgeschlagen, wirkte er eigentlich ganz sympathisch. Er schien doch einen Funken Humor zu besitzen, und deshalb verriet Korn ihm eines seiner persönlichen taktischen Geheimnisse. »Man nimmt jedenfalls dem Kritiker den Wind aus den Segeln.«
Hatte es ihm eigentlich je genützt, im Zweifelsfalle alles auf sich zu nehmen? Zumindest nicht bei Hadank. Der war ein Prinzipienreiter, der sich nicht scheute, zum tausendsten Mal in dasselbe Loch zu bohren.
»Ich werde die Konsequenzen tragen. Noch heute stelle ich den Antrag auf Ablösung. Hadank wartet seit langem darauf. Wird er Ihnen ja mitgeteilt haben.«
»Ich glaube nicht, dass er auf seinen fähigsten Leiter verzichten will, nur weil der in seinem Urlaub Philip Marlowe spielt und eigenmächtige Ermittlungen anstellt, statt uns in unserer Arbeit zu unterstützen, wie sich das gehört.«
Die Anspielung auf Philip Marlowe überging Korn. Er mochte keine Krimis. »Seinen fähigsten Leiter?«, erkundigte er sich misstrauisch. »Stammt diese Einschätzung von Ihnen?«
»Vom Kollegen Hadank. Wörtliches Zitat, wenn es Sie beruhigt. Der einzige Leiter, der sein Fach wirklich versteht. Braucht nur ab und an mal einen kleinen Dämpfer, der Siegfried. Da hat er recht, wenn Sie mich fragen.«
»Das hat Hadank nie und nimmer gesagt.«

»Kriminalisten lügen nie«, sagte Fiebig im Ton einer vertraulichen Mitteilung.
Korn lachte spöttisch. »Dann hat Hadank Sie bewusst irregeführt.«
Diesmal lachte der Major nicht mit. »Weshalb haben Sie uns dieses erstaunliche Projekt Ihrer damaligen Seminargruppe vorenthalten?«, fragte er ohne jede Spur von Humor.
»Als Sie bei mir waren, habe ich keinen Augenblick daran gedacht. Und später ... « Korn hob verlegen die Schultern. »Ich habe es selber nicht für möglich gehalten ... « Zum Lachen war das wirklich nicht.
»Hätten Sie es für möglich gehalten, brauchten wir jetzt den fehlenden vierundachtzigtausend Mark nicht nachzujagen.«
»Das andere haben Sie?«, fragte Korn. Das Geld interessierte ihn eigentlich gar nicht. Hatte er je bezweifelt, dass Fiebig es finden würde? So schwer es ihm fiel, er sprach aus, woran er wirklich dachte: »Weidner könnte noch leben ... «
Fiebig nickte. »Spätestens nach dem Gespräch mit ihm wäre es Ihre Pflicht gewesen, uns zu informieren. So aber hat sich Weidner in noch kühnere Unternehmungen eingelassen als Sie. Was hat Sie eigentlich zu Frau Landgraf getrieben? Hatten Sie einen Verdacht, oder ging das schon länger zwischen Ihnen beiden?«
»Sie besaß mein volles Vertrauen«, antwortete Korn zurückhaltend. »Nicht mehr und nicht weniger.« Er senkte müde den Kopf. Er sehnte sich danach, zu Hause in seinem Sessel zu sitzen. Wie schön wäre es, wenn ihn Regina jetzt erwarten würde. Würde er jemals mit ihr über alles sprechen können? Wirklich über alles?
»Frau Landgraf hat ausgesagt, sie habe nichts davon geahnt, wozu Dettenberg ihre Informationen missbrauchte. Sie

habe einfach keine Geheimnisse vor ihm gehabt, weil er ja den Betrieb kannte.«

»Und?«, fragte Korn. »Glauben Sie ihr?«

»Weidners Tod scheint ihr sehr nahe gegangen zu sein …«

»Wie ist er – gestorben?«, fragte Korn stockend.

»Letzten Aufschluss über die Todesursache wird uns erst der Obduktionsbericht geben. Dettenberg behauptet, Weidner sei lebend in den Škoda eingestiegen. Er glaubt, das würde ihn entlasten. Und um besonders schlau zu sein, deponierte er eine der Geldbanderolen aus dem Raub in dem Fahrzeug, um uns in unserem Verdacht gegen Weidner zu bestärken.«

»Ich wusste, dass Weidner nichts damit zu tun hat«, sagte Korn. »Alles andere ist ja jetzt sowieso egal.«

»O nein.« Fiebig war in seinem Metier. »Wenn Sie einen Menschen im Zustand hochgradiger Erregung töten, so kann das als Totschlag gewertet werden – unabhängig davon, was Sie später mit der Leiche tun. Und Totschlag wird bestraft wie vorsätzliche Körperverletzung mit Todesfolge. Setzen Sie aber einen solchermaßen Schwerverletzten in ein Auto und inszenieren einen Verkehrsunfall, bei dem das Opfer stirbt, so handelt es sich zweifellos um einen Mord.«

Siegfried Korn vermochte den juristischen Aspekten nicht länger zu folgen. Er saß ganz steif und schloss die Augen. Als er sie wieder öffnete, er wusste nicht, nach wie langer Zeit, sah er vor sich eine Zigarettenschachtel, die ihm der Major hinstreckte. »Vielleicht bringt Sie das wieder auf die Beine …«

Korn schüttelte den summenden Kopf. »Ich bin Nichtraucher«, sagte er nicht ohne Stolz.

Fiebig hob die Augenbrauen. »Sie wurden von allen als ein starker Raucher bezeichnet.«
»Man irrt sich leicht in einem Menschen«, sagte Korn bedachtsam.

Birgit von Derschau

Der Gullydeckelmörder

und sieben weitere Fälle

ca. 288 Seiten

5,99 € [D], 6,20 € [A]

ISBN 978-3-86789-418-0

Klaus Ibendorf

Mordsache Z

und sechzehn weitere Fälle

ca. 252 Seiten

5,99 € [D], 6,20 € [A]

ISBN 978-3-86789-417-3

Henner Kotte

Schüsse im Finsteren Winkel

und sechs weitere Verbrechen

ca. 192 Seiten

5,99 € [D], 6,20 € [A]

ISBN 978-3-86789-419-7

Ebenfalls erhältlich ab Oktober 2013 bei

BILD UND HEIMAT

Die Erfolgsserie geht weiter
Bislang über 150.000 verkaufte Exemplare
BILD UND HEIMAT
Band 13 – 15 im Paket NUR 14,99 €
16,5 % gespart
BLUTIGER OSTEN
DIE GRÖSSTEN AUTHENTISCHEN KRIMINALFÄLLE
und sechzehn weitere Fälle
Klaus Ibendorf Mordsache Z
Henner Kotte Schüsse im Finsteren Winkel
Birgit von Derschau Der Gullydeckelmörder
Klaus Ibendorf Mordsache Z
SUPERillu
3 Bände im Sparpaket